EL VINO DEL ALQUIMISTA

PEPE MÜLLER

EL VINO DEL ALQUIMISTA

PLAZA JANÉS

Papel certificado por el Forest Stewardship Council®

Primera edición: marzo de 2024

Printed in Spain – Impreso en España

ISBN: 978-84-01-03221-9
Depósito legal: B-705-2024

Compuesto en Mirakel Studio, S. L. U.

Impreso en Rodesa
Villatuerta (Navarra)

L 0 3 2 2 1 A

*A mis hijas Ana y Elisa, las personas
a las que más quiero en este mundo
y que han apoyado este proyecto
incondicionalmente desde el primer día*

Quien busca no debe dejar de buscar hasta que encuentre. Cuando encuentre, se estremecerá, y, cuando se estremezca, se llenará de admiración y reinará sobre todas las cosas.

EVANGELIO GNÓSTICO DE TOMÁS

Nota del autor

Esta es una novela de ficción. Aunque los personajes y la trama son imaginarios, muchos de los hechos históricos narrados se basan en la realidad, desde la historia de la cartuja de Scala Dei a la esotérica Sociedad Thule, pasando por la biografía de George Gurdjieff y sus enseñanzas del Cuarto Camino. También existen los vinos que menciono, excepto el que da título al libro y otra referencia bastante obvia que no mencionaré aquí. He tenido el placer de catar la gran mayoría y compartir mis impresiones sobre ellos a lo largo de la novela.

Deseo al lector que disfrute del libro tanto como lo he hecho yo escribiéndolo, y le recomiendo que acompañe su lectura con una copa de buen vino.

Prólogo

Scala Dei, Priorat, 1810

Tras conquistar gran parte de Cataluña, las tropas napoleónicas ya habían llegado al Priorat y estaban saqueando la comarca. Con la impresión de estar viviendo el infierno en la tierra, un grupo de cartujanos se dirigían a la iglesia de Scala Dei para asistir a las *vesperae*.

El día había sido soleado y se respiraba un aire limpio y puro, como si Dios quisiera conceder a los religiosos una pausa de consuelo, en medio del caos y la destrucción.

Mientras atravesaban el patio del monasterio, divisaron incrédulos una densa humareda procedente de La Morera, en lo alto del macizo del Montsant. La iglesia parroquial había sido incendiada y en cualquier momento también Scala Dei podía ser pasto de las llamas.

Alborotados, entraron en el templo para poner en guardia al prior y al resto de los monjes, pero era ya demasiado tarde. Un grupo de soldados traspasaba en aquel momento la arcada exterior de la cartuja. Dirigía el regimiento el teniente Antoine Dubois, veterano militar que había combatido con Napoleón en Austerlitz y se había granjeado su amistad.

Bajaron de los caballos y los ataron delante de la hospedería. Luego saludaron a un monje ya entrado en años que vigilaba la entrada. Este siguió a los soldados con la mirada y les hizo un gesto con la mano para que lo acompañasen. A paso lento, los condujo por el largo corredor exterior que desembocaba en la iglesia principal del monasterio.

Allí encontraron al prior, que conversaba inquieto con los monjes sobre la llegada del regimiento francés.

—Buenas tardes, reverendo —se presentó Dubois—. Tranquilícese, no sufrirán ningún daño. Desde hoy, este monasterio pertenece a Francia y son ustedes nuestros prisioneros. Esta noche nos quedaremos aquí. Ordeno que nos proporcionen aposento.

Los frailes observaban, lívidos, cómo los soldados saqueaban los tapices y esculturas de la iglesia, a la vez que los empujaban despectivamente para que se dirigiesen a sus celdas.

Al caer la noche, el regimiento cenó en el refectorio, emborrachándose con el vino que habían descubierto en la bodega. Bajo el techo abovedado resonaban los cánticos patrióticos de la Revolución, entremezclados con canciones populares durante el banquete. La enorme sala estaba alumbrada por varios candelabros de pie que daban a la escena una atmósfera que parecía extraída del cuadro de Brueghel *La boda campesina*.

Dubois, tan amigo de Napoleón como del dios Baco, fue bebiendo un vaso tras otro hasta vaciar toda una botella. Aunque llevaba semanas combatiendo en España, conocida por sus buenos caldos, no había probado nada que medianamente se le pareciese a este.

—¿De dónde traen este vino? —preguntó Dubois al monje que ejercía de tabernero.

—Lo hacemos nosotros en la cartuja —dijo, circunspecto— con la uva que nos procuran los campesinos de los alrededores. Para su elaboración seguimos las indicaciones de fray Ambrós.

Dubois enarcó las cejas antes de ordenar:

—Tráigame ahora mismo a este fraile vinatero, quiero conocerlo.

El monje asintió resignado con la cabeza y salió del refectorio para buscarlo y llevarlo ante su presencia.

—¿Es cierto que usted se encarga del vino en este monasterio?

—Sí, señor...

—Aunque a sus ojos beatos le parezca un rudo militar, soy un gran amante de los vinos. He probado excelentes *grand cru* de las mejores bodegas en Burdeos y la Borgoña. Ninguno de ellos se parece, ni de lejos, a lo que estoy bebiendo hoy aquí... Más vale que me cuente cuál es el secreto.

—Es una combinación de diversos factores... —dijo el fraile con voz temblorosa—. Residí durante un tiempo en el monasterio de la Grande Chartreuse, donde san Bruno fundó nuestra orden. Al volver, traje cepas de aquellos campos y las planté en estos viñedos al lado de la garnacha autóctona. Supongo que eso le confiere este *bouquet* tan especial y con una gama de aromas tan amplia y variada.

—Muy interesante... —comentó Dubois, acariciándose la perilla.

—Aparte de mezclar estas variedades de uva, también influye el terreno pizarroso de esta zona, que obliga a las raíces a hundirse varios metros hasta encontrar agua. El esfuerzo al que se somete a las cepas hace que la uva incremente su dulzura, produciendo un vino más intenso y mineral.

—Le felicito —lo interrumpió Dubois, dándole una palmada en el hombro—. Este vino es tan extraordinario que lo llevaré a París para que lo pruebe Napoleón. —El teniente se puso en pie y, tras dar un estruendoso golpe sobre la mesa, con tono solemne sentenció—: Queda confiscada hasta la última barrica de esta bodega, del mismo modo que usted arrancó cepas de nuestra fértil tierra.

El regimiento estalló en una carcajada histérica ante el particular sentido de la justicia de su superior.

—Dese por satisfecho con el trato —dijo de nuevo dirigiéndose al fraile—. Buenas noches, puede usted retirarse.

Bañado de sudor a causa de los nervios, fray Ambrós se despidió del teniente francés en el refectorio y se dirigió a toda prisa a la hospedería. Una vez allí, encendió una vela y bajó las escaleras que conducían a la bodega. El lugar estaba en silencio y podía oírse el rumor de los cantos y las carcajadas de los soldados.

Se acercó con sigilo a un estante polvoriento y húmedo donde reposaban unas botellas de vidrio oscuro esmerilado. Una de ellas estaba ya abierta y con el lacre roto. Fray Ambrós observó a su alrededor para asegurarse de que no había nadie cerca, asió la botella y se la llevó presuroso a su celda.

Después de santificarse, con la mano temblorosa se la llevó a sus labios, apurando su contenido, y la colocó en un hueco debajo del suelo. Tras empujar con todas sus fuerzas la pesada baldosa que cubría aquella cavidad, se sentó en su camastro en actitud expectante. La algarabía de los soldados era cada vez más tenue, cada vez más lejana, cada vez más irreal...

1

Cinco años después de los Juegos Olímpicos, Barcelona seguía en plena metamorfosis. Cada semana abrían nuevos comercios, mientras que otros cerraban o iban languideciendo, incapaces de adaptarse a los nuevos tiempos. La Puñalada era un claro exponente de ello.

Aquel domingo de otoño estaba casi vacío.

Víctor Morell, el *maître* sumiller, miraba con melancolía a través de la cristalera el rumbo distraído de los paseantes bajo el sol. Alto, delgado y de facciones proporcionadas, su porte de *gentleman* le daba buen encaje en el elegante local. De mediana edad, algunas canas comenzaban a platear su cabello castaño.

La Puñalada ocupaba todo un chaflán del paseo de Gracia. Con mesas repartidas entre la planta baja y un altillo estilo déco, su rasgo más característico eran unas marquesinas de madera con cortinas que protegían la intimidad de los clientes.

En una de ellas, pasadas las cuatro de la tarde, ya solo quedaba un comensal. Rozando la setentena, vestía un traje beis y pañuelo a juego en el bolsillo de la americana. Acariciaba con la mano izquierda el mango de su bastón, una cabeza de galgo tallada en marfil. Su cuidada barba sin bigote le otorgaba un aire aristocrático y a la vez enigmático. Parecía el capitán Ahab vestido como Tom Wolfe.

Pese a llevar más de veinte años de servicio, Víctor solía acordarse de todos los clientes que visitaban el restaurante, especialmente cuando se salían de lo habitual. Por eso, estaba seguro de no haber visto nunca antes a aquel personaje, que justo entonces levantó discretamente la mano para llamar su atención.

Con un acento peculiar y en un castellano demasiado perfecto para ser nativo, le pidió una copa de brandy Constitución. Hacía mucho tiempo que ningún cliente solicitaba aquella marca, que su memoria fotográfica situó en una botella polvorienta que reposaba en el sótano del restaurante.

—Creo recordar que nos queda una. Permítame un momento…

Víctor se dirigió hacia las escaleras al fondo de la sala que bajaban a la bodega. En ella solo se guardaban vinos y destilados de añadas especiales que no se servían habitualmente. Una vez allí, encendió una bombilla desnuda de baja potencia que apenas disipaba las tinieblas de aquel ambiente húmedo y oscuro.

Embargado por un punzante olor a moho y alcanfor, el sumiller se acercó a una estantería de madera carcomida. Casi sin mirar, tomó una botella de cuello alargado y la limpió del polvo acumulado.

De regreso a la superficie, caminó con premura ante el cliente con el brandy en una mano y una amplia copa en la otra. Cuando la botella hubo aterrizado sobre la mesa con la suavidad de un módulo lunar, la destapó con una servilleta blanca. El tapón de cristal colgaba de su cuello por una cadenita de plata mientras Víctor vertía lentamente en la copa un líquido denso de color caoba.

El cliente tomó esta última por su base e hizo unos cuantos giros suaves antes de introducir la nariz para percibir los aromas del brandy. A continuación, acercó la copa a sus labios, sorbió un pequeño trago e hizo un gesto como si lo masticase con satisfacción.

Interpretando aquello como un aprobado, Víctor se disponía a marcharse cuando el otro le dijo:

—Dado que solo quedamos usted y yo, me gustaría que me acompañara a la mesa. Traiga otra copa, por favor, corre de mi cuenta.

Sorprendido por la invitación, Víctor se quedó unos instantes en silencio, observando con detenimiento cómo el desconocido extraía tabaco de una lata de Borkum Riff. Llenó con las hebras una pipa de madera oscura y la encendió con una cerilla.

Aquel personaje lo intrigaba, así que finalmente decidió ir a por una segunda copa y se sentó a la mesa frente a él.

Con más diligencia que aquel misterioso cliente, acercó el cáliz a sus finos labios, cató el brandy y, acto seguido, describió pausadamente su *bouquet*:

—Aroma a madera y frutas pasificadas —dijo, aspirando el licor con los ojos entrecerrados—. Suave, redondo, persistente en paladar y muy glicérico. Un brandy excelente…, si no el mejor.

El hombre de la barba lo observaba con ojos fijos, sin pestañear en momento alguno, mientras las arrugas de su rostro parecían tensarse. Con la espalda separada del respaldo de la silla, su postura resultaba un tanto inquisidora, tal vez porque seguía jugueteando con el mango de su bastón.

—Usted no me conoce, pero yo sí —dijo al fin.

Hizo una lenta pipada antes de seguir. Víctor no sabía cómo reaccionar.

—He oído hablar mucho de usted. Si fuera solo un poco ambicioso, hace tiempo que habría abandonado este cementerio. Pocos sumilleres tienen su criterio a la hora de recomendar un vino y maridarlo con los platos de la carta. Es capaz incluso de intuir el gusto del cliente, y eso es un don más bien escaso. ¿Por qué sigue aquí? La Puñalada ya no es ni la sombra de lo que fue y los alquileres en esta zona están aumentando exponencialmente. Me consta que el propietario está endeudado y pronto no podrá pagar ni el sueldo a sus empleados. Me inquieta su futuro, Víctor.

—Agradezco su preocupación —repuso molesto—, pero me gustaría saber con quién estoy hablando.

—Puede llamarme Ismael. No tenemos la misma edad, aunque lo aparentamos… —dijo, en un tono algo provocativo. Una nube de humo veló su cara por unos momentos—. Alguien con su conocimiento no debería esperar aquí impertérrito a que llegue el cierre, como los músicos del Titanic extrayendo las últimas notas de sus violines.

Con cierta indignación, Víctor respondió:

—No sé de qué me conoce ni lo que pueden haberle contado sobre mí, pero estoy orgulloso de trabajar en este restaurante y no creo haber desaprovechado mi talento. Me ofenden sus comentarios.

—No se altere, por favor —respondió Ismael, levantando la palma de su mano derecha—. Sé que la fidelidad y la lealtad son valores esenciales para usted, y eso le honra, pero tal vez haya llegado el momento de dar un paso adelante, aunque eso suponga dejar atrás la que ha sido su vida durante tantos años.

Víctor lo contempló estupefacto, sin saber qué responder, y tomó un segundo trago de brandy. En aquel tenso silencio, el aire se podía cortar con un cuchillo.

—Tengo para usted un encargo que nadie más podría realizar.

—He de cerrar el restaurante y no tengo mucho tiempo, la verdad —dijo Víctor recuperando la compostura.

—Si me concede diez minutos, le aseguro que no se arrepentirá.

El sumiller miró hacia la cocina y, al no ver señales de vida, asintió con un leve movimiento de cabeza.

—Hace años que busco una botella de vino muy especial y no he logrado encontrarla pese a todos mis contactos en restaurantes, bodegas y coleccionistas privados.

—¿De qué vino se trata? —preguntó Víctor súbitamente interesado mientras fijaba sus ojos almendrados en los de su compañero de mesa.

—Busco una botella casi bicentenaria elaborada por un tal fray Ambrós, monje de la cartuja de Scala Dei cuya fama como enólogo traspasó fronteras. Se cuenta que sus vinos llegaron a tomarse en la corte de Napoleón, junto a los de los mejores *châteaux* de Burdeos y la Borgoña.

—Conozco bien los caldos de Scala Dei. Hace años que son un referente en el Priorat y, de hecho, son los que dieron nombre a esta denominación de origen. Sin embargo, no he oído hablar nunca de ese fraile enólogo...

—Eso no es nada raro —dijo Ismael con un brillo extraño en la mirada—. Ha habido y hay mucho interés en silenciar el trabajo de fray Ambrós. Según he podido averiguar, en 1808 este religioso con fama de hereje abandonó el clásico *coupage* de garnacha y cariñena, obteniendo vinos con taninos, grado y untuosidad parecidos a las grandes referencias de Burdeos, pero con una riqueza de aromas y sabores infinitamente superior.

—Me sorprende lo que cuenta... Para conseguirlo, ese monje tuvo que introducir variedades de uva diferentes a las autóctonas, y no me consta que nadie lo hubiese hecho en España antes de la plaga de la filoxera.

—Fray Ambrós no se limitó únicamente a innovar en este terreno. Era muy erudito. Además de experto en Paracelso, conocía diferentes tratados de química y botánica. Parece ser que en alguna de las botellas envasadas de aquella añada introdujo ciertos aditivos y obtuvo un vino diferente a cualquier otro que se hubiera creado hasta entonces.

—¿Y qué tenía de diferente? —le preguntó Víctor, fascinado.

—Eso es precisamente lo que quiero averiguar cuando lo tenga en mis manos. Se sabe que, pasados dos años de su crianza, una de las botellas fue descorchada y que ese fraile desapareció misteriosamente de la cartuja, sin que nunca encontraran su cadáver ni se supiese más de él.

Ismael dio una nueva calada a su pipa mientras fijaba su mirada en el rostro del sumiller.

—Se rumoreó que había sido obra de la Inquisición, pero por aquel entonces prácticamente ya no intervenía. En todo caso, desde su desaparición, los monjes volvieron a elaborar el vino tradicionalmente hasta que, en 1835, durante la desamortización de Mendizábal, tuvieron que abandonar definitivamente la cartuja.

—Hoy día solo quedan las ruinas de Scala Dei... —dijo Víctor, pensativo, al tiempo que tomaba un nuevo trago de Constitución—. Por cierto, ¿qué le hace suponer que aún existe alguna de esas botellas?

Los ojos de Ismael se concentraron en un punto indeterminado del techo mientras murmuraba:

—Amigo, no le encomendaría esta misión si no supiese, a ciencia cierta, que una de esas botellas aún existe y nunca fue descorchada. Cuento con usted para localizarla.

—Me halaga que haya pensado en mí para este encargo, pero no tengo ni el tiempo ni la capacidad que se necesita para una pesquisa como esta. Si esa botella lleva casi dos siglos desaparecida, ¿cómo espera que yo, un modesto sumiller, pueda encontrarla?

—Confío en su instinto... El resto lo hará el dinero. Además de su gratificación, no voy a escatimar recursos, aunque precise viajar a la otra punta del mundo.

Se produjo una pausa larga y espesa, como el poso de brandy en la copa de Víctor, que sentía una extraña mezcla de temor y atracción por aquel personaje.

—El vuelo más largo que he hecho en mi vida fue para viajar a Tenerife —reconoció cohibido—. Hace ya unos años de eso, y sentí una buena dosis de ansiedad. Gracias por la invitación, en todo caso, y por esta singular propuesta. Si hay dinero de por medio, hallará seguro a alguien mejor que yo para su propósito. Ahora, si me disculpa, tengo que cerrar. Tal vez este sea un barco que va a pique, pero hasta que no se hunda yo soy su capitán, al menos por lo que respecta a la bodega.

Tras despedirse, Víctor se dirigió a la cocina sin mirar atrás.

Media hora después, mientras pasaba la última revista a la sala, vio las copas vacías y se dispuso a retirarlas, junto con la carpetita de cuero que contenía la cuenta.

Al abrirla para acabar de cuadrar la caja, se quedó paralizado ante su contenido.

Pálido y sudoroso, necesitó sentarse de nuevo en la silla que había ocupado aquella misma tarde.

Debajo del billete para satisfacer la elevada cuenta, al lado de una generosa propina, había un cheque nominativo con su nombre completo. El importe estaba escrito con una esmerada caligrafía: «Quinientas mil pesetas». El talón iba acompañado de una nota manuscrita del mismo puño y letra:

Apreciado Víctor:

La cosecha de 1808 se envasó en poco más de trescientas botellas de vidrio oscuro esmerilado y fueron numeradas. La que usted debe encontrar está marcada con la cifra 314.

Le espero el miércoles a las seis de la tarde para tomar un café en el bar Samoa.

ISMAEL

P. D.: Este cheque es solo un anticipo. Puede cobrarlo desde hoy en cualquier banco.

2

Aquella noche, Víctor tuvo verdaderos problemas para conciliar el sueño. A sus ocasionales crisis de ansiedad, se sumaba ahora aquella extraña visita que quería olvidar cuanto antes. Siempre había sido un animal de costumbres. Le gustaba tener los acontecimientos bajo control, circular por las vías de lo rutinario; de otro modo, se sentía naufragar.

Afortunadamente, el restaurante cerraba los lunes y pudo despertarse más tarde de lo habitual. Tras un rato tumbado en la cama en tierra de nadie, logró sacudir los últimos retazos del sueño para ingresar en la vigilia.

Se levantó con pesadez e izó las persianas de su habitación. El cielo azul y un rayo de sol que ya atravesaba el dormitorio pronosticaban un día de octubre radiante.

Los días de fiesta le gustaba tomarse su tiempo para el desayuno. Víctor era un melómano y escogía piezas según el momento del día y su estado emocional.

Dio una vuelta al dial de la radio hasta sintonizar Radio Clásica, que emitía los *Conciertos de Brandeburgo*, la solemne y festiva partitura de Bach, ideal para iniciar la jornada. Exprimió un par de naranjas en el Citromatic y se hizo unas tostadas con *tahini* y miel, una deliciosa combinación que le había recomendado años atrás un cliente libanés.

Finalmente cargó una pequeña Oroley con café recién molido, la enroscó y la puso al fuego hasta escuchar el borboteo de la infusión. El aroma de un buen café era uno de los pequeños placeres que le compensaban por los sinsabores de la vida.

Finalizado el desayuno, se fue a su habitación para arreglarse. Tras una buena ducha se afeitó completamente la cara, de barbilla algo prominente, y se peinó, como siempre, con la raya a un lado. Víctor era bastante presumido. Tenía un espejo de cuerpo entero en su habitación y solía pasarse un buen rato observando cómo le quedaba la camisa, si combinaba bien con el pantalón, los zapatos, la corbata… Para aquel lunes eligió un pantalón de pana marrón, una camisa a cuadros a juego y unos mocasines.

Siguiendo el guion prefijado de su día libre, empezó la ruta por su oficina bancaria, donde pudo comprobar el mediocre estado de sus ahorros. Por suerte, no tardaría en ingresar la nómina.

La siguiente parada en su paseo del lunes era una agencia de viajes que promocionaba en las vitrinas sus ofertas fuera de temporada, cuando aquellas aventuras estaban solo al alcance de rentistas o jubilados en buena forma.

Como destino transoceánico, aquella semana ofrecían un tour de dieciséis días para gozar del otoño en varios parques nacionales de Estados Unidos. Víctor entrecerró los ojos para imaginar los senderos tapizados de hojas doradas en Redwood, en el Yosemite o en Yellowstone.

La oferta local era una ruta de ocho días por los castillos del Loira, con extensión al Mont Saint-Michel y las playas de Normandía.

«Pas mal», se dijo Víctor mientras caminaba con una mezcla de pesadumbre e inquietud. Cada vez que veía imágenes de destinos lejanos, el ritmo de su corazón se aceleraba recordando los sueños aventureros de su infancia. Sin embargo, veinte años viviendo solo lo habían vuelto prudente en extremo. A fin de cuentas, solamente contaba con sus propios recursos. Eso hacía imposible aceptar el encargo y aquel cheque bancario, en el caso de que tuviera fondos. Una investigación como aquella requería dejarlo todo, incluido su empleo. Víctima del síndrome del impostor, presentía que a sus cuarenta y cinco años sería difícil que lo contrataran en ningún sitio.

Tras finalizar su paseo, se dirigió a un restaurante del Eixample para tomar el menú del mediodía. Aquel lunes de octubre optó por ir a Tragaluz, un local luminoso y de moderno diseño abierto pocos años atrás. Solía seguir aquel ritual en su día libre, no tanto para ahorrarse cocinar, sino para comparar la calidad gastronómica y el servicio que ofrecía la competencia.

Casi siempre llegaba a la misma conclusión: La Puñalada los superaba con creces en calidad, pero también en precio. Tristemente, ese factor iba cobrando cada vez más importancia entre el público joven y los turistas de la ciudad.

Terminada la comida, fue caminando a un paso deliberadamente lento hasta la consulta de Miriam. Hacía dos años que había iniciado terapia con su psicóloga; a una evidente crisis existencial se le sumaban los episodios ocasionales de ansiedad, que últimamente iban en aumento. Además, le gustaba charlar con ella de cualquier cosa durante cincuenta minutos. Y ciertamente aquella tarde había tema del que hablar.

Miriam tenía la consulta en el ático de un antiguo piso en la calle Bruc. Los altos techos, rematados con hermosas molduras, proporcionaban una placentera sensación de amplitud y luminosidad. Tras colgar su cazadora en el recibidor, Víctor entró en el despacho y se sentó en el sillón. Permaneció un par de minutos allí solo, cómodo y relajado con el silencio de aquel espacio acogedor.

Siguió con la mirada el interior del despacho. Numerosos cuadros decoraban las paredes y la estantería estaba repleta de libros de psicología. Le llamó poderosamente la atención una figura geométrica de nueve puntas clavada con una chincheta en un panel de corcho.

Estaba a punto de levantarse para verla de cerca cuando ella apareció, con su luminosa sonrisa y la tetera de hierro colado.

—Hoy toca *oolong* de altura —anunció.

—¿De qué altura hablamos? —bromeó Víctor.

—Más de mil metros, me lo ha traído una paciente de Taiwán.

Hecha la presentación, llenó dos boles sobre la mesita que los separaba y se sentó en su sillón.

Mientras jugaba con su agenda Moleskine, a la espera de que se decidiera a hablar, él aprovechó unos segundos para contemplarla. Pelirroja y con el pelo rizado, se acercaba a los cuarenta años. Hacía poco que se había divorciado y compartía con su ex la custodia de su hijo. Víctor tenía ensoñaciones con ella, pero jamás se atrevería a hacer un gesto mínimamente ambiguo. Sabía que el código deontológico de los psicólogos obliga a que transcurran algunos años del alta para que las dos partes puedan establecer una relación.

—Nos vimos por última vez a finales de junio —dijo ella con su voz suave como el ronroneo de un gato—. Cuéntame, ¿cómo has pasado el verano? ¿Has empezado el curso con buen pie?

—Eso sería mucho decir… —repuso Víctor pasándose la mano por su pelo canoso—. En verano intenté seguir tu consejo de estar activo y tener más vida social. Me instalé unas semanas en Poboleda, con la familia de mi hermano. Hice varias excursiones por la sierra del Montsant con amigos de la infancia y aproveché para visitar bodegas y conocer nuevos vinos. Algunos días me metía en un bosque para pasear y disfrutar de la tarde leyendo bajo un pino.

—*Shinrin-yoku.*

—¿Cómo?

—En japonés significa «baños de bosque». Estudios de la década pasada confirmaron beneficios importantes para la salud si se practica al menos una vez por semana. Pero no nos quedemos ahora en la espesura... —Los dedos de Miriam tamborilearon sobre la Moleskine—. ¿Cuánto hace que no te aventuras lejos de verdad?

—Más de lo que desearía... Con el paso de los años, cada vez tengo más pánico a volar. Solo de pensar en estar encerrado dentro de un avión me sudan las manos, aunque al mismo tiempo me atrae lo desconocido. Supongo que soy un cobarde.

Víctor estaba tentado de contar a la terapeuta la insólita propuesta de Ismael, que sin duda le habría hecho viajar, pero finalmente se frenó por algún motivo que se le escapaba.

Como si intuyera que algo le rondaba por la cabeza, Miriam apoyó las manos sobre las rodillas y le preguntó:

—Entonces, ¿no tienes nada que contarme? ¿Por qué has venido a verme?

—Nunca dejas que me vaya por los cerros de Úbeda, y eso me encanta. Está claro que no he venido a hablar de baños de bosque ni de viajes. Llevo ya algunas noches con insomnio y me siento ansioso, como si estuviera en falso.

—¿Qué quieres decir con eso?

Víctor respiró hondo mientras se fijaba en un rayo de sol que se había posado caprichosamente sobre un jarrón vacío en la mesa, como si quisiera conferirle un significado especial.

—Me resulta difícil de explicar. A veces tengo la sensación de que mi vida, tal como la conocía, ha terminado. Aunque me resista a reconocerlo. Sé que es absurdo.

—No hay nada absurdo, Víctor. Solo realidades que aún no sabemos interpretar. Sigue, por favor...

—También siento una dolorosa nostalgia por el pasado, cuando aún vivía mi padre y mi madre estaba bien. Recuerdo la vida en el pueblo y lo bien que me lo pasaba con mi hermano Ramón y los amigos. Recorríamos felices todo el Priorat con nuestras bicicletas, entrando en casas abandonadas, construyendo cabañas y haciendo batallas de uva en los viñedos. Añoro mucho esa época sin preocupaciones. Tal vez sea por la edad o porque el futuro pinta cada vez más negro. El restaurante va de mal en peor y temo que, cuando me quede de patitas en la calle, sea demasiado tarde.

—¿Demasiado tarde para qué?

Los ojos azules de Miriam lo desafiaban. En vista de que Víctor no respondía, ella murmuró:

—Mente rumiante, ansiedad anticipatoria, ya nos conocemos.

Él asintió, resignado, con la cabeza.

—Empiezo a pensar que no debí aceptar en su día el puesto de sumiller que me ofreció el propietario de La Puñalada al jubilarse el anterior. Yo trabajaba allí de camarero para sufragar mis estudios y me dejé tentar por la seguridad de un sueldo. Ciertamente, tenía ya un sexto sentido para los vinos. Antes de abrir una botella, puedo predecir si el cliente la rechazará.

La psicóloga dejó su taza de té en la mesa, junto al jarrón vacío, y se pasó los dedos por sus rizos mientras escuchaba atentamente a Víctor.

—Abandoné la carrera de Historia un año antes de acabarla por esa seguridad que ahora siento que se tambalea. Ello supuso, además, tener unos horarios horribles que me fueron distanciando de mis amigos. Hace ya unos años de mi última relación sentimental y no sé ni cómo podría hacer para encontrar pareja de nuevo.

—No puedes culpar también de eso al restaurante —replicó Miriam—. Yo también trabajé de camarera durante la carrera de Psicología y te aseguro que no me faltaron pretendientes.

Víctor sonrió al imaginar a aquella estudiante pelirroja detrás de la barra y cómo debía de haber hecho soñar a los solitarios como él.

—Supongo que tienes razón. No soy la alegría de la huerta —respondió, ligeramente ruborizado.

—Ni falta que hace —dijo ella, cerrando su agenda e incorporándose en el sillón—. No pierdas el tiempo editando tu historia ni te martirices con la eterna cuestión de alternativas pasadas. Si en su día tomaste esa decisión es porque la consideraste la más adecuada. Además, vales un montón y estás en una edad perfecta para iniciar una nueva etapa. Mira, tengo algunas ideas para ti...

Víctor juntó, atento, las manos para escuchar la propuesta mientras Miriam escribía algo en un pósit.

—Te paso el teléfono de un monasterio zen que ha abierto hace poco en el Garraf. Un paciente ya ha hecho allí un par de retiros y le ha ido de maravilla. Deberías iniciarte en la práctica de la meditación, aquí o en un lugar parecido. Te ayudará a conectar con tu cuerpo y situarte en el momento presente.

—Me lo pensaré —dijo, rechazando interiormente aquella idea y prestando atención a la siguiente recomendación de la psicóloga.

—Eres curioso por naturaleza, y te conviene también salir de tu día a día para abrirte a la aventura. Te aconsejo que leas algún libro de viajes, sobre todo de exploraciones a lugares remotos cuando aún no existían los aviones. Verás que es posible y fascinante descubrir mundo sin necesidad de volar.

La propuesta del libro lo sedujo bastante más que lo del monasterio. Finalizada la consulta, Víctor besó en las mejillas a su terapeuta y se despidió agradecido.

Mientras bajaba las escaleras, se dijo que al final no le había mencionado nada sobre el encuentro con Ismael. Seguía sin saber por qué. De algún modo, presentía que debía mantenerlo en secreto.

En el camino de vuelta a casa, pasó por la Librería Francesa del paseo de Gracia y decidió entrar para seguir el consejo de Miriam.

—¿Puede recomendarme algún libro interesante que relate viajes a países exóticos? —preguntó Víctor al empleado de la librería.

—Hay muchos y buenos —respondió este con gesto pensativo—. Venga conmigo, que le enseñaré alguno.

Ya en la zona de viajes, el chico extrajo diferentes tomos de la estantería: *Los trazos de la canción*, de Bruce Chatwin, los viajes de Marco Polo, las exploraciones de Ibn Battuta y *Encuentros con hombres notables*, de George Gurdjieff.

—Todos estos le gustarán. De *Encuentros con hombres notables* incluso se ha rodado una excelente película, dirigida por Peter Brook.

Como el de Chatwin era contemporáneo y conocía de sobra los viajes de Marco Polo, Víctor optó por comprar los dos últimos.

Al llegar a casa, colgó la cazadora en el armario y se puso cómodo.

Se acercó con devoción hacia su equipo Nakamichi de alta fidelidad, el mayor capricho que nunca se había concedido. Para aquella tarde extraña escogió el ballet *Espartaco*, del compositor armenio Aram Khachaturian. Sacó el elepé de su funda y lo colocó en el plato del tocadiscos, sosteniéndolo entre ambas manos para evitar tocar los surcos con las yemas de los dedos.

Tras limpiar el cabezal con un fino cepillo, hizo descender la aguja sobre el disco y se sentó en el sillón. Siempre que sonaba el adagio de ese ballet, recordaba emocionado las sobremesas de su adolescencia, cuando veía con su padre la serie *La línea Onedin*, sobre un capitán de velero que comerciaba por todos los océanos en el siglo XIX. El adagio celebra la reunión de dos amantes con una música evocadora que habla fácilmente a cualquiera que haya soportado la separación de un ser querido.

No dejaba de sorprenderle cómo una pieza podía transportarlo a momentos concretos de su pasado. Mientras escuchaba la melodía con los ojos cerrados, sintió un tremendo deseo de tener a su padre cerca para hablar con él de la deriva de su vida.

Cuando la aguja del tocadiscos llegó al final del surco, Víctor fue a la cocina para prepararse la cena. Con la precisión de un monje zen, troceó unas berenjenas y las puso a freír en una sartén para incorporarlas a una tortilla.

Mientras batía los huevos, sonó el timbre.

Se quitó el delantal y fue al recibidor a abrir la puerta. Un par de jóvenes, vestidos elegantemente de traje y corbata, empezaron a informarle sobre las virtudes de los Testigos de Jehová y de lo que cambiaría su vida al unirse a esta congregación religiosa. Tras varios intentos de rechazo, al final consiguió cortar la conversación. Cerró la puerta y se dirigió al comedor con un ejemplar de *Atalaya* en la mano.

Por curiosidad, echó una hojeada a la revista antes de tirarla a la papelera sin darse cuenta de que un humo negro y denso estaba invadiendo el salón. Al percibir el olor a quemado, corrió hacia la cocina. El aceite se había recalentado y la sartén estaba en llama viva.

Apagó el fuego y, tapándose la nariz con un pañuelo, utilizo dos trapos hasta extinguir las llamas.

Su apartamento olía como las calderas del infierno. Con el corazón disparado, tras asegurarse de haber contenido el siniestro, abrió todas las ventanas y salió de la casa para poder respirar.

Sin pretenderlo, sus pasos lo llevaron al Salambó, un café de corte literario en pleno barrio de Gracia.

Intentando reponerse del sobresalto, se tomó una caña de cerveza en la barra y se dijo que el incendio casero parecía la respuesta del diablo a cerrar las puertas a aquella comunidad religiosa.

Mientras el líquido fresco y burbujeante bajaba por su garganta, tuvo la sensación incomprensible de estar despertando de un largo letargo.

3

La finca de Gracia donde vivía no tenía ascensor y los tabiques parecían de papel de fumar, pero el piso era espacioso y estaba en la primera planta. Víctor lo había decorado de un modo muy acogedor, combinando algún mueble antiguo de su familia con espacios dedicados a sus aficiones. Aparte de su colección de discos y el equipo de música, el comedor albergaba una nutrida biblioteca a la que pronto incorporaría dos nuevos volúmenes.

Le gustaba vivir allí, en plena plaza de la Virreina, a pocos pasos del cine Verdi. Era un barrio con mucho carácter, a caballo entre un pueblo y la gran ciudad.

Aquella noche, su joven pareja de vecinos había estado más escandalosa de lo habitual. A una discusión con ruido de vajilla rota, le siguió la reconciliación amorosa en forma de gemidos, todo ello aderezado con un concierto de madera y muelles en la mayor.

Incapaz de conciliar el sueño, cuando los recursos habituales hubieron fracasado, desde la infusión de valeriana al vaso de leche caliente, Víctor se resignó a pasar la noche en blanco. Recostado en un almohadón, comenzó a leer en la cama el libro de viajes de Ibn Battuta que acababa de comprar.

A mediados del siglo XIV, y durante casi treinta años, aquel hombre que ahora descubría viajó por medio mundo, desde el norte de África hasta China, recorriendo miles de kilómetros, y conoció a más de mil quinientas personas, muchas de ellas citadas en el libro.

Los párpados comenzaron a cerrársele y, sin darse cuenta, en algún momento se quedó profundamente dormido.

Tras una buena ducha y un café con tostadas y fruta, al día siguiente se dirigió andando al trabajo. La Puñalada estaba a poco más de veinte minutos, y a Víctor le encantaba serpentear por las callejuelas del barrio, variando siempre el recorrido hasta llegar al paseo de Gracia.

Aquel soleado día de octubre, el aroma a bollería recién horneada de una panadería cercana se mezclaba con el olor a café de los bares.

Decidió bajar por la calle Torrijos. La estrecha travesía peatonal, salpicada de bares, restaurantes y tiendas con encanto, unía la plaza de la Virreina con el mercado de la Abacería. Al pasar frente a una pequeña librería lo asaltó un súbito cansancio. Ensimismado, recordó los primeros capítulos que había leído del libro y que habían despertado en él una curiosidad casi infantil por el personaje.

A los veintiún años, Ibn Battuta abandonó su casa natal en Tánger para peregrinar a La Meca y ampliar sus estudios en Egipto y Siria. Según sus propias palabras: «Me decidí, pues, en la resolución de abandonar a mis amigos y me alejé de la patria como los pájaros dejan el nido».

Víctor atravesó el mercado de la Abacería, bullicioso como siempre. La vista de las paradas y las conversaciones joviales entre clientes y vendedores lo distrajeron momentáneamente de sus divagaciones.

Los plátanos de los Jardinets de Gracia habían iniciado ya el cambio de color. La temperatura era suave, pero una ligera brisa hacía caer algunas hojas, de tonos ocres y amarillentos, dándole al entorno un matiz claramente otoñal. Ese mismo viento llevó a la nariz de Víctor un ligero olor a quemado que le recordó a su incendio doméstico.

Se preguntó de dónde vendría.

Tras cruzar la Diagonal, vio una multitud alrededor de una humareda de color gris oscuro.

Aceleró el paso, poseído por un lúgubre presagio, que se vio confirmado al llegar a la esquina con la calle Rosselló.

La Puñalada estaba ardiendo.

De los ventanales que daban al paseo de Gracia salían vivas llamaradas. Se oían los crujidos de las vetustas marquesinas de madera al ir cediendo al poder devastador del fuego.

Víctor intentó abrirse paso entre la muchedumbre para entrar en el local, pero un guardia urbano le cortó el paso.

—Soy el *maître* del restaurante, permítame entrar, por favor.

—Quédese donde está, caballero. El paso está vetado a todo el mundo, a excepción de los servicios de emergencia. El edificio se puede venir abajo en cualquier momento y sospechamos que hay alguien en su interior.

Las últimas palabras lo dejaron en shock. Lívido y estirando el cuello entre el gentío, pudo ver que el histórico y noble mobiliario era pasto de las llamas. Un tumulto de gente comenzó a arremolinarse en los alrededores mientras las sirenas de los coches de bomberos y una ambulancia anunciaban su llegada.

Ochenta años de historia de Barcelona llegaban a su fin. Inaugurado en 1915 como Taverna dels Bohemis, el restaurante fue rebautizado en 1927 como La Puñalada, sin que se supiera a ciencia cierta el porqué de ese nombre. Uno de los epicentros de la burguesía barcelonesa del siglo xx, Santiago Rusiñol, lo convirtió en sede de la que sería una de las tertulias más selectas y concurridas de entreguerras.

En cuestión de minutos, tantos y tantos recuerdos iban ascendiendo al cielo barcelonés en aquella pira de humo grisáceo y livianas partículas de ceniza. Tras desenroscar las mangueras, los bomberos ya regaban los restos de la marquesina y el interior en llamas del restaurante, multiplicando la humareda.

Desde la barrera creada por la guardia urbana, Víctor no daba crédito a lo que veían sus ojos. Ni en su peor pesadilla podía imaginar un desenlace tan terrible para lo que había sido su segunda casa durante veinte años. Sudoroso y preso de los nervios, en esos momentos solo deseaba que nadie hubiera perecido en el incendio.

—Ya lo decía Leigh Hunt —afirmó una voz cercana—. El fuego es el más tangible de todos los misterios visibles.

Él no sabía quién era Leigh Hunt, pero aquella voz le resultaba familiar. A su izquierda, un hombre rechoncho y pelirrojo observaba el siniestro entre la multitud. No venía de allí el comentario, por lo que giró su cabeza al otro lado. Enfundado en un traje de franela gris, con una camisa azul cielo y corbata de Hermès, se encontraba Ismael.

Un escalofrío recorrió la espalda de Víctor al percibir aquellos ojos escrutadores que nunca pestañeaban.

—Lamento mucho que nos encontremos en estas circunstancias, amigo.

Nervioso y asustado al mismo tiempo, el sumiller respondió de un modo entrecortado:

—Ismael… ¿Qué hace usted aquí? Creí que le vería mañana y… —Al recordar de repente el cheque, añadió, balbuceante—: Pero debo decirle que no puedo…

—Vivo aquí al lado —lo interrumpió mientras se atusaba con serenidad la barba—. Siempre que estoy en Barcelona me alojo en el hotel Majestic. Mientras estaba desayunando, he visto el humo a través de la ventana y he salido a ver qué pasaba. Ya no podremos volver a compartir mesa, como hace dos días. ¿No le parece asombroso?

Totalmente desconcertado, las palabras de Ismael le llegaban como una lejana letanía mientras la agitación en la calle iba en aumento. Cada vez había más gente congregada alrededor del restaurante.

Justo entonces, los restos de la marquesina, que tanta personalidad otorgaba a la terraza de La Puñalada, se precipitaron al suelo con gran estruendo. Una enorme bola de fuego y chispas salió proyectada hacia el exterior, haciendo retroceder a la turba.

Dos bomberos se lanzaron, hacha en mano, hacia el interior del local.

Víctor estaba paralizado. Aquel negocio, que había sido su sustento y su razón de ser, desaparecía devorado por las llamas como el teatro del Liceo tres años atrás.

Como si pudiera leer su desolación, Ismael puso su mano sobre el hombro de Víctor y le comentó:

—Siento muchísimo lo que está ocurriendo, pero quizá debería interpretarlo como una señal, ¿no cree?

Dicho esto, lo tomó ligeramente del brazo para apartarse un poco de la muchedumbre agolpada frente al restaurante y poder hablar con más tranquilidad.

—Estábamos citados mañana en el Samoa, pero obviamente se han adelantado los acontecimientos.

Víctor no contestó. Estaba demasiado confundido para decir nada.

—No quiero presionarlo, y menos en una situación tan triste como esta, amigo, pero... ¿ha podido reflexionar sobre las palabras que le dirigí el pasado domingo?

—No creo que este sea un buen momento para...

—El talento es un bien escaso —volvió a interrumpirlo—, y no podemos permitirnos desaprovecharlo cuando brota en la ocasión perfecta. Tengo la corazonada de que usted es la persona idónea para encontrar esa botella.

Víctor miró absorto a su obstinado interlocutor antes de declarar, ahora ya con cierto enfado:

—Le aseguro que en este instante no estoy en condiciones para hablar, pero ya le adelanto que no pienso aceptar su propuesta. Destruiré el cheque hoy mismo.

—Le ruego que no se precipite. Bastante se ha destruido ya en este día. Aunque, si lo piensa bien —dijo pasándose la mano excesivamente blanca por la barba—, este incendio debería ser un acicate más para aceptar la misión. Prolongaré unos días más mi estancia en el Majestic por si cambia de idea. No tiene que apresurarse a darme una respuesta, pero tampoco se duerma.

En aquel momento, la cristalera que daba a la calle estalló con estrépito a causa de la temperatura infernal mientras los bomberos retiraban un cuerpo calcinado del interior del local entre los gritos y expresiones de dolor del público agolpado.

4

La confusión reinante era absoluta. Bomberos y enfermeros cargaron el cadáver dentro de la ambulancia para llevárselo del lugar. Por mucho que preguntó, Víctor no consiguió averiguar su identidad.

Paralizado aún por la catástrofe, Víctor permanecía en aquel chaflán que se había convertido en un montón de maderas calcinados y escombros humeantes. Un viento frío empujaba grises nubarrones sobre la multitud que empezaba a dispersarse a instancias de los agentes. Tuvo que obligarse a mover las piernas para dar la espalda a lo que había sido su medio de vida durante más de veinte años.

Mientras caminaba, se dio cuenta de que estaba empapado de sudor. Al sacarse la chaqueta, Víctor vio un trozo de papel que asomaba de un bolsillo interior. Era el pósit en el que Miriam había anotado un nombre y una dirección: «Palacio del Silencio (Olivella)».

Una vez en casa, se dejó caer sobre el sillón tras alcanzar el teléfono, con el que marcó el número del propietario de La Puñalada. Cuando saltó el contestador automático, colgó sin dejar mensaje. Un lúgubre presentimiento se adueñó de él. Hacía meses que su jefe se quejaba de que tenían pérdidas. En el paseo de Gracia cada vez había más restaurantes económicos que atrapaban a los turistas como papamoscas.

Incapaz de pensar en nada que ayudara a aflojar su ansiedad, Víctor se levantó para tomar un vaso de agua fría de la nevera. Sentía que el calor del incendio seguía con él. Para intentar calmarse fue a su colección de discos y eligió la «Marcha turca» de Beethoven, perteneciente a *Las ruinas de Atenas*.

Hipnotizado delante del tocadiscos, se dejó arrastrar por aquella tonada absurdamente festiva, a no ser que el estado de ánimo que se describe sea el del ejército otomano destruyendo la ciudad.

Justo en el momento en el que la pieza alcanzaba el clímax con un *fortissimo*, sonó de nuevo el timbre de la casa. Pensando que volvería a tratarse de los jóvenes proselitistas, su sorpresa fue mayúscula cuando vio a dos policías de pie frente a la puerta.

—¿Es usted Víctor Morell, el sumiller de La Puñalada?

Asustado, Víctor asintió afirmativamente. Con un serio semblante, uno de los agentes le extendió un documento para que lo firmase.

—Necesitamos hacerle algunas preguntas para aclarar el incendio del restaurante. Queda usted citado para mañana a las doce del mediodía en la comisaría de la calle Mallorca.

Tras despedirse, Víctor cerró la puerta y releyó la citación sin saber qué hacer en aquel momento. Estaba atrapado en una rueda de acontecimientos que no controlaba y, lo que era peor, no comprendía. Tal vez fuera pura obra del azar, que había empezado a girar para destruir su vida hasta dejarla en ruinas.

A la mañana siguiente se dirigió a la comisaría. Aunque tenía la conciencia tranquila, no le hacía maldita gracia tener que declarar delante de la policía. La recepcionista lo hizo pasar a un pequeño despacho, donde ya lo esperaban dos agentes uniformados, el más grueso de ellos con un bolígrafo en la mano, para tomar nota de la declaración de Víctor.

—Buenos días, señor Morell. Como ya sabe, La Puñalada sufrió ayer un incendio.

—Pasé allí toda la mañana sin dar crédito a lo que veían mis ojos —respondió apesadumbrado.

—Acabamos de recibir el informe del forense, que confirma la identidad de la persona que los bomberos hallaron en el interior.

El agente observó fijamente a Víctor para analizar su reacción.

—Se trata o, mejor dicho, se trataba de Antonio Cruañas, el propietario.

Aunque lo presentía, al oír la noticia Víctor se hundió en la incómoda silla del pequeño despacho con los ojos humedecidos. Sin poder articular palabra, no logró evitar que unas lágrimas empezaran a deslizarse lentamente por sus pómulos.

—Lo sentimos —dijo uno de los agentes con gesto compasivo.

Víctor tardó unos instantes en recobrar la compostura y preguntó, aún con la voz entrecortada por la emoción:

—¿Saben si se ha suicidado?

—Los peritos del seguro han descubierto que la espita de gas de la cocina estaba abierta y la puerta cerrada. No podemos descartar un asesinato, pero lo más probable es que el señor Cruañas intentara intoxicarse con el metano y que, por algún motivo desconocido, se produjera la fatal explosión. Deberemos hacerle algunas preguntas para aclarar su muerte.

Sudoroso, el sumiller se mostró enseguida dispuesto a colaborar.

—Los libros de contabilidad han desaparecido calcinados, pero sabemos que el restaurante tenía pérdidas y había acumulado deudas considerables. Usted conocía bien a su jefe. Últimamente, ¿estaba deprimido o más nervioso de lo habitual?

—Sé que La Puñalada no iba muy bien, pero él no lo dejaba traslucir. Era un hombre bastante reservado.

—¿Cree usted que alguien podría haber tenido motivos para asesinarlo?

—Antonio era una buena persona y muy querido por sus clientes. No puedo pensar en nadie que hubiera querido acabar con su vida —replicó Víctor cabizbajo.

Mientras pronunciaba aquellas palabras, le vino a la mente la imagen de Ismael y su casual aparición en el lugar del siniestro.

Al agente que tomaba nota no le pasó desapercibido el gesto pensativo del sumiller.

—La deflagración se produjo por culpa del gas. ¿Recuerda usted que tuvieran algún problema con la instalación anteriormente?

—Nunca tuvimos ninguna incidencia y la compañía de gas realizaba inspecciones con regularidad.

El agente anotó también esta respuesta con diligencia.

—Por último, ¿puede decirnos dónde estaba usted en el momento del siniestro?

—Desayuné en casa y fui andando al restaurante. Al llegar, a las diez de la mañana, el incendio ya estaba fuera de control.

Finalizado el interrogatorio, Víctor firmó el acta y se dirigió a la salida acompañado por el agente más delgado.

—Gracias por su colaboración, señor Morell. Lo más probable es que se trate de un suicidio. No lo consideramos a usted sospechoso ni precisa estar localizable. De todos modos, contáctenos, por favor, si se le ocurre cualquier información que pudiese ser de relevancia.

Víctor salió de la comisaría bastante trastocado. Aunque de vez en cuando tuvieran algún desencuentro, llevaba muchos años trabajando con Antonio Cruañas y ya nunca más lo volvería a ver. Otro puntal de su vida se derrumbaba ante sus ojos.

Necesitado de una pausa para recuperar fuerzas, se fue a comer al Caballito Blanco, un clásico restaurante situado a media manzana de allí. Conocía bien a Gerardo, su *maître*, quien le obsequió con una copa de Sierra Cantabria para acompañar el menú del mediodía. Disfrutó compartiendo con él la nota de cata de este magnífico y equilibrado rioja: de color púrpura intenso, destacaban sus aromas a cereza picota y grosella con toques especiados y florales. Sentir el frescor, la amabilidad y sedosidad de este vino en el paladar fue para él un bálsamo después de los últimos acontecimientos.

Finalizada la comida, el *maître* se sentó a su mesa para tomar el café.

—Víctor, me sabe muy mal lo que ha pasado.

—Es un golpe duro, sí —respondió con tristeza.

—¿Crees que La Puñalada volverá a abrir?

—La policía acaba de informarme de que Antonio murió en el incendio.

Gerardo puso unos instantes la mano sobre la suya.

—Lo siento mucho, de veras. ¿Sabes qué vas a hacer ahora?

—Pues no lo sé. Es todo tan reciente…

Víctor sorbió un poco de café antes de seguir:

—Nunca he tenido la inquietud de cambiar de trabajo. ¿Tú conoces algún restaurante que necesite un sumiller?

El *maître* se giró para mirar a su alrededor y bajó la voz:

—Ya sabes que no estoy muy contento aquí. Hace tiempo que busco cambiar de sitio, pero está muy difícil en Barcelona. Los restaurantes que abren ahora son de otro estilo y con costes de personal muy reducidos.

Víctor escuchaba desalentado.

—Tuve una oferta para el restaurante Lhardy, pero habría tenido que mudarme a Madrid. No pude hacerlo por la familia, pero tú tienes más opciones. Además, eres uno de los mejores.

—Veremos lo que me depara el futuro, Gerardo —respondió, agradecido, y apuró su taza de café. Un traslado no era precisamente lo que más le apeteciera en estos momentos.

Después de la comida, se dirigió de nuevo a la plaza de la Virreina. Pasando delante de un quiosco, sus ojos se clavaron como dardos en uno de los titulares de *La Vanguardia*: «Víctima mortal en el incendio del restaurante La Puñalada».

Exhausto, al llegar a casa se tumbó en la cama y durmió una larga siesta. En sus sueños, Víctor estaba rodeado de llamas. Intentaba huir sin lograrlo. Su hermano Ramón le tendía la mano, pero esta iba alejándose más y más.

Se despertó bañado en sudor. Tras refrescarse con una ducha, se dirigió al salón para escuchar algo de música y relajarse, pero a los diez minutos se levantó nervioso del sillón para apagar el tocadiscos. Tras ir y venir por el pequeño apartamento como una fiera enjaulada, sintió que era presa de un ataque de pánico y se acordó de Miriam.

Siguiendo un repentino impulso, rebuscó en su bolsillo las señas del monasterio zen que le había dado su terapeuta. Con todo derrumbándose a su alrededor, no parecía el momento más idóneo para iniciarse en la meditación, pero en aquellas circunstancias tampoco se le ocurría nada mejor que hacer.

Aun consciente de que estaba tomando una decisión absurda, fue a su habitación para hacer la maleta. Solo pensaba irse un par de días, pero su carácter metódico y ordenado hizo que invirtiera casi media hora en escoger la ropa que llevaría, preparar el neceser y pulir sus zapatos.

Salió de la casa, maleta en mano, tratando de convencerse de lo obvio: en los próximos días no lo iban a necesitar en La Puñalada.

Ya en la calle, vio que los nubarrones grises se habían ido cerrando como un espeso cortinaje, lo cual motivó que regresara rápidamente en busca de un paraguas.

Una vez en el garaje, revolvió los papeles dentro de la guantera de su Peugeot 205 blanco hasta encontrar un mapa. Necesitó un buen rato para situar Olivella y decidir la ruta a seguir.

La lluvia empezó a repicar sobre el parabrisas al dejar atrás el aeropuerto. Un avión en maniobra de aterrizaje le pasó por encima y le recordó la conversación con Miriam y su lucha interna entre las ganas de ver mundo y su fobia a volar.

Atravesó Castelldefels, la vieja ciudad vacacional que empezaba a ser un barrio más de Barcelona, y al llegar a Port Ginesta tomó el desvío en dirección a Olivella que lo llevaría, en una serpentina de cuestas, hacia el macizo del Garraf.

Estaba ya oscureciendo y, mientras Víctor remontaba un precipicio, el mar abajo iluminaba el paisaje de forma intermitente como el flash de una cámara fotográfica.

El radiocasete del coche estaba reproduciendo el primer tiempo de la *Sinfonía inacabada* de Schubert. Llena de fuerza y emoción, la partitura hizo que el conductor se sintiera transportado al Romanticismo, a merced de las fuerzas desencadenadas de la naturaleza.

A medida que escalaba la tortuosa carretera, entre los bosques pedregosos y el acantilado marino, los relámpagos y los faros del coche disipaban temporalmente la penumbra. Cada curva que tomaba parecía más sinuosa que la anterior y el recorrido se iba haciendo progresivamente inquietante.

De repente, una sombra delante del coche lo obligó a frenar de golpe, saliéndose de la cuneta. Con las pulsaciones aceleradas, Víctor aún tuvo tiempo de ver al inmenso jabalí penetrando en el tupido bosque de pinos que bordeaba la carretera.

Una vez recuperado del susto, arrancó de nuevo el viejo Peugeot, ahora sin pasar de la segunda marcha.

La carretera parecía que nunca iba a terminar cuando, al salir de un recodo, se encontró por fin con un rótulo que indicaba el poblado de Olivella. Dos curvas más adelante, una flecha de madera anunciaba en letras talladas a mano: PALACIO DEL SILENCIO.

Exteriormente parecía un castillo, con su muralla de protección y torres de vigilancia. La entrada principal era un enorme arco con unas puertas de madera remachadas y banderolas.

Víctor se apeó del coche para inspeccionar la entrada. No se veía ni un alma ni encontró recepción alguna para avisar de su llegada. Al otro lado del arco había un amplio jardín y una extraña construcción de base redonda, tenuemente iluminada y rematada con un pináculo. Aunque él no lo sabía, se trataba de una estupa budista.

Aquel ambiente fantasmagórico le pedía dar media vuelta y dejarse de aventuras, pero la alternativa de volver a su casa aún lo seducía menos. Tras unos instantes de duda, finalmente aparcó el coche en un solar a la izquierda del camino y llamó al timbre.

Esperó unos minutos y volvió a pulsar el timbre. De no ser porque la puerta exterior estaba abierta, Víctor habría pensado que no había nadie allí o que incluso el monasterio estaba abandonado.

Contra todo pronóstico, finalmente se encendió una luz temblorosa en el interior. Un minuto más tarde, un hombre rapado de mediana estatura, vestido con una túnica marrón, salió a su encuentro.

Lo saludó con un leve movimiento de cabeza y juntando las palmas de sus manos. Luego sus ojos pequeños atravesaron la oscuridad para preguntarle qué quería.

—Vengo por recomendación de mi terapeuta, que conoce este lugar. Me gustaría iniciar un retiro y… —Tras darse cuenta de la oscuridad que los envolvía, Víctor añadió—: Soy consciente de que no son horas de presentarme. He venido siguiendo un impulso.

—El impulso es sabio —dijo el monje—. Bienvenido al Palacio del Silencio. El *Roshi* no podrá verle hasta mañana. Aquí nos acostamos pronto porque empezamos las meditaciones a las cuatro de la madrugada. Le conocerá en el desayuno.

—Por favor, no quisiera molestar —repuso Víctor, receloso de lo que le pareció una secta.

Se hubiera marchado de inmediato de no ser porque el monje ya lo invitaba a seguirlo, caminando unos pasos por delante de él con la linterna encendida.

Tras cruzar el patio, entraron en lo que parecía ser una mansión de indiano de proporciones superiores a lo habitual. Unas escaleras de caracol los llevaron al primer piso, donde recorrieron un largo pasillo hasta su celda.

El religioso encendió un candil al lado del camastro. Luego se marchó.

De reducidas dimensiones, fuera de aquella vieja cama de madera, la estancia solo tenía una silla y una mesita sobre la que reposaba una figura sedente de Buda. La lumbre de la vela que había encendido el monje apenas permitía distinguir los contornos de los objetos.

Reinaba en el edificio un silencio sepulcral, tan solo interrumpido por los truenos y el fragor de la lluvia. Aunque la recepción de aquel novicio había sido amable, el lugar se le antojaba poco hospitalario.

Por la mañana conocería al *Roshi*, eso le había dicho aquel hombre de edad indeterminada. Víctor no sabía qué era un *roshi*, y tampoco si tenía ganas de averiguarlo.

Fatigado por el viaje y por aquel día lleno de emociones, ni siquiera sentía hambre, aunque lo cierto era que no le habían ofrecido nada para llevarse a la boca. Una solitaria jarra de agua en el alféizar de la ventana era todo lo que había para mojarse el gaznate.

Se puso el pijama y se tumbó en la cama, que crujió como una fiera herida. Se disponía a leer algún capítulo más del libro de viajes recién incorporado a su biblioteca. Sin embargo, la luz de la vela era tan tenue que le costaba distinguir las letras.

Poco a poco, el cansancio fue haciendo mella y los ojos se le empezaron a cerrar. Estaba leyendo el capítulo que describía la travesía de Ibn Battuta a través de Persia. Ya se imaginaba viajando con él por las inmensas estepas de Asia Menor cuando, de repente, vio una sombra en su habitación.

Sobresaltado, distinguió la figura de un hombre sentado en la silla justo cuando la llamita de la vela se extinguió.

Víctor no podía ver su cara, pero le pareció que unos ojos grandes y oscuros lo miraban fijamente en la oscuridad.

—¿Quién es usted? —le preguntó, atenazado por el miedo—. ¿Es el *Roshi*?

Llovía a raudales y un rayo iluminó en aquel preciso instante la celda. Víctor pudo ver su rostro alargado, de tez morena, calvo y con un poblado mostacho, centelleando durante una fracción de segundo.

Se produjo un largo silencio en la habitación.

Luego, una voz grave y pausada emitió unas palabras en perfecto francés, pero con un acento que el sumiller no supo identificar:

—Antes de preguntar a otra persona por su identidad, es necesario conocerse a sí mismo. ¿Se ha hecho usted alguna vez esta pregunta? ¿Sabe quién es y cuál es la misión que el destino le tiene encomendada?

Anonadado, Víctor no supo qué contestar.

—Está usted dormido, y hasta que no despierte no sabrá quién es.

Un trueno retumbó con fuerza en el interior del monasterio. Sin atreverse apenas a respirar y con la frente sudorosa, Víctor logró articular:

—Creía conocerme, pero empiezo a tener dudas al respecto. En los últimos días he vivido una serie de hechos que han zarandeado los cimientos de mi existencia. A mi confusión se suma que debo tomar una decisión importante sobre mi futuro, pero siento que estoy a ciegas… Como ahora.

Aquellos ojos seguían mirando fijamente a Víctor, que no entendía por qué se había sincerado, mientras lo acompañaba una respiración lenta y pausada.

—¿Qué ha sido su vida hasta hoy? —preguntó el desconocido.

Ante su falta de respuesta, aquella voz suave y profunda siguió hablando:

—Usted está dormido, no sabe quién es porque no se conoce a sí mismo. Hoy es una persona, mañana es otra. No determina su vida, la vida lo determina a usted; si no asume el trabajo sobre sí mismo como lo más importante, seguirá durmiendo hasta el día de su muerte.

Un relámpago iluminó de nuevo la estancia a la vez que una ráfaga de viento abría con estruendo la ventana. Víctor saltó de la cama para cerrarla y evitar que la lluvia inundara la celda y empapara todas sus pertenencias.

Al volverse, se dio cuenta de que estaba solo en la habitación. La enigmática visita se había desvanecido.

5

Cuando Víctor abrió los ojos, eran casi las nueve de la mañana. Se oía el trino de los pájaros y un fino rayo de luz penetraba en la habitación por una rendija.

Necesitó unos segundos para entender dónde estaba. Aún aturdido, se levantó a abrir la contraventana.

El sol se elevaba lenta y pesadamente por detrás de las montañas como una aparición. El único rastro de la lluvia pasada eran las gotas de agua que brillaban sobre las hojas de los árboles y daban al jardín del monasterio un mágico encanto.

Tras apoyarse un rato sobre el marco de la ventana, se giró hacia al rincón donde la noche anterior había conversado con esa misteriosa presencia. Su mente flotaba en la confusión. Recordaba perfectamente la mirada intensa de sus ojos negros y su voz profunda. ¿Había sucedido aquello realmente o se trataba solo de un sueño?

Embebido en estos pensamientos, tomó una toalla y se dirigió a los baños comunes para darse una ducha. Se alegró de no cruzarse con nadie en el pasillo ni en los aseos.

Subió con cierta aprensión a un plato de ducha agrietado y giró el grifo con dificultad. Un chaparrón irregular de agua helada le cayó encima como un latigazo. Víctor se enjabonó y aclaró a la velocidad del rayo.

De regreso a su celda, se dijo que no le apetecía lo más mínimo volver a ver al monje y, aún menos, conocer al resto de la comunidad, por lo que decidió que se pondría en camino y desayunaría en alguna cafetería de la carretera.

Tras recoger sus pertenencias y abandonar la pequeña habitación, dejando un billete de mil pesetas encima de la mesa, bajó las escaleras con la rapidez de un cazador furtivo.

Abrió el maletero de su Peugeot y colocó dentro su exiguo equipaje, pero antes de subirse contempló a la luz del día el edificio que albergaba a la solitaria comunidad zen.

Tenía el estilo de las mansiones que se habían hecho construir los indianos tras hacer fortuna en las Antillas. Víctor imaginó cómo debía de haber sido la vida en ese palacio en su época de esplendor, con sus propietarios vistiendo frescas y blancas guayaberas y tocados con elegantes sombreros de hoja de palma.

Al pasear la mirada por la fachada, reconoció la silueta del monje, que lo miraba fijamente desde la habitación donde había dormido. Aquello lo acabó de despertar de su ensueño colonial.

Mientras conducía por las cuestas con el mar a su derecha, le pareció que aquel escenario nocturno amenazador se había transmutado en un paisaje idílico. Aliviado de verse lejos del monasterio al que aún no sabía por qué había acudido, puso en su equipo *Peer Gynt* de Edvard Grieg. El canto de pájaros evocado por flauta y oboe, seguido por el majestuoso crescendo orquestal, llenaba a Víctor de optimismo y le hacía imaginar el sol emergiendo en el horizonte. Era la banda sonora ideal para celebrar aquella soleada calma después de la tormenta.

Tras parar en la gasolinera La Pava para repostar y desayunar, siguió la ruta hasta Barcelona.

Al entrar en su apartamento, dejó la maleta en el suelo. Desobedeciendo su costumbre de guardar de inmediato la ropa limpia y poner la sucia en la lavadora, contempló su propia casa como si la viera por primera vez. Todo aquel orden y sobriedad de repente le inspiraban tristeza.

Como si con el incendio de La Puñalada hubiera ardido un velo que le impedía ver su vida tal como era, sintió que no deseaba sentarse en el sillón a leer o escuchar sus discos favoritos.

Aunque su retiro en el Palacio del Silencio había sido tan breve, Víctor sentía que algo en él había cambiado. Quizá fuera debido al ambiente de recogimiento, quizá por las palabras de aquel enigmático personaje. Lo envolvía una extraña sensación de urgencia por empezar a dar los primeros pasos en aquel descabellado encargo. Además, tras la conversación con su amigo Gerardo, veía muy remotas las posibilidades de recolocarse pronto como sumiller.

Con una resolución que le sorprendió a sí mismo, tomó el cheque y se dirigió a su oficina bancaria para que lo ingresaran en su cuenta. Al ver el importe, el empleado arqueó las cejas sin ocultar su sorpresa. Como emisor del talón constaban cuatro iniciales de una sociedad con sede en Luxemburgo.

«No hay vuelta atrás», pensó Víctor al recibir el comprobante del ingreso, que estaría en su cuenta antes de tres días.

A continuación, se encaminó al hotel Majestic para encontrarse con el misterioso extranjero.

—Buenos días —dijo a la recepcionista—, quisiera hablar con un huésped del hotel. Se llama Ismael... Desconozco su apellido —admitió Víctor, tomando conciencia de lo poco que sabía de esa persona.

Además de no darle su nombre, en ningún momento le había dicho a qué se dedicaba. Tenía la habilidad de responder a las preguntas con otra pregunta para resguardar su intimidad. En cambio, demostraba saber mucho sobre Víctor, ya antes de su primer encuentro.

Sin duda, estaba en franca desventaja.

—Intentaré localizarlo en su habitación —respondió la recepcionista, girando tres veces el número seis en el disco rotatorio del antiguo teléfono—. ¿Su nombre, por favor?

—Me llamo Víctor, Víctor Morell.

Mientras la joven se acercaba el teléfono a la oreja, que era notablemente pequeña, el sumiller recorrió con la mirada la elegante recepción del hotel. Había pasado centenares de veces por delante, pero era la primera vez que entraba. Uno de los hoteles con más solera de Barcelona, y después de unos años de cierta decadencia, el Majestic había emprendido una rehabilitación completa tras los Juegos Olímpicos sin renunciar a su estilo clásico.

Mientras aguardaba novedades, observó el movimiento de turistas entrando y saliendo por la puerta del hotel. Una pareja norteamericana vestida de modo informal vociferaba al pasar por su lado cuando la recepcionista colgó el teléfono.

—Lo siento, señor Morell, su llave no está colgada y no contesta nadie en la habitación. Debe de haber salido con la llave en el bolsillo.

—Vaya, era importante para mí encontrarlo... ¿Puede dejarme papel y un bolígrafo para que le escriba una nota?

La recepcionista le dio un folio en blanco y un bolígrafo con el logotipo del hotel. Víctor apuntó su número de teléfono y le escribió una nota rogando que se pusiese en contacto con él. Dobló el folio, lo introdujo en un sobre también del hotel y se lo devolvió a la chica, que apuntó sobre el mismo, con una esmerada caligrafía, el nombre del huésped: Ismael Ouspensky.

Víctor se esforzó en memorizar el peculiar nombre de aquel enigmático personaje antes de salir del Majestic para enfilar el paseo de Gracia en dirección a la montaña. Quería regresar cuanto antes a casa para estar disponible cuando este lo llamase.

Aunque los teléfonos móviles habían disminuido de tamaño y precio, Víctor aún no disponía de uno. Le seducía un modelo de Nokia que se promocionaba en anuncios y escaparates, pero hasta entonces su trabajo no lo había exigido. Ahora, pensó Víctor, sí le habría sido útil.

Al llegar al cruce con la calle Rosselló, divisó los restos calcinados de La Puñalada. La fachada había sido vallada para las investigaciones forenses y evitar que algún resto de la marquesina de madera pudiese caerse y herir a alguien. Aquellos escombros reforzaron su convicción de aceptar la propuesta de Ismael.

Una vez en casa, colocó un vinilo con la *Sinfonía n.º 40* de Mozart mientras se disponía a deshacer la maleta. Emocionalmente, aquella pieza le llegaba muy hondo, en especial por su tonalidad menor, poco habitual en el compositor austriaco.

Solo había pasado una noche fuera de casa, por lo que la ropa seguía limpia y bien doblada. Al sacar unas camisas del fondo, sonó el teléfono. Víctor las dejó caer sobre la cama, sobresaltado por el timbre. Se dirigió al comedor y bajó el volumen del tocadiscos para poder hablar.

Intuía quién estaría al otro lado de la línea cuando levantó el teléfono, aclarándose la voz.

—Diga...

—Me han dicho que ha venido a verme al hotel —dijo Ismael sin más rodeos—. Lo interpreto como una buena noticia.

—He decidido aceptar su oferta, pero para empezar el trabajo necesito aclarar unas cuantas dudas. Me gustaría verle para hablar sobre ello.

Se produjo un silencio al otro lado de la línea que a Víctor se le antojó eterno. Finalmente, Ismael respondió con ironía:

—Si solo precisa esclarecer algunas dudas, le felicito. La búsqueda que le he encomendado es compleja. A lo largo del camino le surgirán muchas preguntas sin respuesta aparente.

—Como a Parsifal con el santo grial —intervino Víctor, en un intento de aligerar la gravedad de la conversación.

—Algo así, solo que en este caso nos interesa el contenido, no el continente. ¿Le parece que reserve mañana a las dos en el Via Veneto? No dudo de que conoce este establecimiento.

—Por supuesto. Allí estaré.

Tras colgar el teléfono, Víctor se quedó un rato de pie, pensativo al lado del aparato. Para mitigar su ansiedad, subió de nuevo el volumen de su Nakamichi. La sinfonía estaba ya en el tercer movimiento, un delicioso minueto. Luego volvió a su habitación para acabar de deshacer la maleta.

Entre las camisas que había dejado caer al sonar el teléfono, se mostraban los libros de viajes que se llevó al monasterio. El de Gurdjieff estaba abierto de forma azarosa y no pudo evitar leer el primer párrafo de aquella página a modo de oráculo:

[...] en el preciso instante en que un hombre piensa en un objeto concreto, exterior a él, sus músculos se tienden o se contraen y, por decirlo así, vibran en dirección al objeto hacia el cual van sus pensamientos.

Víctor se dijo que, de ser eso verdad, aquella brújula incorporada en el cuerpo podía ayudarlo a encontrar la preciada y misteriosa botella.

Cerró el libro y ya iba a dejarlo en su mesita de noche cuando se quedó petrificado. Al desplegar por accidente la solapa izquierda, vio que mostraba el retrato del autor que había escrito aquel libro, publicado póstumamente en 1963. Un hombre calvo de tez morena y edad indeterminada con un poblado mostacho. Sus ojos negros y profundos tenían la misma mirada hipnótica que había visto en su celda la noche anterior.

6

Tras esta inquietante casualidad, Víctor aparcó momentáneamente a Ibn Battuta y comenzó a navegar por el libro de Gurdjieff desde el sillón del comedor.

Descubrió que George Ivanovich Gurdjieff había nacido en Armenia en 1866 y que devino en una personalidad tan extraña como magnética. Antes de convertirse en un gurú que aún despertaba fascinación, *Encuentros con hombres notables* relataba las etapas iniciales de su vida, sus maestros y los casi veinte años que pasó viajando por Oriente Medio y Asia Menor junto con un grupo de amigos llamados los «Buscadores de la Verdad». Su objetivo era llegar a los orígenes del conocimiento.

Cerró el libro tras acabar el tercer capítulo. En esta parte inicial de sus memorias iniciáticas, Gurdjieff narra su infancia en Armenia, los viajes de su primera juventud y los aprendizajes que recibió de los «hombres notables».

Desde pequeño, Víctor era aficionado a hacer puzles, pero nunca había tenido que enfrentarse a uno en el que las piezas fueran aumentando con el paso del tiempo. No conseguía comprender la increíble coincidencia de que el autor de un libro recién comprado se le hubiera aparecido, en sueños o no, en la habitación del monasterio.

Víctor se sintió tentado de sumergirse de nuevo en sus páginas, pero antes de que lograra enfocar la mirada, se le cerraron las pupilas. Mientras caía en el pozo del sueño, le pareció volver a oír aquella voz profunda y aterciopelada que con su peculiar acento pronunciaba la siguiente máxima: «El fuego calienta el agua, pero el agua apaga al fuego».

Durmió hasta bien entrada la mañana y, tras darse una ducha y poner un poco de orden en la casa, se vistió con el traje oscuro cruzado y la corbata de Loewe que solía utilizar en bodas y funerales. El Via Veneto era uno de los restaurantes más elegantes de Barcelona y no quería desentonar.

Algo nervioso ante aquella importante cita, salió demasiado pronto de casa. Trató de compensarlo aminorando el paso por la Diagonal en dirección a la calle Ganduxer. A diferencia de los días anteriores, aquella mañana de octubre era desapacible. Un fuerte viento arrancaba las hojas de los plátanos, provocando remolinos que las hacían girar hacia arriba en una danza endiablada.

Aunque llegó al restaurante un poco antes de la hora, decidió entrar. Con ese vendaval, el paseo no había sido muy agradable.

Un empleado abotonado hasta el cuello le abrió la puerta de madera noble. En el interior lo esperaba el jefe de sala, ataviado con una chaqueta color marfil detrás de un atril de madera. Víctor se fijó en un paragüero a su derecha del que emergía una estilizada cabeza de galgo.

—Buenos días, ¿tiene usted reser...? —comenzó a preguntar, aunque, al notar la mirada de Víctor en el bastón, añadió sin esperar su respuesta—: Sígame, por favor, le muestro su mesa.

El salón tenía una decoración de inspiración modernista, dominado por dos enormes espejos ovalados. El Via Veneto siempre había estado fuera del alcance de Víctor. Además, el perfil de clientes era de mayor nivel adquisitivo que el que solía acudir a La Puñalada, por lo que nunca había tenido la necesidad de probarlo para comparar.

Encontró a Ismael sentado en una mesa al final de la sala. Como en las anteriores ocasiones, iba elegantemente vestido con un traje claro, armilla y pañuelo a juego con la corbata. Tenía la mirada fija en la carta.

Mientras el jefe de sala lo acompañaba a su silla, le explicó:

—En esta mesa solía comer Salvador Dalí y organizaba extravagantes performances, como el día que pidió una bandeja de butifarras crudas que colgó del cuello de las cinco hermosas señoras que lo acompañaban.

Dicho esto, se despidió con una ligera reverencia y volvió a la entrada, atravesando el comedor.

Tras estrecharse la mano, Ismael tomó un poco de agua y carraspeó para afinar su voz.

—Me alegra reunirnos hoy aquí, esta vez sin que tenga la obligación de servirme. Difícilmente encontrará en Barcelona una mejor bodega, y yo hoy, además, tengo el placer de compartir mesa con el mejor sumiller.

Víctor se sofocó ligeramente por el cumplido. Nunca había sabido cómo reaccionar ante los halagos. Se sirvió un poco de agua mientras Ismael lo observaba con detenimiento, como un científico escrutando a una cobaya de laboratorio.

Antes de que pudiera decir nada, un hombre alto, con gafas y elegantemente vestido se acercó a la mesa. Ismael se levantó para dar la mano al propietario del restaurante y presentarle a su compañero de mesa.

—Buenos días —dijo con una leve reverencia—. Sé que usted es el sumiller de La Puñalada. Siento mucho que haya desaparecido. En esta ciudad, los clásicos se están extinguiendo como las ballenas en el mar.

Ismael observaba complacido la escena y se dirigió al propietario con familiaridad:

—José, ¿qué nos puede ofrecer para comer?

—Hoy hay un excelente rodaballo fresco, pero, si Víctor no ha estado nunca en nuestro establecimiento, recomendaría que pruebe el pato asado o el bogavante a dos cocciones, las especialidades de la casa.

—Me gusta mucho el pato y en todas partes lo sirven a la naranja, me encantará degustar cómo lo preparan aquí —dijo Víctor con una sonrisa cortés.

—No le defraudará. El pato asado es un clásico de nuestra carta desde que abrimos en 1967. Permítame que elija para ustedes un surtido de entrantes. Mientras tanto...

El propietario hizo un gesto a su sumiller, que se acercó de inmediato a la mesa y saludó a ambos comensales, invitándolos a seguirlo.

Víctor e Ismael se levantaron para cruzar con él la sala hasta llegar a las escaleras que conducían a la bodega, a seis metros de profundidad, tal como les explicó el experto catador.

Tras descender el último peldaño pudieron notar un ambiente silencioso, fresco y ligeramente húmedo en el oscuro sótano, ideal para la conservación del vino.

La bodega de La Puñalada había tenido muchas referencias de las que Víctor se enorgullecía, pero lo que estaba viendo la superaba con creces, sobre todo por lo que respectaba a vinos franceses. Tras mostrarles la bodega, el sumiller les recomendó un *chablis* para los entrantes y un Saint-Émilion Premier Grand Cru para el pato asado. Luego los acompañó de nuevo a la mesa y se despidió de ellos.

Ismael comenzó la conversación desdoblando cuidadosamente la servilleta y poniéndosela en su regazo.

—Parece ser que tiene usted algunas dudas, ¿me equivoco? Aunque el cheque ya está convenientemente ingresado en su cuenta bancaria, le recuerdo que el premio gordo está al final.

—Mi retribución me parece más que generosa, de eso no hay duda —comentó Víctor—. Solo es que... Debo reconocer que no sé por dónde empezar.

—Como en toda investigación, se trata de encontrar el extremo del ovillo y empezar a tirar de él, ¿no cree?

—Lo único que sé, por ahora, es que este vino tiene su origen en Scala Dei, un monasterio que está en ruinas donde correteé toda mi infancia jugando a los fantasmas con mis amigos.

—Pues quizá sea por donde debe empezar, Víctor. Procure localizar al espíritu de fray Ambrós.

En lugar de aplaudir la broma, un ligero escalofrío recorrió la espalda de Víctor mientras el camarero escanciaba el vino en las copas.

—Brindemos por fray Ambrós con este fantástico vino —dijo Ismael levantando la copa con rostro impenetrable.

El sumiller ejerció el ritual de la cata que tantas veces había realizado en su vida. Tomó la copa por el tallo y aspiró profundamente el aroma desprendido por su boca. El vino tenía un limpio color dorado claro. Después la agitó un par de veces asiéndola por la base y observando la densidad y la lágrima que se formaba al descender por la pared interna. A los iniciales aromas a miel, piña y melocotón ahora se le sumaban notas cítricas y florales.

Ismael observaba la escena con admiración.

Finalmente, se llevó la copa a los labios y sorbió un poco de *chablis*, dejándolo circular primero debajo del paladar y masticándolo posteriormente con fruición. En boca era aterciopelado, mineral y ligeramente ácido. Como por arte de alquimia, aquel enólogo había convertido la uva *chardonnay* en un vinazo.

—Esta misma tarde pondré rumbo hacia el Priorat. ¿Cómo podré informarle de mis avances? Usted dejará Barcelona y necesito poder contactar con usted allá donde se encuentre.

—No se preocupe por ello, apareceré siempre en el momento y lugar precisos, como los fantasmas —dijo Ismael retomando la broma—. De todos modos, le he traído un teléfono móvil para que pueda llamarme si hay noticias. Pero recuerde esto: no debe utilizarlo para ninguna otra cosa que no sea comunicarse conmigo. Y, por supuesto, no comparta mi teléfono con nadie.

Abrió su portafolio de cuero marrón para extraer una caja con el logo de Nokia. Víctor estaba asombrado por la nueva casualidad: era exactamente el modelo que lo seducía desde hacía unos meses.

—Además del cheque que le he ingresado, le irá llegando dinero para los gastos de viaje a medida que lo vaya necesitando.

Ismael paseó sus ojos penetrantes por la sala para asegurarse de que nadie los estaba escuchando. Luego siguió en voz baja:

—He de precisarle algo. La recompensa por encontrar esa botella y entregármela con su contenido intacto es de diez millones de pesetas.

Víctor se quedó sin aliento al oír esa cifra. Bebió medio vaso de agua para tranquilizarse y dijo:

—¿Puedo saber por qué está dispuesto a pagar esta fortuna por una botella de vino que, con toda seguridad, debe de haberse avinagrado?

—Hay mucho más detrás de cada objeto de lo que perciben nuestros sentidos, se lo aseguro.

Se hizo una pausa justo antes de que apareciera el sumiller para escanciar el *chablis* en sus copas.

—Víctor, es fantástico que usted demuestre esta curiosidad. Es justo lo que necesita para conducir con éxito su investigación. Pero ya le digo de antemano que no todas sus preguntas van a obtener respuesta. La buena noticia es que, durante su búsqueda, recibirá respuestas a cuestiones que nunca antes se había planteado.

Ismael pinchó un buñuelo de bacalao con su tenedor y se lo llevó a la boca, acompañándolo con un poco de vino, antes de preguntar:

—¿Qué le parece este *chablis*?

—Excelente, una buena recomendación. Hay que reconocer que los franceses saben hacer vinos.

—Pues ya que menciona este punto, voy a darle una información que le será útil para iniciar su búsqueda. Fray Ambrós pasó unos años en la abadía de la Grande Chartreuse, donde san Bruno fundó la Orden de la Cartuja a finales del siglo XI. Hombre de gran ingenio y conocimientos científicos, parece ser que nuestro monje trajo a Scala Dei algunas cepas y técnicas de vinificación desconocidas hasta entonces en España.

Víctor se quedó un rato pensativo, observando el brillante color dorado de su copa de vino, antes de decidirse a tomar la iniciativa en la conversación.

—Me da la impresión de que sabe usted bastante más de lo que me ha contado. Agradecería que compartiera conmigo la información de la que dispone para evitar que busque en el lugar equivocado.

Ismael enderezó la espalda, incómodo con el comentario de Víctor. Hizo una seña al camarero para que se alejase y respondió, con tono grave:

—¿Usted cree que le pagaría esta fortuna si ya supiese dónde buscar? Le aseguro que esto no es un juego, sino un trabajo de investigación complejo y no exento de riesgos.

Tras una pausa, se mesó la barba.

Víctor dudó de la sinceridad de su respuesta, pero decidió aparcar de momento el tema.

Aparentemente complacido por el desarrollo de la conversación, Ismael observó cómo les servían el pato y pasaban al Saint-Émilion.

—¿Ha pensado ya en los primeros pasos que quiere dar?

—Me instalaré unos días en el Priorat. La casa de mi familia está en Poboleda, a cinco kilómetros escasos de Scala Dei. Creo que es un buen sitio para comenzar a «tirar del ovillo».

—Por algún sitio hay que empezar, está claro, pero sepa que yo ya he estado buscando sin éxito en la antigua cartuja. Dudo que pueda hallar nada relevante entre ese montón de escombros. A no ser que, en efecto, se le aparezca el espíritu de fray Ambrós y le confiese el paradero de la botella —dijo con ironía.

A Víctor le volvió a la mente la onírica aparición de George Gurdjieff en el monasterio del Garraf y se quedó un buen rato en silencio, saboreando el pato asado. Estaba delicioso.

—Tengo aún una pregunta. El día en el que nos conocimos me contó que usted no era el único que buscaba esa botella. Para poder investigar necesito saber algo más sobre nuestros competidores.

Ismael fijó su calculadora mirada en los ojos de Víctor, sin pestañear, igual que en su primer encuentro en La Puñalada.

—Efectivamente, no soy el único que codicia esa botella. Tiene que estar atento a cualquier señal extraña o a personas que sospeche que puedan estar siguiéndolo. Le aconsejo que tome todas las precauciones y sea muy discreto en sus pesquisas.

Ismael bebió con deleite un sorbo del burdeos. Sin esperar a la valoración de su experto acompañante, se levantó de la mesa exclamando:

—¡Excelente Saint-Émilion! Ahora tengo que dejarle. La comida está pagada, acabe de disfrutar de ella. Y recuerde: comparta la información, *toda*, únicamente conmigo, con nadie más.

7

El pequeño Peugeot dejó atrás Alforja y comenzó a enfilar las angostas carreteras del Priorat. Había puesto en el radiocasete una cinta con la *Heroica*. En su tercera sinfonía, dedicada inicialmente a Napoleón por apoyar los ideales de la Revolución, Beethoven innovó de forma radical la instrumentación de la orquesta y dio el paso definitivo del Clasicismo al Romanticismo. Los cambios emocionales de sus cuatro movimientos reflejan una lucha personal y una búsqueda de libertad como las que Víctor sentía que afloraban en su interior.

Sin abandonar la carretera, cruzó la señal que indicaba el monasterio de Scala Dei y encaró el último tramo hasta Poboleda. A lo lejos ya se veía el campanario de la enorme iglesia neoclásica, de tres naves, conocida en la comarca como la «catedral del Priorat». Finalmente llegó al pueblo, con sus características casas agrupadas en torno a la iglesia, descendiendo la ladera que conducía al río Siurana.

Víctor atravesó la calle principal y giró a la derecha por un callejón que lo llevó cuesta abajo hasta llegar al puente que unía los dos márgenes del río. Lo cruzó para tomar el camino de tierra a Cal Concordi, la casa donde él y sus antepasados habían nacido y se habían criado desde hacía muchas generaciones.

De planta rectangular y dos pisos, un enorme arco de nobles piedras calizas presidía la fachada de aquella masía del siglo XVIII. En el primer piso, destacaba una galería porticada llena de geranios y plantas exuberantes y bien cuidadas. El tamaño de la propiedad y la calidad de su construcción apuntaban al pasado esplendoroso de una familia con numerosos miembros.

Ahora ya solo vivía allí su hermano Ramón con Rosa, su mujer, y su hija María.

No se veía actividad en la casa a la una del mediodía. Aprovechó para dar una vuelta por los alrededores y observar las tonalidades con las que el otoño había teñido las hojas de la vid y de los árboles. Desde el verde oscuro hasta el rojo, pasando por amarillos, naranjas y marrones, la paleta de un pintor se habría quedado corta para plasmar aquella infinita gama cromática.

Absorto en la naturaleza, oyó como lo llamaban a lo lejos.

—*Germanet*, ¡qué sorpresa! ¿Qué haces por aquí?

El interpelado volvió a paso ligero a Cal Concordi para abrazar a su hermano. Ramón era más bajo que él y tenía una incipiente calvicie que lo asemejaba cada vez más a su padre. De piel morena, sus manos eran fuertes. Víctor pensó en cuánto dicen la piel y las manos de un agricultor; cada arruga, cada cicatriz, cada sequedad, cada lunar causado por el sol cuentan una historia.

—Tampoco yo imaginaba que volvería tan pronto después del verano, pero aquí estoy. La verdad es que tengo mucho que contarte.

Entraron en la casa a través del antiguo portal. Ramón era el mayor de los dos hermanos y había heredado la finca al morir su padre, de infarto, mientras hacía la vendimia. De eso habían pasado cinco años. Su madre, aquejada ya entonces de un principio de alzhéimer, sufrió un fuerte deterioro y no les quedó más remedio que trasladarla a una residencia de Falset, donde Ramón y su familia la visitaban con frecuencia.

Poco después entraron en la casa Rosa y su hija, que abrazaron con alegría a Víctor. María era una niña risueña y vital. Adoraba a su tío, que siempre le narraba historias fantásticas, dando rienda suelta a la enorme imaginación que se escondía detrás de su perfil más bien convencional.

Ramón calentó la comida que su esposa había preparado por la mañana y se sentaron todos a la mesa. Durante la comida, la niña les contó lo que había aprendido en el colegio y los mayores pusieron al día a Víctor de las últimas novedades en el pueblo.

Llegada la sobremesa, ambos hermanos se quedaron solos y el sumiller aprovechó para compartir los acontecimientos de los últimos días. Sabedor de que Ramón era una tumba, además de contarle sobre el incendio, se entretuvo en describirle el encuentro con Ismael y su encargo de encontrar aquella enigmática botella originaria de Scala Dei.

—Es curioso, Víctor, porque nuestra familia ha suministrado uva a Scala Dei desde que empezamos a cultivar las viñas, a mediados del siglo XVIII. De hecho, todavía vendo garnacha a esta bodega, aunque hace décadas que ya no depende del clero.

—Este es uno de los motivos que me han llevado a comenzar por aquí, Ramón. No puede ser coincidencia que, entre los miles de expertos en vinos que hay en el mundo, este hombre se haya fijado precisamente en mí. Y luego están el incendio de La Puñalada, la muerte de Cruañas y todo lo que ha ido sucediendo a continuación…

La mirada azul grisácea de Ramón envolvió a su hermano con emoción.

—¿Quieres que te diga algo, con la mano en el corazón y sin que te enfades conmigo?

—Adelante, dispara…

—Siento enormemente la muerte de tu jefe, pero en el fondo me alegro de que ese restaurante decadente haya ardido.

Hace años que te veía anclado en la rutina, sin ilusiones. Tú te has olvidado de quién eras de pequeño, pero yo no. ¡Estabas hecho todo un aventurero!

Víctor se evadió mentalmente para recordar la infancia compartida con su hermano mayor. Aunque le chinchaba con frecuencia, era su mejor amigo y compañero de juegos. Ramón siempre tenía que frenar a su *germanet*, eternamente dispuesto a la aventura. Si no se le ocurría entrar en un caserón abandonado, proponía pasar la noche en un cementerio o encaramarse por las escarpadas paredes del Montsant.

—Te escapabas de casa a la menor ocasión, aunque solo fuese para ir al río a pescar cangrejos y truchas. Ven, te enseñaré algo que te gustará…

Los dos subieron hasta una habitación del primer piso en la que el polvo y las telarañas se habían adueñado de los muebles. Arrimado a una pared había un piano vertical Stanley & Sons, que sonaba como las viejas pianolas desafinadas del *Far West*. Al otro lado, en una enorme estantería reposaban los ciento y pico tomos de la enciclopedia Espasa-Calpe, cuyo saber había quedado en el más estricto de los olvidos.

Ramón apartó el polvo del rincón superior de la estantería y extrajo un libro. Luego se lo mostró a su hermano: *Los cigarros del faraón*.

Víctor acarició el antiguo tomo de Editorial Juventud, con el lomo encuadernado en tela. Era su colección de Tintín. Cuántas horas había pasado de pequeño leyendo sus peripecias, viajando por todos los continentes y descifrando los enigmas más misteriosos. Una lágrima de emoción le humedeció la mejilla al abrazar a su hermano. Necesitaba descargar la tensión acumulada en los últimos días y ahora estaba con la persona a quien más quería y que mejor lo conocía.

—Imaginé que te haría ilusión reencontrarlos, *germanet* —dijo Ramón, guiñándole el ojo—. Ahora ya sabes dónde están tus Tintines. Igual te inspiran para lo que te viene encima.

El mayor de los Morell era un hombre vital y optimista que siempre había ejercido una influencia positiva en Víctor. Su curiosidad y nivel cultural eran más limitados, pero no les daba muchas vueltas a las cosas y demostraba estar feliz con su vida y su familia.

Tras instalarse en su habitación, la misma donde siempre durmió hasta que se fue a Barcelona a estudiar, Víctor se dijo que era el momento de ponerse en marcha. Mientras su hermano volvía a las vides a fin de prepararlas para el invierno, él se dirigió paseando hasta las ruinas del monasterio armado con su cámara réflex, una Canon EOS 300.

Caminando campo a través, llegó allí en menos de una hora.

Scala Dei estaba tal como lo recordaba. Se mantenían en pie los dos arcos de la entrada, una fachada renacentista y unas cuantas paredes de lo que había sido un importante monasterio cartujano. El resto eran montones de piedras cubiertas por maleza y escombros. Hacía pocos años que el Gobierno autonómico había adquirido el monumento y proyectaba su restauración, pero la crisis posolímpica lo había frenado todo.

El macizo del Montsant dominaba majestuosamente todo el paraje, confiriéndole un carácter cuasi místico. Aunque la temperatura era agradable, una fresca brisa señalaba ya el avance del otoño en el Priorat. Víctor evocó el Montsalvat del santo grial recordando su reciente conversación con Ismael.

Aprovechó la tarde para recorrer a solas el lugar de norte a sur y de este a oeste por los antiguos caminos, enmarcados por lánguidos y centenarios cipreses. Las ruinas de las antiguas celdas le llamaron poderosamente la atención. Pensó que, en alguna de ellas, dos siglos atrás, habría vivido fray Ambrós. Dando rienda suelta a la fantasía, imaginó al monje leyendo textos alquímicos a la tenue luz de una vela. ¡Ojalá aquellas piedras pudiesen hablar!

Más allá de las ensoñaciones que le provocaba ese lugar y de las fotografías que estaba tomando, Víctor pensó en las palabras de Ismael y se convenció de que difícilmente hallaría allí alguna pista que hiciese avanzar su investigación. Dejó atrás las ruinas del monasterio y se dirigió a la minúscula población de Escaladei, antigua *conreria* del monasterio donde ahora se encontraba la bodega que elaboraba los vinos con su nombre.

—Buenas tardes —saludó Víctor al recepcionista de la bodega, un hombre grueso de aspecto soñoliento—, busco información sobre la historia del monasterio y, muy especialmente, sobre la elaboración de vinos en el mismo. ¿Sabe usted dónde puedo consultar?

—Bienvenido a Escaladei, ¿es usted periodista?

—No exactamente —dijo Víctor—, digamos que soy un estudioso de los vinos. Trabajo en el periodo en el que el monasterio aún estaba en activo y producía sus propios caldos.

El hombre lo miró con el interés de quien tiene delante a un bicho raro.

—Nosotros solo tenemos archivos de la actividad vitivinícola que se ha desarrollado desde el año 1974, en el que comenzó la época moderna de Cellers Scala Dei. Me suena que existe algún documento de mediados del siglo XIX, cuando unas familias locales compraron en subasta estas tierras al Estado, tras ser expropiadas a la Iglesia. Escaladei y el monasterio pertenecen a La Morera de Montsant, así que quizá pueda encontrar algo en los archivos de esta población. Por cierto —el hombre sacó de repente su vena comercial—, llévese una botella de nuestra garnacha pura y la prueba. Si le gusta, ya sabe dónde comprar una caja.

Víctor compró la botella, a modo de agradecimiento, antes de regresar andando a Poboleda.

Los rayos del sol, que estaba a punto de ponerse, proyectaban una cálida luz sobre las viñas, cuyas alargadas sombras les conferían un maravilloso efecto tridimensional. Víctor caminaba feliz. Aquella era su tierra y, por muchos años que llevase en Barcelona, aquí siempre se sentía en casa.

A la mañana siguiente, el viejo Peugeot se las vio y se las deseó para subir la empinada y serpenteante carretera que llevaba a La Morera de Montsant. A casi ochocientos metros sobre el nivel del mar, era uno de los pueblos más altos y de más difícil acceso de la comarca.

Víctor se dirigió al ayuntamiento para consultar en el archivo municipal. Inicialmente el funcionario le denegó el acceso, alegando que debía solicitarlo previamente con una instancia, pero tras conversar un rato resultó que conocía a Ramón Morell e hizo la vista gorda.

—Sobre todo, deje todos los documentos ordenados tal y como los encuentre. Y trátelos con cariño, que ya tienen sus años.

—Muchas gracias, descuide, que así será.

Víctor se pasó la mañana abriendo carpetas y viejos tomos con escrituras de propiedad y documentos varios. Después de la invasión napoleónica, los monjes aún prosiguieron unos años su actividad, pero en 1835, a raíz del decreto de desamortización de Mendizábal, abandonaron la cartuja definitivamente.

De hecho, las primeras informaciones que constaban sobre la bodega databan de la subasta de 1844, tal y como le había anticipado aquel hombre de Escaladei. Rebuscando, encontró información de 1878, año en el que unas botellas etiquetadas como «Priorato Scala Dei» ganaron la medalla de oro de la Exposición Internacional de París y que, años más tarde, darían nombre a la denominación de origen Priorat.

Aunque eran informaciones interesantes, Víctor estaba decepcionado por no haber hallado la menor referencia a fray Ambrós. Devolvió todos los documentos a sus estanterías y se despidió del funcionario del ayuntamiento al salir del archivo.

—¿Ha encontrado lo que buscaba?

—Hay muchos documentos históricos relevantes de la comarca y de la cartuja de Scala Dei, pero ninguno que haga referencia a las primeras décadas del siglo XIX.

—¡Tendría que haberme preguntado antes de entrar, hombre! —dijo en tono de lamento—. No encontrará aquí casi nada anterior a 1835. Las tropas napoleónicas saquearon e incendiaron la iglesia parroquial en 1810 y se destruyó casi todo el archivo medieval de La Morera. Mendizábal hizo el resto y los pocos documentos de esa época que se salvaron están hoy en Madrid, en el Archivo Histórico Nacional. Tendrá que intentarlo por allí. Por cierto, ¿puedo saber por qué tiene tanto interés en ese periodo? ¿Es usted historiador?

—No exactamente —repitió Víctor, recordando sus años de universitario—, soy enólogo y estoy realizando un estudio sobre los primeros vinos de esta zona.

—No hace falta que le recuerde que ustedes, los Morell, forman parte de esta historia. Salude a Ramón de mi parte, hace mucho que no lo veo.

Víctor se dirigió al coche sin darse cuenta de que las adelfas alrededor de la ventana del ayuntamiento se zarandeaban mientras una robusta figura se alejaba silenciosamente del lugar.

De regreso a Poboleda, lo único que Víctor había sacado en claro es que fray Ambrós había vivido unos años más que convulsos; tanto que no había quedado rastro de él. Le costaría más de lo que imaginaba encontrar el hilo preciso para tirar del ovillo y desconocía por completo que alguien ya estaba pisándole los talones.

8

Después de desayunar con su familia, Víctor condujo hasta una agencia de viajes de Falset para organizar su desplazamiento a Madrid. Allí, una joven risueña le ofreció un puente aéreo por cinco mil pesetas, ida y vuelta.

Víctor se quedó dubitativo por unos momentos. Solo con mirar el póster del avión que sobrevolaba un mar de nubes, sintió que el sudor brotaba por los poros de su frente. Prefirió reservar un billete de tren. Eludir su fobia a los aviones compensaba con creces las horas adicionales de viaje.

Sacudió la cabeza y volvió a mirar a la joven.

—Necesitaré también un hotel que esté cerca del Archivo Histórico Nacional.

—Ahora lo busco —dijo ella hojeando con agilidad un grueso catálogo—. ¿Cuántas noches?

—De momento dos —repuso tras dudarlo un instante—. Con eso debería ser suficiente.

Al salir de allí, Víctor se dirigió a la residencia geriátrica para visitar a su madre. Sentada en su silla de ruedas, la enfermera la había acompañado a la terraza para que tomase un poco el sol. Con su pelo blanco recogido en un moño, sus ojos vidriosos miraban a lo lejos.

—¡Qué chico más guapo! —lo saludó como de costumbre, sin saber que estaba hablando con su hijo.

Aunque visitar a su madre lo entristecía, le confortaba ver que estaba bien cuidada y que siempre sonreía. Se la veía feliz, igual que cuando era la *mestressa* de Cal Concordi y ponía orden en las ocasionales batallas campales entre sus hijos, así como en los despistes caseros de su marido.

Tras un buen rato haciéndole compañía, empujó la silla de ruedas hasta la habitación y ayudó a la enfermera a recostarla en su cama para descansar.

Sobre la mesita de noche vio un objeto que le puso la piel de gallina y le humedeció los ojos. Aún guardaba los dientes de leche de sus hijos como oro en paño en un joyerito esmaltado. Por disminuida que estuviera ya su capacidad cognitiva, nunca se despegaba de aquel pequeño y sentimental recuerdo.

De regreso a la carretera nacional T-710, Víctor pensó sobre la relatividad de las distancias en aquella comarca. En línea recta, Falset y Poboleda no estaban separados más de diez kilómetros, pero las carreteras eran tan estrechas, sinuosas y mal asfaltadas que se tardaba al menos media hora en recorrer el trayecto.

Se llenó de energía escuchando la obertura de *Tannhäuser*. Le apetecía disfrutar de aquellos escarpados paisajes al son de la enérgica y solemne partitura de Wagner y sus contrastes, que tan bien definen la lucha del protagonista entre seducción y redención, entre el amor carnal y el sagrado.

Justo antes de llegar a Gratallops, vio el cartel de la bodega de Álvaro Palacios y decidió acercarse. Pocos años atrás, el vino L'Ermita había conseguido la máxima puntuación de Robert Parker, poniendo el Priorat en el mapa de las mejores zonas vitivinícolas del mundo.

Víctor había servido alguna botella a clientes del restaurante y en ocasiones pudo catar algún resto que había quedado sin tomar, pero treinta mil pesetas era un precio desorbitado para sus posibilidades.

Paseó un rato por los lindes de los otoñales viñedos, sintiendo nuevamente que aquella tierra pizarrosa y agreste le pertenecía.

Tras comer con su hermano y comentarle sus planes de viaje, hizo su maleta y se despidió para regresar a Barcelona. Su tren salía a la mañana siguiente de la estación de Sants.

Víctor aprovechó el viaje para reflexionar sobre los días pasados en Poboleda. Allí se sentía feliz, rodeado de su familia y en un entorno natural que le resultaba más amable que el hostil asfalto de la ciudad. Últimamente había ido espaciando mucho sus visitas y estaba decidido a cambiar esa tendencia.

Ya en casa, esa tarde leyó otro capítulo del arcano libro de Gurdjieff, anotando en su libreta algún párrafo que le llamaba la atención. Lo atrajo sobremanera un diálogo entre el maestro armenio y su padre, en el que este último comentaba a su hijo que no creía en un alma innata que transmigre, pero sí en una sustancia elaborada a partir de las experiencias vividas que formaba un «algo», independiente del cuerpo físico, que no se descomponía después de la muerte. Le contaba que en sesiones de hipnosis se había podido experimentar la separación de ese «algo» del cuerpo.

Víctor cerró el libro y se quedó tendido en su cama, meditabundo. Le fascinaba adentrarse en la biografía de una persona tan singular y carismática que, por alguna extraña razón, intuía que guardaba cierta relación con su proyecto.

Salió de buena mañana, maleta en mano, y, antes de tomar un taxi a la estación de Sants, dejó dos carretes para revelar en un laboratorio fotográfico, donde compró otros cuatro.

Subió al tren con bastante antelación y los nervios empezaron a aflorar en el momento de tomar su asiento en el vagón, al lado de la ventana. No era lo mismo un desplazamiento en tren que en avión, pero hacía tanto tiempo que no viajaba que aquel trayecto de seiscientos kilómetros le parecía una odisea.

De su último viaje a Madrid hacía ya mucho tiempo. La visita al Archivo Histórico Nacional sería la excusa perfecta para pasear por el parque del Retiro y ver de nuevo las salas de Goya y Velázquez en el Prado.

Mientras el convoy calentaba motores, pensó que su hermano tenía razón. ¿Qué le había pasado? ¿Por qué había necesitado de un incendio y de aquella insólita propuesta para romper su monótona existencia?

Tenía la sensación de ser la cabeza de un fósforo al que acaban de prender fuego.

Una vez en marcha, tras dejar atrás las oscuras tripas de la Ciudad Condal, empezó a disfrutar del paisaje desde su amplia ventana, acompañado por el traqueteo del tren. Lo embargó una placentera sensación de libertad y recordó con añoranza una escapada a Madrid con sus amigos de la universidad, hacía ya veintitantos años. En aquel tiempo sentía que el mundo era suyo, así como también el futuro, y el presente parecía un campo de juegos infinito.

A medida que transcurrían los kilómetros, Víctor alimentaba la ilusión de que comenzaba a resquebrajarse el caparazón del pasado.

La estación de Atocha lo recibió con magnificencia. Tras desembarcar, visitó el exuberante jardín botánico del antiguo apeadero, reconvertido en 1992 en un hermoso invernadero. También Madrid había aprovechado aquel año de celebraciones para renovarse.

Un taxi lo condujo en pocos minutos hasta su hotel. Encontró el barrio de Salamanca aún más elegante que hacía años. De algún modo, le recordaba al paseo de Gracia, con sus lujosas joyerías y tiendas de moda.

Tras registrarse en el hotel e instalarse en su habitación, averiguó que el Archivo Histórico Nacional abriría al día siguiente, jueves, a las diez. Solo necesitaría dejar su carnet de identidad en la entrada e informar a los funcionarios del tipo de documentos que quería consultar.

Cansado por el viaje, aquella noche cenó una tapa rápida al lado del hotel y cayó dormido sin esfuerzo.

A la mañana siguiente, Víctor entró en el Archivo nada más abrir, y la recepcionista lo guio hasta la sala de consulta de documentos. Aunque el edificio databa de mediados del siglo XIX, aquel espacio resultaba sobrio, con capacidad para un máximo de cincuenta personas que se inclinaban sobre las mesas.

En cambio, la zona de archivo era gigantesca. Había leído que las estanterías sumaban más de cuarenta kilómetros de documentos. Sin un buen sistema de búsqueda, hallar algo allí sería como encontrar una aguja en un pajar.

La encargada del lugar lo ayudó a localizar la sección dedicada a la comarca del Priorat, donde la mayoría de los documentos aún no estaban digitalizados.

Víctor extrajo de la estantería unos tomos sobre la parroquia de La Morera y de Poboleda, y los revisó durante toda la mañana sin descubrir nada destacable: contenían meros registros de propiedad, impuestos, testamentos y transacciones comerciales. Con la mirada perdida en los papeles que tenía enfrente, se preguntaba cuántas horas debería invertir aún para obtener algún dato útil, si es que lo conseguía.

Después de una breve pausa para comer en un bar, Víctor volvió al Archivo y se sentó en el mismo sitio. Mientras acababa de revisar un legajo de documentos sobre Poboleda, oyó unos pasos que se acercaban.

Agotado por las largas horas entre papeles mohosos, levantó la cabeza con curiosidad. Era una joven de unos treinta y tantos años, alta, delgada y con la melena rubia recogida en una cola de caballo. Vestía ropa tejana y unas deportivas Nike. De nariz respingona y facciones suaves, llamaban poderosamente la atención sus hermosos ojos heterocromáticos, uno de color verde claro y el otro azul grisáceo.

Dejó su bolso de esparto encima de una silla y se sentó en el otro extremo de su mesa.

Tras esta agradable distracción, Víctor volvió al trabajo. Consciente de haber agotado ese bloque de registros, se dirigió de nuevo a la estantería para devolverlos a su lugar y buscó en el índice dónde había información sobre Scala Dei entre 1800 y 1820.

ESTANTERÍA LXXI, FILA 4, ARCHIVADORES 17 Y 18.

Tomó ambos archivadores y los llevó a su mesa, con la grata sensación de que aquella atractiva compañera de mesa lo miraba con interés.

El primer archivador contenía documentos de los años 1800 a 1810; el segundo, de 1810 a 1820. A su vez, cada documento estaba dividido en dos secciones: la administración pecuniaria y el gobierno del monasterio.

Víctor comenzó a hojear la sección pecuniaria del primer tomo, pero no descubrió nada relevante. Simplemente había escrituras de propiedad, libros y registros de las entradas y salidas monetarias que se producían en la cartuja.

El segundo tomo contenía actas priorales, registros de misas, dietarios y crónicas de sucesos notables, así como varios tomos de entradas y salidas de dinero correspondientes a la administración del monasterio.

Tras revisar páginas y más páginas, el nombre de fray Ambrós por fin apareció en una relación de los monjes que convivían en Scala Dei en 1807. Con gran satisfacción lo anotó cuidadosamente en su libreta.

Pasadas las siete de la tarde, cuando estaba a punto de dejar la búsqueda por aquel día, descubrió por fin una información relevante en las crónicas. Expresó su alegría apretando con fuerza el puño izquierdo.

Un informe consignaba que el 26 de abril de 1809 fray Ambrós había sido acusado de realizar prácticas alquímicas y de herejía. El prior requisó el libro de Paracelso *Botánica oculta y plantas mágicas* que tenía en su celda y lo castigó, amenazándolo con la excomunión y un auto de fe.

Víctor fotocopió la página y devolvió los tomos a la estantería. Al dirigirse allí, su mirada se cruzó con la de la chica rubia. Sus ojos bicolores le parecieron casi transparentes. Fue tan solo una fracción de segundo, pero bastó para acelerar sus pulsaciones. También para que olvidara en la bandeja de la fotocopiadora el duplicado del informe sobre fray Ambrós.

Pasadas las nueve de la noche, Víctor llamó desde el teléfono del hotel a Manuel Lorca, un cliente madrileño de La Puñalada con el que mantenía una buena amistad. Solterón empedernido, este se mostró muy contento con la llamada. Media hora después aparecía en el *lobby* del hotel con una reserva en Casa Lucio, un tradicional restaurante en el barrio de La Latina.

Decorado en estilo clásico castellano y de comida poco sofisticada —su plato estrella eran los huevos rotos—, se mantenía como uno de los restaurantes favoritos de muchas personalidades, entre ellas el rey Juan Carlos I.

Manuel se encargó de pedir la comida y el sumiller del local les recomendó un Viña Pedrosa Reserva. Víctor fue el encargado de probarlo. Conocía bien este vino de la Ribera del Duero, elaborado exclusivamente con uva tinta fina y envejecido veinticuatro meses en barrica de roble. Asió la copa por la base y empezó la cata:

—Fíjate en el color rubí intenso, Manuel, y observa con qué untuosidad moja el cristal. —Aspiró pegando literalmente la nariz en la copa—. Es complejo y mineral, con aromas a fruta negra madura y especies. —Tomó un sorbo y lo degustó antes de proseguir—: Amplio en boca, elegante y estructurado, con taninos nobles y envolventes.

—Víctor, eres un fenómeno.

Tras aplaudir la nota de cata del sumiller, Manuel elevó su copa para brindar y degustar un primer trago. Sin precisar lo que estaba haciendo en Madrid, Víctor le informó del incendio de La Puñalada.

—Me has dejado de piedra... No sabes cómo lo siento por ti.

—Al principio yo también lo sentía, pero ahora creo que es lo mejor que me podía pasar.

Manuel lo miró con un gesto de extrañeza mientras su compañero de mesa rebañaba un trozo de pan en su plato de huevos.

—Necesitaba dar un giro a mi vida y, sin esta desgracia, dudo mucho que lo hubiese emprendido. Parece que Satanás me ha echado un capote desde el infierno —sonrió Víctor.

—Eso está bien siempre que no te acabes quemando tú.

9

Víctor dedicó el viernes por la mañana a pasear por el Retiro. Las largas horas en el Archivo eran demasiado incluso para un apasionado por el pasado y la historia como él.

Un ligero viento del oeste zarandeaba las hojas de los castaños de Indias. Los rayos de sol que los atravesaban proyectaban reflejos de luz y color como si el Retiro fuera un enorme caleidoscopio.

Los pasos distraídos de Víctor lo condujeron hasta la glorieta del Ángel Caído, única estatua del país dedicada a Lucifer. El hecho de que su altura exacta sobre el nivel del mar fuera de 666 metros había alimentado la imaginación de muchos fanáticos del esoterismo.

Recordando sus propias palabras ante Manuel Lorca, contempló con inquietud la dramática escultura en lo alto del pedestal. En el momento de su caída, el ángel miraba el cielo y gritaba furioso, como si se sintiera abandonado por la divinidad.

Esta escena plasmada en la piedra agitó aún más las preguntas que hacía tiempo que revoloteaban por la mente de Víctor. ¿Para quién estaba trabajando en realidad? Ismael no le había dado información alguna sobre sí mismo, ni si operaba como intermediario de otra persona. Tampoco le había concretado por qué era tan valiosa esa botella como para invertir tal fortuna en su búsqueda, ni le había dado ninguna pista sobre sus competidores.

Ahora más que nunca, delante del monumento al diablo, Víctor se dijo que iba absolutamente a ciegas y rezaba para que el camino no lo dirigiera al abismo. Todo lo que había podido averiguar era que fray Ambrós había existido realmente y que, tal y como le había anticipado Ismael, transgredió las normas de la Iglesia. Sin embargo, no había encontrado mención alguna a su labor como enólogo ni a los vinos que se elaboraban en Scala Dei.

Estaba lejos de tener alguna pista concreta que seguir.

Mientras pensaba en todo esto, salió del parque por la puerta de Felipe V, caminó hacia la fuente de Neptuno y volvió en taxi hasta el Archivo Histórico Nacional.

La sala de consulta estaba casi vacía aquel viernes. En las mesas solo había sentados dos hombres, uno de ellos calvo y con gruesas gafas de infinitas dioptrías, escondidos como topos tras pilas de papeles y archivadores.

Lo primero que hizo Víctor al llegar fue dirigirse a la fotocopiadora para recoger el informe que había olvidado llevarse el día anterior. Felizmente, aún estaba allí. Después, se fue directo a la estantería LXXI para tomar el segundo tomo de Scala Dei y vio, sorprendido, que no estaba en el lugar que le correspondía, sino entre otros documentos.

«Juraría que lo devolví a su sitio», pensó Víctor mientras lo recuperaba, aunque no le dio mayor importancia.

Los legajos comenzaban en el año 1810 y estaban ordenados del mismo modo que los del primer tomo, por lo que Víctor se saltó toda la parte relativa a la administración pecuniaria y se fue directamente a los diarios y crónicas.

No tardó ni una hora en descubrir la primera información relevante que podía guiarlo hacia su objetivo. Las crónicas de 1810 relataban la invasión de la cartuja por las tropas napoleónicas:

Nuestra comunidad estaba rezando las *vesperae* cuando irrumpieron en la iglesia cuatro de nuestros monjes y, tras ellos, unos soldados franceses apuntándolos con sus bayonetas. El regimiento enemigo estaba al mando del teniente Antoine Dubois, a quien Dios dé su merecido castigo.

Anunció que requisaba el monasterio en nombre del emperador Napoleón y nos hizo prisioneros de Francia.

Durante su estancia en Scala Dei han destrozado gran cantidad de tallas medievales, tapices y valiosos manuscritos e incunables de nuestra biblioteca. Completamente ebrios, los soldados traen cada noche doncellas de la comarca para beneficiarse de ellas. ¡San Bruno los perdone!

En la celebración que siguió a la noche de la invasión, el teniente Dubois se quedó impresionado por el excelente vino de nuestra bodega.

Tras preguntar a fray Ambrós, nuestro maestro vinatero, acerca del proceso de elaboración, ordenó confiscar todas las botellas de la cartuja y las cargó en una tartana para llevárselas a Napoleón al palacio de las Tullerías.

Además del expolio de nuestra bodega, en estos días aciagos los monjes han sufrido malos tratos y faltas continuas de respeto. Gracias al Altísimo, han podido conservar su vida para seguir dedicándola a servir a Nuestro Señor, ahora que estos hijos de Satanás han partido.

Con una salvedad. De modo incomprensible, fray Ambrós ha desaparecido. Nadie lo ha vuelto a ver desde su conversación con el teniente Dubois, y seguimos sin tener noticias suyas.

BENEDICTO, prior de Scala Dei,
25 de noviembre de 1810

Con todo el cuerpo tenso por la emoción, Víctor se dijo que aquello sí era una verdadera pista. Por fin tenía un hilo del que tirar. Fotocopió la página de las crónicas y siguió revisando el archivador por si descubría alguna información adicional. Solo encontró una breve reseña del año 1811, en la que se mencionaba a fray Ambrós tras un año de su desaparición. Al no tener noticias de él, se daba por hecho que había abandonado la orden monástica por temor a un auto de fe.

Satisfecho con aquellos avances, cerró el archivador y se dirigió a la estantería para dejarlo todo en su sitio. De repente vio que del mismo salía y caía al suelo una postal de París, y estuvo a punto de devolverla al legajo, aunque no perteneciera allí. Sin embargo, un impulso que lo sorprendió a sí mismo hizo que la guardara en su cartera en el último momento.

De regreso a su habitación de hotel, que había prolongado una tercera noche, el teléfono móvil que llevaba con la precaución de una bomba oculta sonó por primera vez.

Tras desplegarlo, se lo acercó al oído y una voz conocida le dijo:

—Creo que hemos dado un paso adelante, ¿no es cierto? O quizá dos.

Víctor se quedó helado. No por oír la voz de Ismael, quien le había entregado el teléfono y era el único que conocía el número, sino porque intuyera un descubrimiento tan reciente.

—¿Por qué supone que he hecho algún progreso en la búsqueda?

—Me gusta estar informado al instante de lo que está pasando, soy impetuoso por naturaleza. Por cierto, ¿necesita que le adelante dinero para viajar a Francia o aún le alcanza con el primer anticipo?

Víctor no salía de su asombro. De repente, se acordó de la postal y la sacó de su bolsillo.

—Ismael, entiendo que alguien que trabaja para usted ha estado hoy en el Archivo Histórico Nacional mientras yo estudiaba los documentos. Incluso se ha permitido la broma de sugerirme un viaje a París. ¿Para qué diantres me paga si usted mismo me pisa los talones en la investigación?

—Tranquilícese, amigo. Es cierto que me apoyo en algún agente para su propia protección, pero yo no le he propuesto nada. ¿De qué me está hablando?

Víctor observó la foto de Notre-Dame en la postal. Le costaba mucho creer que hubiera llegado a aquel archivo por casualidad, pero el tono de Ismael parecía sincero. Fuera como fuese, su emisor parecía estar bien informado de algunos asuntos, pero desconocía completamente otros.

—Le recomiendo que no pierda más tiempo y haga sus preparativos para el viaje —dijo, concluyente, antes de colgar.

Como un mecanismo misterioso del azar, nada más cerrar el dispositivo móvil sonó el teléfono de la habitación.

Sintiéndose como en un sueño, se acercó el auricular al oído con precaución. Al otro lado apareció la voz de su hermano:

—Hola, Víctor, soy Ramón. Te llamo desde Poboleda.

—Vaya, parece que todo el mundo se acuerda de mí al mismo tiempo. ¿Hay algún problema? ¿Ha pasado algo con mamá?

—Tranquilo, todos estamos bien, *germanet*, pero deberías volver cuanto antes.

—Pensaba salir mañana por la tarde, aunque puedo tomar el tren un poco antes. ¿Qué es lo que ocurre, Ramón?

—Esta mañana me he encontrado con Braulio Pont, el mejor amigo de nuestro *avi* Domingo. A sus noventa y ocho años aún está razonablemente bien, pero a ratos pierde ya un poco la cabeza. Es quien mejor conoce la historia de estos lares, así que le he preguntado por un antiguo monje alquimista, sin mencionar nada de tu investigación, claro.

Ramón hizo una pausa antes de seguir:

—Víctor, no puedes ni imaginar su reacción después de mencionarlo. Ha empezado a gritar y gesticular con las manos de un modo compulsivo y diciendo frases incomprensibles.

Y lo más raro de todo es que ha empezado a llamarme por el nombre de nuestro abuelo. Quizá sean solo delirios de un viejo loco, pero creo que valdría la pena que fueras a verlo…

—Gracias, Ramón. Toda esta investigación es, de por sí, una locura, así que no estará de más que hable con el viejo Braulio.

Víctor no encontró plaza para volver en el tren nocturno, lo que lo obligó a quedarse una noche más en el hotel para salir con el primero del sábado por la mañana. Llovía a cántaros y tuvo un viaje de vuelta más bien tristón. El museo del Prado debería esperar a una próxima ocasión.

Estuvo en Barcelona el tiempo justo de comer un bocadillo, recoger el revelado de las fotos y cargar la maleta con ropa limpia para regresar a Cal Concordi al anochecer. Las nubes dispersas en el cielo del Priorat propiciaron una puesta de sol digna de la sabana africana, tan bien plasmada en la película *Memorias de África*.

Cenó con la familia de Ramón y luego, compartiendo una copa de brandy, le contó en privado a su hermano los progresos que había hecho en Madrid. Sin embargo, este lo interrumpió para decirle:

—Le he dicho a Toni, el hijo de Braulio, que mañana te acompañaré a su casa para que puedas hablar con él. Nunca lo había visto de este modo…

—No le des importancia. Las personas tan mayores desvarían a menudo, pero sí, hablaré con él.

Agotado por el largo viaje, Víctor se retiró pronto a su habitación. No tardó ni diez minutos en caer en los brazos de Morfeo mientras hojeaba el cómic que su hermano había rescatado del olvido.

Poco antes del mediodía, Ramón y Víctor se dirigieron a Can Pont, una sencilla casa de pueblo al lado de la iglesia. La llamada de timbre coincidió con las doce campanadas y tuvieron que insistir de nuevo.

Al poco rato, Toni, un hombre taciturno y algo encorvado, abrió la puerta. Los condujo al salón, donde su padre estaba dormitando en una vieja mecedora de madera con respaldo de rejilla.

—Papá —le gritó, ya que era duro de oído—, tenemos visita. Son Ramón y Víctor, los nietos de Domingo Morell.

Braulio se incorporó ligeramente para darles la mano. Hacía mucho que Víctor no lo veía y lo encontró muy envejecido, aunque se dijo que daría lo que fuese por llegar así a esa provecta edad.

Tras mirarlos a ambos fijamente a través de unos gruesos lentes bifocales, se dirigió al pequeño de los Morell con un débil hilo de voz:

—Te pareces mucho a Domingo. ¿Sabes que tu abuelo fue mi mejor amigo? ¡Lo echo mucho de menos!

Víctor asintió con la cabeza —hacía casi dos décadas de su muerte— y siguió escuchando.

—Hablando el otro día con tu hermano, recordé un suceso ocurrido con vuestro abuelo de pequeños —explicó el anciano con lucidez—. ¡Lo había olvidado casi completamente!

Toni miró a su padre con preocupación. Quería evitar que se alterase y diese rienda suelta a alguna de sus fantasías, que últimamente habían aumentado.

—Los niños de Poboleda íbamos mucho de pequeños a Scala Dei. Jugábamos a los caballeros con nuestras espadas de madera, imaginando que combatíamos contra los moros en las ruinas de un antiguo castillo. Un día, Domingo perdió su espada en una grieta y estuvimos mucho rato tratando de rescatarla. Se estaba haciendo tarde y el resto de nuestros amigos volvieron a sus casas.

—¿Dónde estaba esa grieta? —preguntó Víctor, intrigado por el inicio de aquella historia.

—En un extremo de las ruinas, cerca del Montsant. Cuando finalmente conseguimos arrancar la espada, ya era de noche y no llevábamos lámpara de aceite ni nada para iluminarnos. Todo era silencio... —Los ojos del anciano se encogieron con temor al revivir aquella noche—. Solo se oía a alguna lechuza y el rumor del viento. Domingo y yo estábamos muy asustados. Íbamos ya a volver cuando, de repente, oímos una voz que venía del interior de la grieta.

Braulio Pont tosió un par de veces y se llevó la mano al pecho, como si le fallaran las fuerzas. Le costó reemprender la narración, pero finalmente consiguió seguir adelante.

—Era una voz dulce y oscura. Y nos hablaba a nosotros dos. Si tu abuelo Domingo estuviera aquí, te confirmaría cada palabra que te diga.

—Pero... ¿esa voz procedía de la grieta? ¿Cómo es posible?

—No sé cómo... —dijo confundido—, solo sé que sucedió así. Dijo estas dos frases: «La alquimia del monje abre la puerta a la verdad. El hombre trata de destruir lo que no comprende, pero el misterio sigue».

Víctor pidió al anciano que repitiera lo que había dictado aquella voz surgida de la grieta para poder anotarlo. Lo repitió con las mismas palabras y luego añadió:

—Nunca entendimos el sentido de estas frases, pero hicimos un solemne juramento: jamás contaríamos a nadie lo sucedido.

Braulio se hundió en la mecedora, agotado por la emoción, y miró hacia el techo juntando las manos.

—Domingo, hoy he roto nuestro pacto. Espero que sepas perdonarme cuando me reúna contigo para empuñar de nuevo nuestras espadas.

10

Llegaron a casa justo a tiempo para disfrutar del *civet* de jabalí que había preparado Rosa, regado con Vall Llach, un preciado vino de la bodega creada recientemente por el cantante Lluís Llach en la comarca.

Después de la comida, Víctor se fue a su habitación a descansar y revisar las anotaciones de su libreta mientras organizaba mentalmente el siguiente paso que debía dar.

Sintonizó Radio Clásica en el viejo transistor que reposaba sobre la mesita de noche y releyó las frases pronunciadas por Braulio Pont. Tenían sentido con lo que conocía hasta el momento acerca de fray Ambrós, aunque su mente racional se negaba a aceptar que el espíritu del monje alquimista pudiera hablar desde las ruinas.

En algún lugar había leído, en boca de una doctora en psicología, que toda la información de la que dispone la humanidad —tal vez lo que Jung denominaba inconsciente colectivo— se halla en una especie de nube compartida. Sin ser conscientes, todos nos conectamos a esta fuente. Eso explicaría por qué encontramos los mismos personajes y argumentos en las historias de culturas que no han tenido contacto entre sí.

Desde esta perspectiva, tal vez Domingo y su amigo Braulio se habían conectado inconscientemente, desde aquel lugar de poder, a la nube desde donde emitía fray Ambrós. Y lo mismo le habría sucedido a él con Gurdjieff. Incluso si lo había soñado, tal vez fuera de la vigilia conectamos de forma más lúcida con esa reserva universal de sabiduría.

Víctor se hacía estas cábalas en medio de una tempestad de acontecimientos ya de por sí desconcertantes.

De regreso al tema que lo tenía en danza, si en 1810 las botellas de fray Ambrós habían viajado en aquella tartana hasta las Tullerías, donde regía Napoleón, la siguiente etapa de su investigación debería ser allí.

Por otro lado, aunque Ismael apenas había soltado prenda de lo que sabía, en el restaurante había mencionado que fray Ambrós había residido previamente en la abadía de la Grande Chartreuse, cerca de Grenoble. Ese era un segundo hilo del que valía la pena tirar.

Si la estancia del fraile en ese monasterio estaba documentada, tal vez encontraría allí pistas sobre el contenido de la codiciada botella. Además, ambas ciudades estaban en Francia y podían visitarse en un mismo viaje.

En estado de ebullición, pasó revista al contenido de su maleta pensando ya en cruzar la frontera. El viejo Peugeot no estaba para un trote tan largo, pero recordó que había un tren nocturno Barcelona-París.

Mientras separaba la ropa sucia de la que aún no se había puesto, tropezó con los sobres de las fotos que había revelado. Con tantos acontecimientos, no le había dado aún tiempo a verlas.

Se sentó a la mesa en la que durante tantos años había hecho sus deberes y encendió la vieja lámpara de oficina de su padre.

La mayoría de las instantáneas eran del día que visitó el monasterio de Scala Dei. Había hecho tomas de las ruinas desde diferentes ángulos para documentar lo que aún quedaba en pie de la otrora poderosa cartuja.

Pasando foto tras foto, se detuvo en una que había realizado en la celda más alejada de la entrada al monasterio. Le llamó la atención la mancha oscura de musgo en un trozo de pared que aún estaba en pie.

Tuvo que pegar la nariz a la foto para ver que el ángulo de la luz solar revelaba en el musgo una especie de relieve, apenas visible y en el que no se había fijado al visitar Scala Dei. Aunque la imagen no tenía mucha resolución, Víctor pudo adivinar un extraño símbolo que no podía ser obra de la naturaleza.

Poseído por una repentina urgencia, se asomó a la ventana. La tarde empezaba a declinar, pero no quería esperar hasta el día siguiente.

Estaba a punto de meterse en el coche cuando vio llegar a su hermano, que volvía de regar la viña. Hacía poco que había terminado la vendimia y era importante dar a las cepas la cantidad de agua justa para provocarles el llamado estrés hídrico, fundamental para el tamaño y calidad de la uva de la próxima temporada.

Víctor se limitó a levantar la mano antes de meterse en el coche y salir zumbando.

El ocaso bañaba las piedras con una dorada luminiscencia en el momento que localizó el trozo de muro que había fotografiado. Visto de frente, era imposible discernir nada en aquel manchurrón vegetal, y entendió enseguida que la visita de Ismael —o de cualquier otro— hubiera sido infructuosa.

Rascó con las uñas el musgo que tapaba el relieve para hacerlo más nítido. Antes de tomar fotos de cerca con el objetivo de su Canon, comprobó que, en efecto, se trataba de un símbolo grabado en la piedra por una mano humana. Había quedado oculto durante decenios por obra de la naturaleza. Parecía un jeroglífico, como los que había visto anteriormente en libros sobre el antiguo Egipto.

Alrededor de una abeja, cuatro triángulos la enmarcaban como un arco de singular geometría. Aquello no podía relacionarse con ningún símbolo conocido de la Iglesia católica, y mucho menos de la Orden de la Cartuja.

Tras tomar varias fotografías, Víctor copió aquel insólito signo en su libreta. Al dibujar la disposición de los cuatro triángulos, le vino a la mente, como un rayo, la figura geométrica que había visto en la consulta de su psicóloga. Era muy parecida, aunque con menos aristas.

Anotó esta observación bajo el dibujo y entró en lo que quedaba de la antigua celda. Solo una pared se mantenía en pie entre los montones de piedras, zarzas y restos de muro. Asumiendo que allí no había nada más que descubrir, tomó fango de un pequeño charco y lo restregó sobre el relieve para dejarlo de nuevo oculto a la vista. Feliz con su hallazgo, se sentó sobre un bloque caído y se quedó ensimismado mirando la sombra del macizo del Montsant.

Se había hecho de noche.

Recordó las palabras de Braulio Pont. Aquella grieta no debía de estar muy lejos de donde se encontraba ahora. Quizá fuera aquel mismo lugar, antes de que acabara de derrumbarse. En ese caso era imposible no relacionar aquellos mensajes crípticos con el extraño símbolo que acababa de descubrir.

Llegó a casa de su hermano con una misión clara en la cabeza: hablar con Miriam. Pese a la hora algo intempestiva, tenía el teléfono de su casa y ella le había dicho que podía llamarla en casos de fuerza mayor. En aquel momento, esclarecer el parecido entre el jeroglífico y aquel póster fijado con chinchetas le parecía urgente y necesario.

Víctor marcó con premura el teléfono de su psicóloga mientras de la cocina le llegaban aromas de carne estofada. Ella contestó enseguida y no ocultó su sorpresa de encontrarlo al otro lado.

—Disculpa que llame tan tarde, pero necesito pedirte hora urgentemente.

—¿Ha sucedido algo?

Víctor estuvo a punto de reír. En su caso, ese *algo* incluía un alud de acontecimientos.

—Han sucedido demasiadas cosas, no sabría ni por dónde empezar. Creo que estoy atrapado en un ciclón del que no puedo salir.

—Mañana tengo un hueco a las once —dijo, cortando su explicación.

—Perfecto, muchas gracias. ¡Ahí estaré!

Tras colgar, se dejó caer sobre una silla, como si las fuerzas lo hubieran abandonado de repente. Ajeno a la mirada insistente de la pequeña María, que lo observaba con curiosidad, permaneció así un buen rato.

Cuando la puerta de la masía se abrió, Víctor se levantó como impelido por un resorte.

Su hermano llegaba pálido y con la respiración agitada.

—No te imaginas lo que ha ocurrido —dijo de manera atropellada.

Víctor lo escrutó de forma interrogativa. No sabía qué más podía suceder.

—Braulio Pont ha muerto.

11

Salió a primera hora de Cal Concordi y abandonó Poboleda por la sinuosa carretera que lo conduciría hacia la autopista que iba a Barcelona. Se conocía ya al dedillo cada recodo de esa ruta que, como de costumbre, amenizó con melodiosos compases de música clásica.

Tras dos horas de viaje, aparcó en una zona azul cercana a la consulta de Miriam. No había tenido tiempo aún de pasar por casa, así que su maleta quedó en el portaequipajes a la espera de ser vaciada pasado el mediodía.

Aunque el motivo que lo llevaba hasta allí era otro muy concreto, mientras subía en el ascensor no podía dejar de pensar en Braulio y en el extraño suceso que había vivido noventa años atrás junto con su abuelo. Al parecer, tras aquella extraña conversación, se había quedado exhausto y dormido en su sillón. Toni no lo molestó en todo el día hasta que, caída la tarde, y sin cenar, quiso acompañarlo a su cama para que descansara. Fue entonces cuando se dio cuenta de que se había ido.

Ya en el ático, encontró a Miriam esperándolo en el marco de la puerta con su sonrisa perenne.

—No imaginaba que volverías tan pronto. Adelante, ya sabes a dónde hay que ir... Tengo en infusión un *pu-erh* de veinte años, si te apetece.

Víctor asintió cerrando el puño con el pulgar para arriba.

Mientras ella hervía el agua y preparaba el té, Víctor aprovechó para mirar con más detenimiento el gráfico que colgaba de la pared de la consulta y lo cotejó con el dibujo del cuaderno que llevaba consigo.

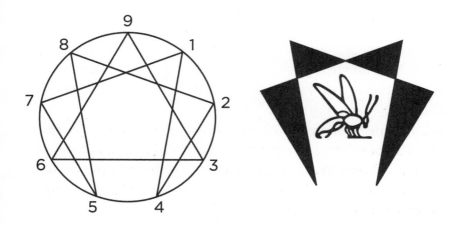

Tal como había copiado en su cuaderno, dentro de aquel dibujo se inscribían los cuatro triángulos que formaban el portal de la abeja de Scala Dei, aunque incorporaba un triángulo equilátero que complicaba más la figura.

Cuando Miriam regresó a la consulta con las dos tazas de té, no le pasó por alto su interés por aquel póster, pero él mismo se encargó de hacerlo manifiesto:

—¿Qué es esa figura con los nueve números?

—Es el eneagrama. ¿Nunca has oído hablar de él?

Víctor sacudió la cabeza.

—Se trata de una herramienta de autoconocimiento muy antigua. Según algunas teorías, proviene de las culturas prediluvianas en Mesopotamia. La figura de nueve puntas es el jeroglífico del lenguaje universal, un dibujo simbólico para la transformación de la energía en el ser humano y en el cosmos. ¿Lo pillas?

—En absoluto.

La psicóloga parecía divertida con aquella salida mientras se llevaba la taza de té a los labios. Luego prosiguió:

—Muchos autores actuales utilizan el eneagrama para clasificar al ser humano en nueve tipos de personalidad. Por orden numérico serían el perfeccionista, el servicial, el triunfador, el sensible, el pensador, el leal, el entusiasta, el líder y el conciliador, aunque los terapeutas solo utilizan los números. ¿Quieres que te diga cuál es, en mi opinión, tu eneatipo?

—Quizá en otra sesión, no he venido a que me pongan una etiqueta —dijo él abruptamente.

Al darse cuenta de su brusquedad, Víctor levantó la mano en señal de disculpa, pero Miriam parecía encantada de que sacara su carácter, como acabó de confirmarle:

—Así me gusta, que seas asertivo. En realidad, esta es una visión deformada y muy superficial de las enseñanzas originales. Se conoce el trabajo de Óscar Ichazo y Claudio Naranjo en las décadas de 1960 y 1970, aunque el eneagrama moderno había sido presentado treinta años antes por un precursor. ¿Me hago pesada? —se interrumpió—. Es un tema que me apasiona.

—Para nada —dijo Víctor con todos sus sentidos alerta—, por favor, háblame de ese precursor.

—Aunque la primera vez que esta figura apareció en un libro fue en 1949, en los *Fragmentos de una enseñanza desconocida*, el autor ruso recogía las ideas expresadas en la década de 1930 por su maestro, que había muerto ese mismo año.

—¿Y quién era ese maestro? —preguntó el sumiller, visiblemente aturdido por el aluvión de nombres e información al que le estaba sometiendo Miriam.

—No creo que te suene: George Ivanovich Gurdjieff.

Víctor se quedó mudo. Sentía que aquel loco rompecabezas que había ido montando tomaba forma, pero la imagen que se perfilaba le resultaba más desconcertante que las propias piezas.

Dar voz a todo lo que estaba pasando por su cabeza le habría llevado horas, así que sacó de su cartera como toda respuesta el libro que estaba empezando a leer.

—Siguiendo tu consejo, compré este libro de viajes. Me lo recomendaron en la Librería Francesa.

—Lo conozco... —dijo impresionada.

—Pues yo nunca había oído hablar de él, y ahora resulta que tú tienes a su autor como una referencia en tu consulta.

Miriam hojeó sorprendida aquel ejemplar de *Encuentros con hombres notables* y se lo devolvió.

—Víctor, no sé quién te ha podido recomendar este libro, pero me parece una sincronía maravillosa.

—Yo no veo ninguna maravilla, sino un tremendo lío. ¡No te puedes figurar en la que me he metido!

—Ya me lo contarás —dijo sin perder el entusiasmo—, pero seguro que está conectado con el objetivo fundamental de las enseñanzas de Gurdjieff: salir del piloto automático en el que vive la inmensa mayoría de la humanidad. No sé en qué líos andas, pero has emprendido un extraordinario viaje de autoconocimiento que te llevará a romper tu coraza exterior. Me alegro mucho por ti, de veras.

Víctor llegó por fin a la plaza de la Virreina. Aparcó el coche en el garaje y subió a casa, maleta en mano, deseando echarse en el sofá para olvidarse de ese embrollo por un buen rato. A medida que avanzaba en aquel asunto, la espiral de complicaciones crecía y se retorcía como una serpiente endiablada.

Mientras introducía la llave en su cerradura, no imaginaba que aquello que denominaba «vida normal» había quedado barrido para siempre.

Tras cerrar la puerta dejó caer la maleta con estupor.

Parecía que un huracán hubiera arrasado su hogar en los pocos días que había estado fuera.

Los cajones de las cómodas estaban arrancados, con todo su contenido en el suelo. Las estanterías habían sido desprovistas de sus libros, que ahora se amontonaban en el suelo como si alguien fuese a encender una pira. También los vinilos estaban desparramados, algunos fuera de sus fundas, que sin duda habían sufrido daños.

Horrorizado, Víctor fue hacia su dormitorio, donde encontró idéntico caos y profanación.

Antes de seguir evaluando todo aquel vandalismo y destrucción, abrió el móvil y llamó a Ismael. Al oír al otro lado su peculiar acento, sintió que la rabia explotaba en su interior.

—Han entrado a robar en mi casa.

—Vaya, no sabe cómo lo siento... ¿Encuentra que le falta algún objeto de especial valor? —le preguntó Ismael con la frialdad de un funcionario.

—No puedo saberlo aún. Todas mis pertenencias están esparcidas por la casa. ¡Han arrasado con todo! Lamento el día que acepté su propuesta.

—Es demasiado pronto para establecer causa y efecto, Víctor —trató de apaciguarlo—, aunque por lo que me cuenta alguien buscaba algo en su casa.

—Elemental, querido Ouspensky. Me maravilla su poder de deducción.

Sorprendido inicialmente al oír su apellido, Ismael recibió aquella estocada con toda serenidad. Esperó unos instantes a que su interlocutor se calmara y luego bajó la voz para decirle:

—Víctor, comprendo bien lo que siente y le compensaré hasta el último céntimo por los daños que ha sufrido. Deme un número de cuenta y...

—Mi vida es un caos —lo cortó Víctor—, y ahora ese caos ha llegado a mi propia casa. No me interesa ya su dinero. Abandono. Restaré a su anticipo los gastos que he tenido y este estropicio, cuando pueda cuantificarlo, y le devolveré el resto religiosamente. Asunto zanjado.

Pudo oír cómo Ismael resoplaba al otro lado antes de decir:

—No es una opción.

—¿Cómo? —dijo Víctor casi gritando.

—Lo que oye. No es una opción. Ya no.

Se hizo el silencio en ambos lados antes de que Ismael concluyera:

—Van a volver. Por su propio bien y el de todos, le ruego que siga mis instrucciones. Ya habrá tiempo para hablar. Prometo compartir con usted todo lo que sé.

Víctor sentía la nunca empapada de sudor y el corazón bombeando como un tambor. Se limitó a seguir al aparato, a la espera de aquellas instrucciones, que tenían un preliminar en forma de advertencia.

—Para empezar, le recomiendo no acudir a la policía —dijo con suave parsimonia—. No resolverán nada, como sucede casi siempre, y solo servirá para meterle en más complicaciones. Le pedirán explicaciones por el dinero que ha ingresado en su cuenta sin justificante, y podrían incluso relacionarle con el incendio del restaurante.

—¿Se ocuparía usted mismo de que me relacionen con eso?

—No sea grosero, Víctor. Estoy de su lado y vamos en el mismo barco. Ahora más que nunca. Solo le aviso de que la gente que ha entrado en su casa tiene maneras mucho más contundentes de ponerle en aprietos. Yo de usted no buscaría el choque frontal.

—¿Qué debo hacer, entonces?

—Salir de inmediato de su casa. Ahora. Tome un taxi en dirección a la estación de Francia y parta hacia París con el primer tren. Entretanto no se deje ver. Ponga su maleta en una consigna y váyase a algún sitio discreto.

Mientras hablaban, Víctor se había acercado a la ventana. En la plaza, un hombre trajeado miraba el reloj con impaciencia a la vez que controlaba el tráfico que cruzaba por la calle de l'Or.

Plegó el teléfono, cerró la puerta con dos vueltas de llave, lo cual le hizo sentirse ridículo, y bajó las escaleras a toda prisa cargando con su equipaje.

Una vez en la calle, mientras se alejaba de la plaza tuvo la sensación de que el asfalto temblaba como si fuera a abrirse un abismo bajo sus pies.

12

Víctor se dirigía hacia su garaje cuando, de modo instintivo y tras comprobar que nadie lo estuviera vigilando, se detuvo en seco delante de un portal.

Quien fuera que hubiera saqueado su piso probablemente sabría dónde aparcaba su pequeño Peugeot; el riesgo de conducir de nuevo el coche le pareció excesivo en ese momento. Prefirió ir andando por las callejuelas de Gracia hasta la estación de metro de la línea amarilla.

Con la adrenalina disparada, compró un billete y bajó las escaleras escopeteado. Ya en el andén, no lo abandonaba la extraña sensación de que todo el mundo estaba pendiente de él. Cuando por fin llegó el metro, subió al vagón central, rumbo a la estación de Barceloneta.

Una vez allí, subió por las escaleras mecánicas y en un santiamén se plantó en la imponente estación de Francia. Tras mirar con ansiedad a izquierda y derecha, se puso a hacer cola delante de la ventanilla de compra de billetes.

Mientras esperaba, admiró la grandeza arquitectónica del edificio. Construida sobre los cimientos de la que fuera la segunda estación ferroviaria en la Península, la estación de Francia había sido inaugurada por el rey Alfonso XIII para la Exposición Internacional de 1929. Estaba dotada con una gran estructura metálica de estilo modernista, y llamaban poderosamente la atención las vías que llegaban en curva a los andenes, describiendo la forma de la antigua Ciudadela militar.

Víctor hizo un rápido escaneo de la gente que llenaba el vestíbulo principal: grupos de turistas, jóvenes con mochila, alguna familia y un par de personas mayores. Lo tranquilizó no ver a nadie de aspecto sospechoso.

Cuando finalmente le llegó su turno en la ventanilla, compró un billete para el rápido nocturno a París. Todas las precauciones eran pocas, así que reservó un compartimento con litera para él solo.

El tren tenía su salida a las 19.55 y llegaría a la estación de Austerlitz poco después de las ocho de la mañana. Aún faltaban más de cuatro horas, por lo que puso su maleta en una consigna, guardó la llave y tomó de nuevo el metro, esta vez hasta el paseo de Gracia.

No había sitio mejor para pasar desapercibido que una sala de cine, oscura y anónima, y delante mismo de la parada estaba el Comedia. En la primera sesión de tarde proyectaban *Carne trémula* y *L. A. Confidential*. Poco aficionado a Pedro Almodóvar, decidió comprar una entrada para la película protagonizada por Kim Basinger.

Ambientada en los años cincuenta en Los Ángeles, narra cómo unos policías de buenos sentimientos se enfrentan a una ciudad corrompida por las drogas, el sexo y el dinero. Pese a parecerle una obra maestra, el sórdido ambiente de delincuencia no le permitió evadirse. Se pasó las dos horas de proyección agitado en su butaca, recordando el embrollo en el que se había metido, la muerte antinatural de su jefe y el peligro que podía acecharlo en cualquier momento y lugar.

Cuando salió del cine, un plácido atardecer planeaba sobre el paseo de Gracia. Víctor aminoró el paso, pero no se detuvo en ningún instante hasta llegar de nuevo a la estación de Francia.

Delante de la consigna, comenzó a hurgar nervioso en los bolsillos de su pantalón. Tras revisarlos todos varias veces, se dio cuenta de que había perdido o le habían robado la llave de la taquilla.

Con las manos sudorosas y las pulsaciones a mil, se preguntó si se le habría caído del bolsillo mientras estaba sentado en el cine. Justo en aquel momento pasaba por la zona un empleado de la estación. Víctor se apresuró a comentarle lo sucedido y le enseñó su billete para París.

Frunciendo el ceño, el empleado le dijo que no estaba autorizado a abrir las consignas. Víctor le suplicó desesperado hasta que logró que el funcionario hiciera una excepción.

—Tengo la llave maestra, pero antes tendrá que describirme con precisión el contenido de su maleta.

El libro de Gurdjieff fue su salvación. Difícilmente habría podido inventar la existencia de un objeto tan peculiar.

Tras premiar al empleado con una generosa propina, Víctor se dirigió con premura a los andenes. El tren estaba ya estacionado en la vía 2. Era un Talgo III RD, un modelo revolucionario diseñado en los años setenta por el ingeniero Alejandro Goicoechea y financiado por el empresario José Luis Oriol, que implantó novedades importantes en el desarrollo de la industria ferroviaria. «Talgo», de hecho, eran las siglas de «tren articulado ligero Goicoechea Oriol».

Por un lado, se utilizó una aleación de aluminio muy ligera que permitía reducir el peso de los vagones e incrementar su velocidad. Y, por otro, disponía de un innovador sistema de ejes que evitaba tener que sujetar las ruedas a una plataforma, disminuyendo el peso y facilitando que el vagón estuviese mucho más estable y cercano a la vía. Este sistema permitía, asimismo, ajustar las ruedas adaptándolas del ancho ibérico al internacional, y viceversa.

Su aspecto era muy característico, con la chapa ondulada como los aviones Junkers de los años cincuenta y la banda central pintada de un rojo intenso. En su infancia, Víctor había pasado horas jugando con un amigo que tenía ese modelo de Talgo en su maqueta de Ibertren. Siempre soñó con viajar algún día en ese mítico vehículo, pero ciertamente no en estas circunstancias.

Antes de subir a su vagón, olvidando por unos instantes su situación, recorrió el Talgo para fijarse en todos los detalles. La locomotora estaba bautizada con el nombre Virgen de Begoña. Hizo un amago de santiguarse para que la patrona de Bilbao lo protegiese en la incierta aventura en la que se había metido.

Cuando se encerró en su compartimento, le parecía increíble la idea de dormirse en esa cama y que, al día siguiente, al levantarse, estuviese ya en París. En la mesita había un benjamín de champán y una caja de bombones cortesía de la compañía.

A la hora prevista, con puntualidad suiza, el Talgo empezó a rodar. Víctor observó desde su ventana cómo dejaban atrás la enorme bóveda metálica de la estación a medida que el tren circulaba por las singulares vías en curva.

Mientras veía pasar los pisos y las farolas iluminadas, se preguntaba qué le depararía la Ciudad de la Luz y cuándo volvería a su querida Barcelona.

Un rugido del estómago lo distrajo de aquellos pensamientos. No fue hasta entonces que se dio cuenta de que no había comido nada en todo el día. Decidió ir al vagón restaurante, otro aliciente de aquel mágico tren nocturno.

Tras peinarse y enfundarse una americana, Víctor salió de su compartimento y cerró con llave.

Ya en el vagón restaurante, le sorprendió la elegancia de los camareros y lo bien puestas que lucían las mesas, con mantel y servilletas de hilo. Pese a la hora temprana, el vagón restaurante se encontraba completamente lleno. Su mirada se paseó por las distintas mesas por si algún viajero estaba ya en los postres.

Al llegar a la cuarta mesa a la izquierda, se quedó sin aliento. Una chica sola jugueteaba con su cola de caballo rubia mientras esperaba a que la sirvieran. Sus ojos, uno verde claro y otro azul grisáceo, contemplaban ahora a un desconcertado Víctor.

13

Recuperado de la sorpresa inicial, Víctor se dirigió hacia la chica mientras pensaba en la coincidencia que suponía volverla a ver al cabo de tan pocos días. Sus ojos de colores dispares, que había detectado por primera vez en el Archivo de Madrid, no admitían duda.

—Buenas tardes —la saludó al llegar a su lado—, el vagón está completamente lleno. ¿Le importaría que me siente aquí para cenar?

Dudó un instante, y luego su ojo verde brilló con suspicacia al contestar:

—Claro… Puedes tutearme, que aún soy treintañera.

Víctor juntó las palmas de las manos para mostrar su gratitud y tomó asiento. Ella, por su parte, siguió hablando:

—Es agradable poder conversar en un viaje tan largo. Por cierto, me llamo Sofía.

Tras presentarse también él, se dijo que la familiaridad con la que ella lo trataba era propia de una mujer excesivamente ingenua o demasiado chiflada, aunque tal vez no fuera ninguna de ambas opciones.

Se fijó en que tenía una pequeña mochila entre las piernas.

Sentado frente a ella, le resultó inevitable pensar en la heterocromía de los ojos de David Bowie y en un pasaje de una canción suya: «Is There Life on Mars?».

—Soy sumiller y puedo constatar lo que comentas. La gente que cena sola suele estar incómoda. A veces sacan un libro o el periódico y leen mientras esperan a que los sirvan. Necesitan demostrar al resto del restaurante que están ocupados.

—No es mi caso —dijo ella con un mohín en los labios—, pero celebro que seas experto en vinos. Puedes elegir el que tomaremos para la cena, si te apetece compartir una botella.

—Por supuesto que sí… —repuso abrumado por la cercanía de aquella belleza casi marciana—. Aunque siendo el restaurante de un tren, no creo que su bodega sea muy amplia.

—Haremos que lo sea.

Víctor no entendió qué había querido decir Sofía con eso, pero asintió con la cabeza. Para disimular su nerviosismo, recurrió a la verborrea.

—Al empezar en este oficio, las cartas de muchos restaurantes solo ofrecían tintos de la Rioja y blancos del Penedés, todos ellos excelentes, pero se olvidaban de la enorme variedad de zonas vitivinícolas que existen en este país. Gracias a Baco, todo esto está cambiando; también la forma de trabajar el vino. El Priorat de hoy no tiene nada que ver con el que se compraba en las bodegas de barrio en los años setenta.

—Conozco un poco esa zona —aseguró ella sin dejar de escanearlo con sus ojos magnéticos—. El paisaje es bello, con esas lomas y terrazas tapizadas de viñas y olivos, pero el clima es bastante duro. Hace mucho frío en invierno y en verano tienes que refugiarte bajo la sombra.

Víctor iba a decir algo cuando el camarero se acercó a la mesa para tomarles nota. *Vichysoisse* y merluza para él, una ensalada y tortilla paisana para ella.

—¿Tomarán vino los señores? —les preguntó, diligentemente—. Puedo ofrecerles Marques de Cáceres, un tinto de la Rioja, o Viña Sol, un blanco del Penedés.

Como toda respuesta, Sofía extrajo de su mochila una botella de Scala Dei y la plantó sobre la mesa mientras Víctor sonreía para sus adentros, pensando en lo poco que se había modernizado la oferta de vinos en Renfe.

—¿Podemos tomarla con la cena?

Víctor tragó saliva, hipnotizado ante las dos palabras destacadas en la etiqueta. Scala Dei, la escalera de Dios. Una poética metáfora si los peldaños fuesen ascendentes, pero sin duda la misma escalera también podía llevar al infierno.

El camarero lo sacó de su asombro.

—En principio, no…, pero siempre hay una excepción a la regla —respondió en voz baja mientras guiñaba un ojo.

Acto seguido, descorchó la botella con disimulo, la envolvió en una servilleta para camuflarla y llenó las copas.

Cuando el camarero se hubo alejado, Víctor dirigió a Sofía una mirada interrogativa.

—Lo compré en la bodega del monasterio —dijo como toda explicación.

El pensamiento del sumiller trianguló entre el Archivo Nacional Histórico, la bodega de Scala Dei, donde no habían coincidido de milagro, y ahora el vagón restaurante del Talgo. «Tanta casualidad no puede ser casualidad», pensó antes de volver a la conversación. Para evitar ser interrogado, decidió tomar la iniciativa:

—¿Qué te lleva a París?

—Participaré en un congreso que organiza la Asociación Francesa de Neuropsiquiatría. Trabajo en una línea de investigación en el Hospital Clínic sobre los estados alterados de consciencia y la pérdida de facultades cognitivas en enfermos de alzhéimer. —Sofía se llevó la copa a los labios carnosos y dio un sorbo antes de continuar—: Hay pacientes que han perdido todo contacto con el mundo y las personas que los rodean, pero expresan emociones y narran vivencias difíciles de explicar de un modo racional.

La contempló fascinado mientras trataba sin éxito de elaborar algún comentario ingenioso. Entonces ella contratacó:

—¿Y tú? ¿Por qué viajas a París?

Víctor pensó un momento en Ismael. En ningún caso podía dar pistas del objetivo real de su viaje.

—Voy de turismo. El restaurante donde trabajaba se incendió y, de momento, dispongo de todo el tiempo del mundo. Este año la torre Eiffel está recién pintada y es una buena excusa para ir a París. ¿Sabías que la pintan de marrón cada siete años? También me apetece callejear por el Barrio Latino y visitar el Louvre.

Aunque probablemente había sonado simplón, esta había sido la parte más sincera de su respuesta. Desde que estudiaba Historia en la universidad, siempre había soñado con ver el código de Hammurabi o los toros alados del palacio de Khorsabad.

El camarero volvió para servir el primer plato y escanciar un poco más de vino en sus copas. Víctor aprovechó la interrupción para percatarse de que aún sabía bien poco de la persona que tenía enfrente.

Tras su primer encuentro en el Archivo Histórico Nacional, la hacía periodista, escritora o historiadora, pero nunca hubiera imaginado que pudiese ser neuropsiquiatra. ¿Qué debía de estar buscando entre aquellos legajos?, pensó para sus adentros, aunque su pregunta fue otra:

—¿De qué tratará tu ponencia en el congreso?

—Hablaré de pacientes en estados casi vegetativos que, sometidos a hipnosis, revelan un nivel muy elevado de consciencia. ¿Has oído hablar de Alan Watts?

—Pues no —reconoció Víctor algo avergonzado.

—Watts era un autor inglés que sentía mucha atracción por Oriente. En uno de sus ensayos, sugiere que mediante la meditación profunda podemos llegar a niveles de consciencia en los que conviven en paralelo vivencias y emociones muy distantes en el tiempo.

Mientras el camarero les servía el segundo plato, Víctor aprovechó para cambiar de tema y aclarar sus dudas.

—Por cierto, no sé si lo recordarás, pero tú y yo nos hemos visto antes. Hace menos de una semana, en el Archivo Histórico Nacional de Madrid.

Ella dejó los cubiertos en el plato, apoyó los codos sobre la mesa y juntó las manos mientras lo observaba fijamente.

—Estuve allí, es cierto. Fui a consultar unas notas médicas de Ramón y Cajal para un artículo en el que estoy trabajando. Pero no recuerdo haberte visto... —dijo en un tono poco convincente.

Víctor recordó la postal que había encontrado en el suelo del Archivo. Iba a preguntar a Sofía dónde se alojaría en París cuando repentinamente ella se levantó de la silla y, con la mochila al hombro, dejó un billete de mil pesetas sobre la mesa.

—Nunca tomo postre —dijo para justificarse—. Si me disculpas, me retiro a mi compartimento. Tengo que revisar la conferencia que daré mañana. Ha sido un placer conversar contigo.

Él se levantó de su silla, intentando sin éxito devolverle el billete, mientras le lanzaba la pregunta:

—¿Nos volveremos a ver?

Como toda respuesta, Sofía le dedicó una penetrante mirada bicolor antes de darle la espalda y salir del lugar.

14

Tras dejar una buena propina por el descorche, Víctor abandonó el vagón restaurante y se dirigió a su compartimento. Habían ya cruzado la frontera con Francia, en Cerbère, y las ruedas se habían adaptado al ancho europeo de vía sin que hubiese percibido la más mínima vibración. Estaba maravillado con el prodigio técnico y la comodidad que suponía el Talgo.

Al abrir la puerta de su cabina, lo sorprendió ver que se encontraba iluminada. Estaba convencido de haber apagado la luz al salir a cenar, pero lo atribuyó a uno de sus despistes. Últimamente iban *in crescendo*.

Apenas hubo retirado la llave de la cerradura, la luz se apagó de golpe. Antes de que pudiera saber qué estaba pasando, una mano lo agarró del cuello, tirándolo con fuerza hacia el interior del compartimento.

En la oscuridad, solo pudo atisbar a un hombre alto y corpulento que le propinó un puñetazo en el estómago antes de salir corriendo. Tumbado y sin respiración, Víctor necesitó un largo rato para arrastrarse hacia la puerta, que empujó justo cuando el revisor se acercaba por el pasillo.

Alarmado, el empleado apretó el paso para ayudarlo a incorporarse.

—¿Está usted bien? ¿Quiere que averigüe si hay algún médico en el tren?

—Más que un médico necesito a un policía —dijo aturdido—. Alguien ha entrado en mi compartimento mientras cenaba y, al descubrirlo, me ha golpeado antes de huir.

Víctor se sentó en la banqueta mientras el revisor pasaba al interior de la cabina y cerraba la puerta para no asustar al pasaje. Todavía dolorido, inspiró profundamente un par de veces hasta recuperarse. Un ligero aliento a alcohol y los billetes de cien francos que asomaban por un bolsillo lateral de la maleta hicieron deducir al revisor que aquel viajero se había caído y magullado por su cuenta. El misterioso atacante tenía que ser obra de su imaginación.

—Estoy seguro de haber dejado la puerta cerrada al salir a cenar —aseguró Víctor—, no entiendo cómo ha logrado entrar.

El revisor inspeccionó la cerradura y comprobó que no estaba forzada.

—Aparte de cada pasajero, solo tenemos llave de los compartimentos el jefe de tren y yo mismo. No creo que...

—Este asalto es un hecho muy grave —respondió Víctor, adivinando malhumorado la incredulidad del revisor—. Deberían detener el tren para dar parte a la policía.

El revisor se frotó la barbilla con la mano antes de responder:

—Mucho me temo que no será posible. Para parar el tren se necesita, justamente, una orden policial. Y esta solo se obtiene si se ha producido un asesinato o un intento de suicidio. Tal vez lo que usted... Quien sea que crea que ha entrado en la cabina no ha llegado a robar.

Víctor advirtió que el revisor dirigía su mirada a la maleta abierta. No solo estaban a la vista los ochocientos francos franceses que había cambiado en el banco, sino también el teléfono móvil que le había dado Ismael. Era imposible justificar que alguien hubiese irrumpido en su compartimento sin llevarse nada, por lo que decidió dar por zanjado el asunto.

—Gracias, en todo caso, por acudir en mi ayuda.

Antes de salir, el revisor bajó la litera con su llave Allen y la dejó preparada para que Víctor pudiera descansar.

—Informaré al jefe de tren de lo ocurrido y, si tiene algún problema más, no dude en comunicarlo. Espero que consiga dormir. ¡Buenas noches!

Tras despedirse del revisor, inspeccionó a fondo el compartimento. Al agacharse para mirar debajo de la banqueta, le dio un vuelco el corazón. Abierta por la mitad, en el suelo estaba la libreta en la que había ido tomando sus notas durante las últimas semanas.

Había una página arrancada. No le costó averiguar que era la que contenía el dibujo del relieve que había fotografiado en Scala Dei.

Se quitó la camisa y el pantalón, y se tumbó, exhausto, en la cama. El pijama se mantendría limpio y bien doblado esa noche. Había conseguido sorprender al intruso justo antes de llevarse su libreta de notas, pero estaba asustado. Se daba cuenta de que su contrincante en aquella búsqueda no tendría escrúpulos para conseguir la codiciada botella.

«¿Sabrá interpretar el enigmático símbolo de la abeja?», se preguntó Víctor para sí mismo.

Los párpados se le cerraron antes de que pudiera llegar a alguna conclusión. Apagó la luz y se quedó profundamente dormido.

Poco antes de las seis de la madrugada, ya tenía los ojos como platos. A un par de horas para llegar, intentó distraerse mirando por la ventana, pero aún estaba oscuro. Solo se veían luces esporádicas y los postes eléctricos pasando como ráfagas a través del cristal.

Finalmente, decidió asearse y se dirigió al vagón restaurante para desayunar.

A aquella hora temprana solo había una mesa ocupada. Un ejecutivo perfectamente trajeado estaba tomando notas con un pequeño puntero en una *palm*, el último grito en *gadgets* electrónicos. Su pelo engominado le recordó a Mario Conde, el banquero en horas bajas que había sido el paradigma del éxito en la España de los ochenta.

Víctor se tomó tiempo para el desayuno. Albergaba la esperanza de ver entrar a Sofía en cualquier momento y compartir mesa de nuevo, pero poco a poco el vagón se fue llenando y tuvo que dejar su sitio a otros pasajeros.

Diez minutos antes de la hora de llegada prevista, Víctor ya estaba de pie, frente a la puerta del vagón. A la vía que el tren había ido siguiendo durante todo el trayecto, se le iban añadiendo más y más carriles en paralelo, como afluentes de un río cerca de su desembocadura.

El talgo fue frenando su marcha hasta ser engullido por la gran cubierta de la Gare d'Austerlitz. El techo, alto y de forma triangular, era mucho más sobrio que el de la estación de Francia.

En cuanto se detuvo y se abrieron las puertas, Víctor saltó de la escalerilla y se situó rápidamente a unos metros del tren para ampliar su rango de visión.

En un primer momento pudo ver con claridad los pasajeros que iban descendiendo de sus vagones, pero pronto se fueron arracimando en el andén, impidiéndole distinguir a los que estaban más alejados.

De repente divisó a Sofía a dos vagones de distancia, bajando la escalerilla con una pequeña maleta azul.

Se disponía ya a perseguirla cuando notó una mano en el hombro. Era el revisor del tren, que al verlo allí detenido lo miraba con gesto de preocupación.

—¿Ha dormido bien? Espero que no haya sufrido ningún otro percance.

—No… Es decir, sí, he dormido bien, gracias.

Para cuando empezó a abrirse paso con la maleta entre la gente, recogiendo más de un insulto dirigido a su familia, no había ya ni rastro de Sofía.

Tras abandonar la zona de andenes, un enorme vestíbulo se abría delante de él. Localizarla allí sería como encontrar una aguja en un pajar.

Avergonzado por aquel impulso casi adolescente, tomó un taxi a la salida de la estación para que lo llevase al hotel que le había reservado Ismael, el Crillon.

El taxista condujo con parsimonia por una calle que transcurría paralela al río Sena, ofreciendo a Víctor una espléndida toma de contacto inicial con la Ciudad de la Luz. Conocer París era uno de sus sueños y estaba comenzando a cumplirse.

Después de pasar por la Sorbona, unas pequeñas islas, conectadas a tierra mediante hermosos puentes, emergieron en medio del río. Emocionado, distinguió en una de ellas el inconfundible perfil de la catedral de Notre-Dame. Recordó una película que había visto de pequeño en televisión en la que Charles Laughton daba vida al jorobado Quasimodo.

El taxi siguió circulando por el carril lateral, pasando primero por el palacio del Louvre y a continuación por unos cuidados jardines que a Víctor no le costó identificar como las Tullerías, su principal objetivo en este viaje.

Giró a la derecha, cruzó el Sena por el puente de la Concordia y rodeó el obelisco en la plaza de mismo nombre hasta llegar a un imponente edificio neoclásico, el hotel de Crillon.

Pagó la carrera al taxista y un botones le abrió la puerta, maleta en mano, y lo guio hasta la elegante recepción. Poco se había imaginado que iba a alojarse en el más lujoso y emblemático establecimiento de todo París.

Víctor no daba crédito a sus ojos. Empequeñecido, mientras se registraba en el Crillon, observaba con todo detalle su fastuosa decoración. Apliques dorados, grandes espejos y arañas de cristal colgando de los techos estucados, iluminando unos salones que parecían extraídos del mismo Versalles. Superaba con creces el lujo del hotel Majestic que tanto le había impresionado en Barcelona, apenas unos días atrás.

El recepcionista le devolvió cortésmente el pasaporte y le entregó la llave de su habitación, deseándole una buena estancia.

—¿No necesita mi tarjeta de crédito para el registro? —preguntó Víctor, sorprendido, en el mejor francés que pudo.

—*Ce n'est pas nécessaire, Monsieur Morell*. La habitación está pagada para las próximas tres noches con cobertura total de gastos. Disfrute de su estancia con nosotros.

Ismael no dejaba de sorprenderlo. ¿Por qué le había reservado habitación en un hotel tan suntuoso, pudiendo haber elegido algún tres o cuatro estrellas un poco céntrico? ¿Cómo podía permitirse estos gastos? O se trataba de un hombre extremadamente rico, o la obsesión por conseguir la botella lo había trastocado.

La suite que le habían asignado era más grande que todo su apartamento. Decorada en el mismo estilo clásico que la recepción, el baño estaba revestido de un bonito mármol jaspeado. Víctor se dio una ducha rápida, dejó arreglada la ropa en el armario y salió a la calle.

Cruzó la plaza de la Concordia y se dirigió a Jeu de Paume, a escasos metros de distancia. Junto a la Orangerie y el arco de triunfo del Carrusel, era el único edificio que quedaba en pie del palacio de las Tullerías, incendiado por la Comuna de París en 1871.

El edificio, de base rectangular, albergaba ahora colecciones de arte contemporáneo. Víctor preguntó al encargado del museo dónde podría encontrar información histórica sobre el desaparecido palacio.

—El incendio destruyó por completo la biblioteca. Sinceramente, no sé cuánto pudo haber sobrevivido. De todos modos, desde la Revolución francesa, los documentos administrativos y de gobierno se empezaron a almacenar en el Archivo Nacional de Francia.

—El Archivo Nacional… ¿A dónde tengo que dirigirme?

—Aunque físicamente el archivo esté repartido entre el palacio de Soubise y el de Fontainebleau, yo le recomiendo que se dirija al Caran. Es un centro que se inauguró hace pocos años para facilitar al público la búsqueda de documentos. Lo encontrará en la rue des Quatre Fils, en el barrio del Marais. Y, por cierto, si se dirige hacia allí, no deje de ir a la place des Vosges. Allí vivió Victor Hugo y es uno de los rincones con más encanto de la ciudad.

Víctor agradeció satisfecho el consejo y la información antes de salir de Jeu de Paume. Ya tenía una primera pista para seguir.

En la plaza de la Concordia tomó el metro hasta Rambuteau. A pocos metros apareció ante él el palacio de Soubise, un precioso edificio del siglo XVIII que albergaba los archivos desde 1792. Al otro lado de la calle, Víctor localizó el Caran, situado en un edificio moderno y poco llamativo.

El archivo era funcional y estaba bien ordenado. No le costó encontrar documentos sobre la boda de Napoleón I con María Luisa de Austria, celebrada en las Tullerías el 1 de abril de 1810.

Más tiempo le llevó hurgar entre los centenares de documentos políticos, administrativos y de protocolo hasta que por fin encontró referencias al banquete nupcial. En primer lugar, dio con el listado de invitados: casi mil quinientos, la mayoría de ellos pertenecientes a la aristocracia francesa y austriaca. El objetivo de Napoleón casándose con una Habsburgo era legitimarse como emperador frente a las monarquías europeas. Leyendo los nombres de duques, condes, barones y mariscales, Víctor se evadió por unos momentos, imaginando lo que debió de haber sido en su día ese acontecimiento.

Tras la lista de invitados encontró unas detalladísimas instrucciones sobre la disposición, en perfecto orden, de platos, copas y cubiertos. También se definía la colocación de los comensales, la distancia entre ellos y la decoración con *bouquets* florales.

Finalmente apareció el dietario del chef de cocina del emperador. Víctor dio una palmada antes de abrir emocionado su libreta. ¿Conseguiría por fin la información que necesitaba?

El banquete había constado de doce platos y el dietario los describía con minuciosidad: *foie de canard*, sopa *boullabaisse*, becada trufada… Solo leyéndolo, se le hacía la boca agua. Los últimos apuntes del dietario indicaban los vinos y licores que se sirvieron, todos franceses según deseo expreso de Napoleón.

Empezó a anotar cuidadosamente: *sauternes* para el *foie*, un *pouilly fumé* del Loira para el pescado, champán Veuve Cliquot para la becada y un tinto muy especial, procedente del monasterio de Scala Dei y cosechado en 1808, para acompañar el *boeuf bourgignon*.

España había sido conquistada recientemente por los ejércitos imperiales, por lo que el chef había decidido incluirlo en el banquete, describiéndolo como uno de los mejores vinos que nunca había catado.

Víctor sintió la excitación de haber encontrado el hilo de aquella enigmática madeja que amenazaba con estrangularlo.

15

Uno de los invitados a la boda era el zar Alejandro I de Rusia, que en 1810 aún mantenía buena relación con Francia. Según las anotaciones del dietario, el zar había hecho tales alabanzas al vino español que Napoleón ordenó al chef de cocina rescatar unas cuantas botellas de la bodega para regalárselas y estrechar así los lazos con un imperio de gran importancia estratégica. Poco se imaginaría el zar que el corso le declararía la guerra dos años más tarde.

Fuera de estas referencias al extraordinario vino de Scala Dei, el dietario no contenía ninguna otra información destacable.

Víctor cerró su cuaderno y se quedó un rato sentado en la sala de consulta del Caran, asimilando lo que acababa de averiguar. Según Ismael, una de las botellas que contenían el vino modificado por fray Ambrós, en concreto la numerada como 314, había sobrevivido hasta nuestros días. Si Dubois se llevó toda la cosecha de 1808 de la bodega de Scala Dei y este vino se bebió durante la boda de Napoleón con María Luisa de Austria, dicha botella tuvo que ser una de las que fueron regaladas al zar Alejandro I.

Tenía una nueva pista, efectivamente, pero Víctor empezó a sudar solo con pensar en viajar a San Petersburgo.

Apiló toda la documentación que había consultado y la devolvió a la responsable del archivo. Antes de abandonar la sala, tuvo la extraña sensación de que lo observaban. Se dio media vuelta y su mirada se cruzó con la de un hombre joven, pelirrojo y mofletudo, que inmediatamente bajó la cabeza y volvió a sumergirse en los documentos que tenía encima de la mesa.

Víctor lo miró una segunda vez. Estaba seguro de haber visto antes a aquel rubicundo personaje, pero no conseguía recordar dónde. No le dio más importancia. En los últimos tiempos estaba muy confuso y, al fin y al cabo, él también se fijaba en la gente que entraba y salía de los sitios. Sin embargo, después de los últimos acontecimientos, Víctor estaba constantemente en guardia y atento a cualquier señal sospechosa.

Al salir a la calle vio que aún le quedaban algunas horas de luz, así que atravesó el barrio del Marais hasta llegar a la place des Vosges.

De planta cuadrada y originalmente conocida como «plaza real», había sido construida a principios del siglo XVII y sus frondosos jardines estaban rodeados de edificios idénticos de ladrillo y piedra, unidos entre sí por pasillos de arcadas.

Sentado en un banco al lado de una fuente, Víctor se pasó un buen rato admirando la armonía del lugar.

De regreso al hotel, en la recepción le entregaron un sobre a su atención. Intrigado, decidió abrirlo allí mismo.

Víctor, le espero hoy para cenar a las ocho en punto en el restaurante Jules Verne

ISMAEL

El recepcionista del Crillon le informó de que el Jules Verne era uno de los restaurantes más exclusivos de la ciudad y que se encontraba en la segunda planta de la torre Eiffel.

Víctor decidió vestirse con elegancia para su encuentro con Ismael. Un blazer azul marino y una corbata azul grisáceo estampada le parecieron una combinación adecuada.

Poco después de las siete de la tarde, salió del hotel y cruzó el Sena por el puente Alejandro III. La vista de Los Inválidos, con su iluminada cúpula dorada, era imponente, a la altura de la importancia de los restos que albergaba en su interior. Al pensar en el mausoleo de Napoleón, Víctor no pudo evitar imaginarlo llevándose a los labios una copa con vino de Scala Dei.

Una vez en la Rive Gauche, siguió disfrutando de las vistas sobre el Sena en su paseo hasta llegar a la monumental torre Eiffel. Con la iluminación nocturna, parecía estar construida con una aleación de cobre y oro. Aunque la había visto en infinidad de fotos y películas, la sensación de tenerla enfrente era indescriptible.

Sus más de trescientos metros de altura empequeñecieron a Víctor, que nunca había visto una construcción de tamaño parecido.

Dio una vuelta a la base de la torre, sin dejar de mirar hacia arriba, hasta llegar al pilar del lado sur, donde un elegante toldo indicaba la entrada del restaurante. Los clientes del Jules Verne disfrutaban de un acceso privilegiado a aquel monumento mediante un ascensor reservado.

Un conserje lo acompañó al interior del ascensor tras comprobar la reserva a nombre de Ouspensky. Subió con celeridad los ciento veinticinco metros que lo separaban de la segunda planta sin perder detalle del espectacular efecto que ofrecía el entramado de vigas iluminadas al ir pasando por delante de sus ojos.

Ismael ya lo estaba esperando en la mesa y se levantó para recibirlo.

—Buenas tardes, amigo mío. Me alegro de verle en París —lo saludó mientras le daba la mano.

—Le agradezco su invitación a la cena, Ouspensky —respondió Víctor, tenso, mientras ambos se sentaban en sus cómodas butacas—. No me andaré con rodeos: esta misión se complica por momentos y maldigo el día en que acepté su encargo. Después de que alguien pusiese mi casa patas arriba, ayer entraron en mi compartimento en el Talgo y me atacaron violentamente. Puedo mostrarle la contusión que tengo en el estómago.

Ismael acarició su poblada barba con la mano derecha mientras el otro hacía un amago de desabotonar su camisa. Sin inmutarse, intentó apaciguar a Víctor bajando el tono de la conversación.

—Siento muchísimo lo que me está contando, pero ya le avisé desde el principio que esta búsqueda no está exenta de riesgos. De otro modo, la retribución no sería tan generosa… Por todo ello, le insisto en que no comparta absolutamente con nadie su objetivo y, menos aún, sus planes inmediatos.

—Empiezo a sospechar, incluso, que el incendio de La Puñalada fue provocado —disparó Víctor.

—No me gusta esta acusación soterrada, amigo. ¿Qué insinúa? Le ruego que mida un poco sus palabras. Lo único evidente, ahora mismo, es que usted se halla en peligro y yo estoy de su lado. No creo que le interese renunciar a mi protección.

Víctor se quedó unos instantes observando en silencio a aquel hombre que nunca pestañeaba. Su barba y la penetrante mirada le recordaron fugazmente al capitán Nemo, la magistral creación de Julio Verne, tan bien interpretado por James Mason en la adaptación al cine de *Veinte mil leguas de viaje submarino*.

—Le pido disculpas —concedió—. Solo quiero que se ponga en mi lugar. En apenas dos semanas, un tsunami ha barrido la costa apacible que había bordeado mi vida durante tantos años.

—Una alegoría muy poética, Víctor, pero permítame que le haga una pregunta indiscreta: ¿no le aburría un poco vivir en esa «costa apacible»? Usted es una persona culta y con espíritu inquieto. O mucho me equivoco o necesitaba una chispa para encender la pasión dormida en su interior.

El provocador mensaje de Ismael le trajo a la memoria las palabras que había oído, en sueños o no, en su celda del monasterio del Garraf. Era cierto que se había resquebrajado la seguridad de su vida rutinaria, pero también lo era que esta empezaba a adquirir nuevos alicientes.

—Quizá tenga razón, aunque me resulta inconcebible vivir continuamente amenazado. Ouspensky, usted conoce perfectamente quién entró en mi casa y luego irrumpió en mi compartimento para obtener información. Necesito saber a quién me enfrento.

En aquel momento, un camarero impecablemente vestido interrumpió la conversación para tomarles nota. Ambos pidieron la recomendación del día: ostras de la Bretaña acompañadas de vinagreta de chalotas, regadas con champán Louis Roederer.

—Ya llegaremos a ello, amigo —prosiguió Ismael, aprovechando la pausa para tomar de nuevo la iniciativa—. Si le parece, cuénteme lo que ha descubierto hasta ahora y decidiremos el plan de acción.

Víctor meditó unos instantes lo que debía contar a su compañero de mesa, por mucho que estuviera sufragando aquella loca aventura. Por algún motivo, decidió obviar su encuentro con Sofía.

—He podido averiguar que la cosecha de Scala Dei de 1808 fue enviada al palacio de las Tullerías y se sirvió en el banquete de bodas de Napoleón con María Luisa de Austria. Según el dietario del chef de cocina, Napoleón regaló unas botellas al zar de Rusia. En ningún lugar he encontrado datos sobre la numeración de las botellas, pero la número 314 bien podría estar entre ellas.

—Es una suposición certera, Víctor —dijo Ismael repentinamente excitado—. Si algún invitado hubiera bebido su contenido durante el banquete, le aseguro que estaría recogido en el dietario… Ahora, dígame, aparte de los desagradables incidentes de los que ya hemos hablado, ¿se ha sentido observado o seguido en algún momento?

—Creo que no, aunque, después de lo sucedido, desconfío hasta de mi sombra.

—Mejor así —dijo Ismael, satisfecho, mientras echaba un chorrito de limón a una de las ostras que el camarero acababa de traer en una fuente con hielo.

Víctor lo imitó antes de seguir con la conversación.

—Ahora quiero que me cuente quién está siguiendo mis pasos. Aunque ya no esté a tiempo de echarme atrás, necesito saberlo.

Ismael se tomó unos instantes para responder:

—La existencia de este vino tan particular, incluso la del mismo fray Ambrós, es extremadamente poco conocida. Hubo un tiempo en que pensé que yo era el único que tenía constancia de ella.

Dicho esto, se llevó la copa a los labios y sorbió un trago de champán mientras pensaba en la información que quería compartir.

—Sin embargo, hace unos meses descubrí que no estaba solo en mi búsqueda —añadió—. Fue en la sede de Sotheby's en Bond Street. Salió a subasta un lote de vinos españoles de principios del siglo XIX. Hice una puja inicial de quinientas libras suponiendo que sería suficiente, pero, antes de que el subastador pudiera anunciar mi oferta, un hombre joven la aumentó a mil. Seguí pujando hasta que el valor del lote había superado las diez mil libras. Aparte de ser una cifra desorbitada, vi claramente que el lote nunca iba a ser mío. «Diez mil quinientas a la tercera», exclamó el subastador, cerrando la operación con un golpe de martillo.

—¿Y qué hizo usted, entonces? —preguntó Víctor, escandalizado.

—Me levanté para felicitar al comprador, intercambiamos tarjetas de visita y me llevé una auténtica sorpresa: no era un coleccionista privado, sino un alto directivo de la multinacional farmacéutica Abbey.

—¿Y para qué pagaría un laboratorio este dineral por unas botellas centenarias de vino?

—Por el mismo motivo por el que yo le he ofrecido una recompensa de diez millones de pesetas. Estoy convencido de que el vino de fray Ambrós contiene alguna sustancia o principio químico desconocido que le proporciona propiedades extraordinarias. Solo podemos hacer cábalas de cuáles son sus efectos, pero supondría una revolución en la farmacología. Imagínese el laboratorio que se hiciese con ese descubrimiento, ¿no estaría dispuesto a todo para conseguirlo?

—¿Incluso a matar? —interrumpió Víctor, abrumado.

—Amigo mío, despídase de su mundo seguro e inocente. Ya ha podido comprobar que esta gente haría cualquier cosa por obtener lo que persigue.

16

Los amplios ventanales del Jules Verne ofrecían una maravillosa panorámica. París había sido la primera urbe europea iluminada con energía eléctrica, siendo conocida por ello como la Ciudad de la Luz. Víctor se dijo que las vistas nocturnas desde esta atalaya no hacían más que justificar el sobrenombre.

Pasó un buen rato observando los campos de Marte y los iluminados rascacielos de La Défense mientras meditaba sobre las últimas palabras de Ismael. Finalmente decidió romper el silencio:

—Si la botella de fray Ambrós fue a parar a manos de los laboratorios Abbey, ¿qué sentido tiene, entonces, que prosiga con la búsqueda?

Ouspensky se acercó pausadamente la copa de champán a los labios y tomó un trago de Louis Roederer, permitiéndose un tiempo para responder.

—Parece mentira que me haga esta pregunta. ¿Realmente cree que habría dejado escapar delante de mis narices el objeto que más deseo? Se nota que aún no me conoce...

—Entonces, ¿recuperó las botellas de la subasta?

—¿Le he dicho acaso que me haya hecho con ellas? No saque conclusiones erróneas antes de disponer de todos los datos necesarios, se lo ruego. Basta con que sepa que hice las indagaciones pertinentes, y pude averiguar que ninguna de las botellas subastadas era la que buscamos.

Víctor observaba a su interlocutor intentando imaginar de qué modo habría podido conseguir esa información. Quizá fuera mejor desconocerlo.

—Bien, ahora que ya sabe quién está pisándole los talones —dijo Ismael mientras exprimía limón sobre una ostra—, me gustaría decidir los próximos pasos que daremos. ¿Ha pensado ya lo que va a hacer cuando deje París?

—Iré a Grenoble en tren y me alojaré un par de días en una celda de la Grande Chartreuse. Quiero ver si encuentro allí documentación sobre la estancia de fray Ambrós que pueda proporcionarme algún dato relevante.

Ismael sacudió ligeramente la cabeza.

—Por lo que ha averiguado estos días en París, la botella 314 viajó con el zar Alejandro I hacia San Petersburgo. ¿No cree que debería empezar siguiendo esa pista? ¿Qué piensa descubrir en la Grande Chartreuse que pueda serle de utilidad?

—Estoy convencido de que nuestro monje adquirió allí conocimientos fundamentales para la elaboración del vino que buscamos. Y no me refiero únicamente a técnicas enológicas, sino a otras de carácter más… alquímico.

Aquello tuvo el efecto deseado en Ismael, que, con la cena ya acabada, llenó su pipa de tabaco Borkum Riff y la prendió con una cerilla.

—Alquimia, ¿eh?

Hizo una profunda pipada antes de agregar:

—No es mala idea investigar el periodo en que fray Ambrós permaneció en Francia, pero me temo que no podemos perder tiempo. Como ha podido comprobar, la gente de Abbey no va muy rezagada en su búsqueda. Si hacemos un movimiento equivocado, ganarán la partida.

Acabada la cena, bajaron en el ascensor privado de la torre Eiffel y volvieron juntos en taxi al hotel de Crillon.

Ismael le explicó que siempre se hospedaba allí cuando visitaba París. El recibimiento que le dispensaron no dejaba dudas al respecto. Solo hacía falta que le besaran la mano, como a Vito Corleone en *El Padrino*.

Tras despedirse, una vez en su habitación, Víctor se dispuso a seguir con el libro de Gurdjieff. El capítulo que leyó esa noche trataba sobre unos extraños acontecimientos que pudo presenciar durante su estancia en Alexandropol.

Un grupo de niños griegos, kurdos, armenios y tártaros jugaban con increíble algarabía delante de la casa de su tío. Al oír un grito espantoso, Gurdjieff se levantó pensando que alguno de los pequeños habría tenido un accidente.

Al llegar, vio a un niño que sollozaba haciendo extraños movimientos e intentando con todas sus fuerzas salir de un círculo trazado en el suelo.

Como no comprendía nada, preguntó a los niños qué pasaba. Le dijeron que lo habían encerrado en un círculo encantado porque era un yezida. Al ver como se burlaban del chiquillo, Gurdjieff borró con el pie una parte del círculo y permitió que este huyera del lugar a pierna suelta.

Años más tarde, el maestro armenio pudo verificar que un yezida no podía abandonar por su propia voluntad un círculo trazado a su alrededor y caía de inmediato en estado de catalepsia si lo franqueaba. También averiguó que a los seguidores de esta secta transcaucásica se les llamaba a veces «adoradores del diablo».

Un escalofrío recorrió la columna vertebral de Víctor tras leer esas tres palabras. El fuego y el infierno aparecían cada vez con mayor frecuencia en los últimos días. Quedó maravillado por los enigmáticos hechos que se narraban en el libro y agradeció internamente que se lo recomendasen en la Librería Francesa. Al leer esas páginas se sintió literalmente transportado a aquellos lejanos parajes y recordó que pronto visitaría San Petersburgo.

A la mañana siguiente, tras salir del baño, vio un sobre que sobresalía por debajo de la puerta de su habitación. No le costó identificar la caligrafía de Ismael en la inscripción «Para Víctor Morell»:

> Víctor, diríjase de inmediato a San Petersburgo. Sé que le horroriza la idea de volar, pero dos mil kilómetros son demasiados para ir en tren. No estamos solos y cada minuto cuenta. Rusia es peligrosa y está llena de grupos criminales. ¡Vigile bien por dónde se mueve!
> Hablaremos pronto.
>
> ISMAEL

Víctor se sentó en el borde de su cama con la mirada fija en el bono de Aeroflot que acompañaba a la carta. Sus recuerdos lo llevaron a marzo de 1977.

Tenía veinticinco años y había ido a Tenerife de vacaciones con unos amigos de la universidad. Tras unos días fantásticos recorriendo la isla, había llegado el momento de volver a Barcelona. Su avión estaba esperando indicaciones para el despegue en el aeropuerto de Los Rodeos. Sentado en una butaca de ventanilla, no daba crédito a lo que estaba viendo en aquel momento. Entre parches de espesa niebla, un avión Jumbo iba a despegar cuando se estrelló dramáticamente contra otro que entraba en la pista en aquel momento. Fue la primera vez que tuvo aquella claustrofóbica sensación de quedarse sin aire y unas ganas locas de salir corriendo del lugar.

El terrible accidente segó la vida de centenares de personas. Esas imágenes, que luego vio en repetidas ocasiones en los telediarios, nunca se le borrarían de la memoria. Aún hoy se le aparecían de vez en cuando en alguna pesadilla o cuando oía a alguien hablar de viajes en avión.

No había vuelto a volar desde entonces.

Dejó la carta y el bono encima del chifonier. Con las manos sudorosas, decidió salir a la calle para tranquilizarse y conocer un poco más de París. Aprovechó la mañana para visitar Montmartre y la basílica del Sacré Coeur. Aunque estaba lleno de turistas, muchos rincones mantenían la belleza que tan bien habían sabido plasmar Casas, Rusiñol y otros pintores impresionistas.

Tras una comida ligera en la icónica terraza del Lapin Agile, Víctor se dirigió al Louvre. Solo disponía de aquella tarde, por lo que hizo una rápida batida por la pinacoteca, *Mona Lisa* incluida, antes de dedicar su atención a las vastas colecciones de arte antiguo.

Pasó un par de horas en la planta baja, admirando la gran cantidad de obras maestras del antiguo Egipto y Mesopotamia expuestas en el museo. Estar frente al código de Hammurabi era como dar un salto de cuatro mil años en la historia de la civilización. Se cumplía por fin uno de sus sueños.

Faltaba poco para cerrar cuando tomó las escaleras que conducían a la sección de arte griego y romano. En un enorme pedestal destacaba la alada *Victoria de Samotracia*, otra de las joyas del Louvre. Tan ensimismado estaba observando los detalles de la escultura que no notó que alguien se le acercaba.

—¿Qué te parece la *Niké de Samothraki*?

Víctor se giró sorprendido al oír la voz de Sofía. Estaba allí, a su lado, señalando sus zapatillas deportivas, las mismas que ya llevaba cuando la había visto en Madrid por primera vez.

—¿Sabías que este logotipo representa el ala de Niké, la diosa griega de la victoria? Y *Nikitis* significa «vencedor», *victor* en latín. ¿Qué tal si a partir de ahora te llamo así? —le preguntó con una sonrisa de complicidad.

—Vaya, qué sorpresa… No pensaba volver a verte, la verdad.

—Aunque París sea una gran ciudad, nuestros destinos están destinados a cruzarse, ¿no crees?

—Eso parece… —respondió el sumiller, esbozando un gesto de suspicacia—. Por cierto, ¿cómo ha ido tu ponencia?

—Regular. No ha asistido mucha gente, pero he hecho un par de contactos interesantes: un neurólogo de la Clínica Mayo y un neuropsiquiatra que es catedrático en la Universidad Estatal de Medicina Pavlova de San Petersburgo.

Víctor se quedó un momento en silencio al oír el nombre de la ciudad que lo acogería en breve. Una nueva sincronía que confirmaba las recientes palabras de Sofía.

Visitaron juntos un par de salas más antes de abandonar el museo. Eran las seis y media de la tarde y estaba oscureciendo.

—¿Qué te parece si vamos a cenar? —propuso Víctor—. He visto en la guía algunos buenos restaurantes situados entre el Louvre y la Ópera.

—Me encantaría, pero ya tengo un compromiso para esta noche —respondió ella mientras detenía un taxi alzando la mano.

—¿Una copa después de la cena en mi hotel… o en el tuyo?

Sofía acarició la mejilla de Víctor con la mano, guiñando su ojo azul antes de subir al Citroën.

—Hoy no va a poder ser, lo siento.

Tras esperar breves segundos, Víctor detuvo un segundo taxi y le pidió que la siguiera, como en las viejas películas policiacas. Quería averiguar dónde se alojaba aquella dama tan misteriosa como encontradiza.

Enfilaron la rue de Rivoli en dirección oeste, dejando las Tullerías a su derecha. No habían pasado ni diez minutos cuando el taxi se detuvo delante de un precioso y conocido edificio neoclásico.

Con su paso decidido y meneando la rubia coleta, Sofía entró por la puerta principal del hotel de Crillon.

17

Víctor dio al taxista un billete de veinte francos y entró corriendo al hotel sin esperar el cambio. Consiguió alcanzar a Sofía antes de que subiera al ascensor.

—Las coincidencias existen, o llámalo caprichos del destino, pero descubrir que te hospedas en el mismo hotel que yo sobrepasa los límites de lo posible... Tenemos que hablar, ¿no te parece?

La puerta se cerró con el ascensor vacío. Por primera vez, Sofía mostró un ligero atisbo de inquietud antes de responder:

—¿Y si a mí no me interesa esta conversación?

Víctor escrutó minuciosamente su mirada bicolor antes de que ella añadiera:

—Esta noche no podrá ser. Ya te he dicho que tengo un compromiso... y probablemente regrese tarde al hotel.

Miró furtivamente a su reloj, un elegante Cartier que con toda probabilidad no procedía de los *fake market* de Shanghái o Bangkok.

—Empiezo a dudar de todo lo que me has contado en nuestros encuentros «casuales» —se aventuró a declarar Víctor—. Por eso necesito hablar contigo. Ahora.

—Hagámoslo mañana —dijo visiblemente nerviosa—, podemos desayunar juntos.

Sofía miró a izquierda y derecha, atrapada entre la puerta del ascensor y nuestro sumiller.

—No aparecerás. Lo sabes mejor que yo. Vamos a dar un paseo y me aclaras ahora mismo por qué me estás siguiendo.

Dándose por vencida, Sofía lo acompañó hasta la salida del hotel entre las discretas miradas del personal de recepción.

Enfilaron la rue Royale, con el marco incomparable de la iglesia de la Madeleine al fondo. El camión de la limpieza acababa de pasar y el suelo mojado reflejaba la luz de las farolas, proporcionando una mágica y envolvente atmósfera a la noche parisina.

—Coincidimos por primera vez en el Archivo Histórico Nacional de Madrid. Delante de las estanterías que albergaban la documentación que yo consultaba, encontré una postal de París. Vinimos aquí en el mismo tren y hace apenas dos horas volví a verte en el Louvre. *Mademoiselle*, quiero saber cómo se cocina todo esto...

Giraron a la derecha para seguir por la rue Saint-Honoré, flanqueados a derecha e izquierda por escaparates con los grandes nombres de la moda y el lujo. Sofía fue retrasando un buen rato su respuesta, taciturna y evitando la mirada de Víctor. No sería hasta llegar a la place Vendôme que inició sus explicaciones.

—Supongo que los hechos parecen demasiado evidentes para que los niegue...

—Es una buena manera de definirlo. Imagino que los laboratorios Abbey te pagarán bien para seguir mis pasos, registrar mi apartamento y organizar el asalto a mi compartimento. Por cierto, ¿dónde se oculta ese matón que tienes como compañero?

Sofía se detuvo frente a él, totalmente descolocada.

—Pero... ¿qué me estás contando? ¡No tengo nada que ver con todo esto, ni sé nada de tu apartamento... o de lo que te haya podido suceder!

—Admiro tu sangre fría, querida. Un talento desperdiciado para la interpretación...

El cínico comentario tuvo como respuesta un empujón en el pecho.

—¡Te he dicho que no sé de lo que me hablas! ¿Es así como esperas que colabore contigo?

Víctor sintió que la pelota había cambiado de campo. Veinte años observando a los clientes le decían que la reacción de Sofía había sido demasiado espontánea para ser fingida.

—Te pido disculpas si me he equivocado, pero no me hizo la menor gracia encontrar mi apartamento patas arriba. Y aún menos recibir un puñetazo en el estómago al entrar en mi compartimento de tren.

Sofía lo miró con cierto escepticismo antes de señalar un banco al lado de la columna Vendôme. Napoleón volvía a aparecer en escena, pensó él para sus adentros.

—¿Qué te parece si nos sinceramos? —propuso ella—. Noto demasiada tensión en el ambiente.

Víctor recordó la promesa que le había hecho a Ismael. Ni siquiera su hermano estaba completamente informado de su extraña misión. Debería medir cada una de sus palabras. Le pareció que la mejor estrategia era pasar al ataque:

—Me has mentido. Ni trabajas como médica ni has viajado a París para un congreso. ¿Quién eres en verdad?

Sofía sacó un paquete de Marlboro de su bolso y encendió un cigarrillo después de ofrecerle uno a él. Víctor lo rechazó levantando la mano, ansioso por recibir su respuesta.

—Admito que no hay actualmente ningún congreso en París, pero sí soy neuropsiquiatra. —Dio una profunda calada antes de continuar—: Y puedo asegurarte de que me he encontrado aquí con el doctor Drizhenko, de la Pavlova de San Petersburgo. El Hospital Clínic tiene una investigación conjunta con esta universidad.

—¿Por qué me estás siguiendo, entonces? Aparte de mi cuadro de ansiedad crónica, dudo que nada de mí pueda tener el menor interés para una neuropsiquiatra.

La salida de Víctor divirtió a Sofía. Expulsó una sinuosa voluta de humo y se sentó de lado, cruzando las piernas.

—Mi especialidad son los estados alterados de consciencia. Ya hice mención de ello durante nuestro primer encuentro. A principios del siglo XIX, se produjo un descubrimiento extraordinario relacionado con arcanos conocimientos alquímicos que hubiese permitido a la ciencia importantes avances en este sentido. Por desgracia, la Iglesia católica obligó a poner tierra encima, calificándolo de herejía.

Víctor meditaba sobre lo que estaba escuchando y no se le escapaban las coincidencias con la biografía de fray Ambrós.

—¿Cómo puedes afirmar eso si, según dices, quedó en el olvido?

—Solo por un tiempo. Los avances científicos no pueden silenciarse siempre. Galileo renunció a defender el heliocentrismo para salvar su vida, pero su teoría acabó imponiéndose para bien de la humanidad.

Sofía apagó el cigarrillo con el pie mientras contemplaba el entorno. La luz tenue y verdosa de la monumental columna proporcionaba al lugar una atmósfera mágica.

—Voy conociéndote y sé que no me vas a revelar mucho más, pero necesito aún algún detalle para situarme. ¿Quién fue el autor de este descubrimiento?

Sofía esbozó una sonrisa maliciosa antes de decir:

—Sospecho que lo conoces mejor que yo, Víctor. Y también sabes que el secreto ha permanecido escondido entre taninos y durante casi dos siglos dentro de una botella.

—¿Cómo diablos has averiguado que yo tengo alguna relación con esto? —exclamó él, estupefacto, imaginando quizá alguna conexión con Ismael.

—Me lo pusiste muy fácil en Madrid, dejando aquellos documentos sobre fray Ambrós en la bandeja de la fotocopiadora. Parecía una invitación a participar en el juego.

18

Con la certeza de que también Sofía estaba a la búsqueda de la codiciada botella, y habiendo resuelto el motivo por el que lo seguía, Víctor se preguntaba qué más sabría ella sobre su contenido y para quién trabajaría. Él solo podía deducir que el secreto que escondía la botella estaba relacionado con determinadas propiedades alucinógenas o psicotrópicas.

Y tenían que ser extraordinarias para desencadenar una investigación con tantos medios.

El solo hecho de que su principal competidor fuera un poderoso laboratorio farmacéutico ya revestía peligro, pero el asunto se complicaba si aquello iba a desembocar en la síntesis de una nueva y poderosa droga. Si los agentes del narcotráfico estaban detrás de la pista, su vida pendía de un hilo.

Tras el paseo nocturno por el barrio del lujo parisino, cenaron juntos en una *brasserie* de la rue des Capucines. Tal como Víctor había sospechado, Sofía no tenía ningún compromiso aquella noche.

Desconociendo lo que ella pudiera saber sobre el vino de fray Ambrós, el sumiller decidió no compartir durante la cena ninguna información adicional de lo averiguado hasta el momento.

Volvieron al hotel pasando por la iglesia de la Madeleine y subieron juntos en el antiguo ascensor para dirigirse a sus habitaciones. La cabina era de madera noble barnizada en un tono oscuro y tenía una botonera de brillante latón. No desmerecía para nada del resto del hotel.

—Ha sido una velada fantástica, Víctor.

—Una noche importante, sí. De algún modo, nos hemos quitado la careta, ¿no crees?

Sofía desvió los ojos hacia el suelo, evitando la mirada de él, hasta que salió de la cabina del ascensor en la tercera planta.

Al entrar en su espaciosa habitación, Víctor pensó en lo agradable que habría sido proseguir allí la cena, descorchando una botella de champán con aquella enigmática y maravillosa compañía.

Esa noche durmió inquieto. Se despertó varias veces sobresaltado, en medio de terribles pesadillas que, por suerte, ya no recordaba al amanecer. Después de desayunar, preguntó al *concierge* del hotel la dirección de la embajada rusa en París. Sabía que necesitaría un visado para volar a San Petersburgo.

—Monsieur Morell, tiene que dirigirse al número 40 del boulevard Lannes, justo al borde del Bois de Boulogne.

—Eso queda lejos… ¿Hay buena combinación de metro para llegar desde aquí?

El *concierge* sacó el clásico mapa Printemps de París y le enseñó la mejor opción. Tres paradas en la línea 1, conexión con la línea 9 y unas cuantas paradas más hasta la estación Rue de la Pompe.

Agradeciendo la información, metió el mapa en el bolsillo de su chaqueta y se dirigió a la Concorde. No hacía ni tres días que había llegado a París, pero le daba la impresión de llevar allí ya mucho tiempo.

En la capital francesa, subir a un vagón de metro era como realizar un exótico viaje alrededor del mundo. Musulmanes con sus chilabas y pañuelos en la cabeza se mezclaban con descoloridos centroeuropeos, personas de raza negra y asiáticos que conversaban en los idiomas de sus países de origen. Pese al renovado vigor que le habían proporcionado los Juegos Olímpicos, Barcelona estaba aún a años luz de aquella diversidad étnica y cultural.

Desde Rue de la Pompe, caminó diez minutos hasta llegar a la embajada rusa, un moderno y gris edificio de hormigón en forma de paralelepípedo, con enormes ventanales y un patio interior. Construido en los años setenta por arquitectos de la extinta URSS, su diseño recordaba al de los grandes edificios soviéticos de Moscú.

Le llamó la atención el exagerado nivel de protección de la embajada, rodeada de rejas metálicas y fuertemente vigilada por policía armada.

Enseñó su pasaporte y el bono de Aeroflot a uno de los vigilantes de la entrada, indicando que quería solicitar un visado para viajar a San Petersburgo. Tuvo que esperar unos minutos mientras consultaban sus documentos y pasaba el control de seguridad. Finalmente, pudo acceder al interior del edificio, donde un empleado lo guio a través de un largo pasillo con incontables puertas a derecha e izquierda hasta llegar a una fría sala de espera.

Presidía la amplia estancia una gran foto enmarcada de Leonid Brézhnev inaugurando la embajada. Víctor recordaba perfectamente al antiguo presidente de la Unión Soviética, viva imagen de los años de la Guerra Fría. Tenía fresca en su memoria la icónica fotografía de su beso al líder de la RDA, Erich Honecker, y su impresionante funeral de Estado, siguiendo los compases de la *Marcha fúnebre* de Chopin.

Una pantalla indicaba el número 25 en una roja numeración digital. No tardaría mucho en llegarle su turno. Observó disimuladamente a las pocas personas que se hallaban a su alrededor, en su mayoría hombres y mujeres de negocios vestidos con traje o falda y chaqueta. También había una mujer joven, de facciones inequívocamente eslavas, con dos niños pequeños que no paraban de corretear de un lado a otro de la sala de espera.

Víctor recordó que también él tenía una desbordante energía a esa edad, cuando jugaba al escondite con su padre y su hermano Ramón entre los viñedos de la familia. Su madre siempre acababa acudiendo para poner orden.

Cuando la pantalla mostró su número, se dirigió a la ventanilla para ser atendido. Tuvo que rellenar y firmar varios formularios, en los que la funcionaria diplomática iba estampando con diligencia el sello de goma de la embajada. Aunque la Unión Soviética ya formaba parte del pasado, la burocracia no parecía haber disminuido ni un ápice.

—Señor Morell —se dirigió a él la funcionaria en un español decente pero con fuerte acento—, su visado estará disponible dentro de dos semanas. Tiene que dejar aquí su pasaporte y abonar por anticipado doscientos francos.

—¿Cómo? ¿Dos semanas? —exclamó Víctor, sorprendido—. Tengo que viajar urgentemente a San Petersburgo por motivos profesionales... ¿No puede acelerarse el trámite?

—Lo único que puedo ofrecerle es tramitar el visado por el canal de urgencia. Tardará solo cinco días, pero le costará quinientos francos.

Con gesto contrariado, Víctor abonó el importe indicado y dejó el pasaporte en la embajada. Podría pasar a recogerlo a principios de la siguiente semana.

Tras abandonar la embajada, decidió dar un largo paseo por el enorme Bois de Boulogne, que le pareció un bosque urbano en toda regla. Arrancó a andar distraídamente por los boulevards des Maréchaux, sin darse cuenta de que un hombre joven subía a un Mercedes de color negro estacionado muy cerca de la embajada.

Se giró al oír el potente ruido del motor acelerando hasta que el coche estuvo ya encima de él. Solo le dio tiempo a ver la parrilla delantera, con la característica estrella de Mercedes, cuando unos brazos lo agarraron por la cintura arrastrándolo hacia atrás para evitar el atropello.

Tendida a su lado yacía Sofía mientras el Mercedes se alejaba del lugar a toda velocidad.

19

Todo había sucedido demasiado rápido para que Sofía hubiese podido leer la matrícula del Mercedes. Acababa en 75, eso sí, pero como todos los coches matriculados en el departamento de París.

—Por una vez, celebro que me hayas seguido —dijo Víctor, aún en estado de shock—. Me has salvado la vida.

Mientras se quitaba méritos con un gesto, Sofía recordó la imagen que había impresionado su retina, al igual que lo hace la luz en los negativos fotográficos: una cara mofletuda y el pelo rizado color panocha del conductor.

—¿Puedo saber qué hacías en la embajada rusa? —le preguntó ella mientras le acariciaba el pelo sudado con la mano.

Un poco más relajado, Víctor bufó.

—Podría hacerte la misma pregunta, pero, la verdad, en este momento me importa un rábano.

Después de tomar un taxi para regresar al Crillon, quedaron en encontrarse de nuevo en el bar del hotel tras descansar un poco y cambiarse de ropa.

El elegante camarero del salón Les Ambassadeurs, una barroca versión en miniatura del Salón de los Espejos de Versalles, les tomó la comanda.

Víctor pidió un French 75 para los dos, recordando que era un aperitivo popular entre la clientela francesa de La Puñalada. Acatando la decisión, ella inició la conversación.

—El doctor Drizhenko me entregó anteayer una carta de invitación para viajar a San Petersburgo y reunirme con su equipo clínico en la Universidad Pavlova. Por eso, hoy sí ha sido casual que fuera a la embajada rusa.

—Casual y también providencial —dijo Víctor proponiendo un brindis—. Sigue, por favor.

—Después de lo sucedido, tendré que volver mañana a la embajada.

Víctor sacó de su bolsillo el comprobante de pago del visado a Rusia y se lo mostró.

—No coincidimos en la sala de espera por minutos. Yo también tengo que viajar hacia allí.

—¿Un paso más en tu investigación? —preguntó ella acercándose a los labios la estilizada copa de cóctel que les acababan de servir.

—Podríamos definirlo así.

Dio un pequeño sorbo mientras Sofía lo observaba con sus inquietantes ojos dicromáticos. ¿Qué se ocultaba tras aquella mirada?

Ismael le había prohibido tajantemente hablar con nadie sobre su misión, y hasta la fecha solo había hecho una ligera —e incompleta— excepción con su hermano Ramón. Ni siquiera se lo había mencionado a su psicóloga, con la que solía compartir cualquier tema íntimo.

Sin embargo, ahora la situación era diferente. No es que confiase plenamente en aquella atractiva científica, pero además de haberle salvado la vida tenía información que le podía interesar. Conocía la existencia del fraile alquimista y del enigmático vino que elaboró y embotelló en Scala Dei dos siglos atrás. Víctor ignoraba el motivo concreto que la impulsaba, pero podía ser una valiosa aliada.

Vistos los últimos acontecimientos, si unía sus fuerzas a las de ella para seguir adelante con la búsqueda, tendría mayores probabilidades de éxito. No obstante, era muy consciente de que debía ocultar a Ismael aquella alianza.

—Si te esperas un día cuando te den el visado, podemos viajar juntos a Rusia —propuso ella con una contenida sonrisa—. ¿A qué parte del país te diriges?

—He de ir a San Petersburgo y me interesa estar cerca del Hermitage. No tengo ni idea de si queda cerca o lejos de tu universidad.

—Ya habrá tiempo para averiguarlo... —Sofía le puso la mano en el hombro y le dirigió una mirada grave—. Deberías irte enseguida de París. Ahora ya sabes que tu vida corre peligro.

—Me ha quedado más que claro... Mañana mismo me dirigiré a Grenoble para visitar el monasterio de la Grande Chartreuse. —Puesto que no estaba en los planes de Ismael, le pareció que podía revelarlo—. Me han informado de que allí pasó unos años fray Ambrós antes de elaborar el vino que estoy buscando. Espero obtener alguna información de valor sobre él en los archivos de la biblioteca.

—¿Puedo acompañarte? —lo interpeló Sofía a la velocidad del rayo.

Víctor dudó unos instantes, pensando en Ismael, antes de dar una respuesta. En su actual situación, la alternativa de viajar solo era bastante más arriesgada. Tomó otro sorbo de su French 75 antes de preguntar sin ambages:

—¿Puedo confiar en ti?

—Ahora que me has revelado tus planes, no te queda otro remedio que hacerlo —dijo ella guiñándole el ojo verde claro.

Al día siguiente, mientras Sofía solicitaba su visado en la embajada rusa, Víctor hizo el *check-out* en la recepción del hotel.

—Su habitación y desayunos ya están pagados, monsieur Morell. Queda pendiente una factura de Les Ambassadeurs y lo que tenga que añadir del minibar.

Sacudió la cabeza para indicar que no había consumido nada en la habitación. Luego entregó la llave al recepcionista y pagó los cócteles de la tarde anterior.

—Muchas gracias por su estancia, esperamos verle pronto de nuevo con nosotros.

—Me encantaría poder quedarme aquí unos días más, pero tengo asuntos urgentes que resolver en Barcelona.

Tras despedirse con esa falsa respuesta, se dirigió en taxi a la Gare de Lyon. Compró dos billetes de ida y vuelta a Grenoble en la taquilla y se sentó en la cafetería a esperar a Sofía.

Saldrían a las dos de la tarde.

Cuando ella llegó, aún tuvieron tiempo de comer un sándwich antes de subir al TGV, el primer tren de alta velocidad en Europa, que a principios de los ochenta emulaba al exitoso Shinkansen japonés. Los trescientos kilómetros por hora que alcanzaba en algunos tramos superaban ampliamente la velocidad máxima del Talgo que los había traído a París.

—Puesto que vamos a investigar juntos en la Grand Chartreuse, me gustaría que compartieras conmigo lo que sabes sobre fray Ambrós y su legendario vino —dijo Víctor cuando ya circulaban por el gris extrarradio de la gran metrópolis.

Ella encendió un cigarrillo con el claro objetivo de ganar tiempo y preparar su respuesta.

—Nuestro monje elaboró un vino muy especial introduciendo, o bien algún aditivo, o bien innovadoras técnicas de fermentación gracias a sus conocimientos alquímicos.

El sumiller escuchaba con atención.

—¿Podría saber quién te ha facilitado esta información? ¿Y qué tiene de especial este vino?

—Sintiéndolo mucho, no puedo revelarte la fuente —repuso ella antes de inhalar pausadamente el humo del cigarrillo—, pero sí voy a hablarte de sus supuestas propiedades.

—Me conformo con eso, por ahora.

—Al parecer, basta con una pequeña dosis del vino para ingresar en un estado de trance, parecido al coma, que permitiría establecer contacto con el más allá. Hay indicios de que fray Ambrós, y quien tuviera acceso a una de aquellas botellas, tras probarlo, pudo encontrarse y dialogar con personas fallecidas tiempo atrás para luego regresar al presente. ¿Te imaginas lo que se podría hacer con este elixir?

—Muchas cosas... —murmuró Víctor, impresionado, y, haciendo una pausa para digerir lo que acababa de escuchar, preguntó—: ¿Deduzco, entonces, que tu interés en localizar la botella está relacionado con tu línea de investigación?

—Puede aportar un conocimiento revolucionario dentro de los estados alterados de consciencia, sí..., pero no es el motivo principal.

Empezaba a acostumbrarse a las evasivas de su compañera de viaje, sin saber de qué modo podría conseguir respuesta a sus interrogantes. Ahora sabía que también a ella la guiaba algún poderoso objetivo por el que estaba dispuesta a correr cualquier riesgo. Resignado, dijo:

—Y supongo que tendré que saltar a la próxima casilla sin que me des un poco de luz sobre el asunto...

—No ha llegado aún el momento, pero no te impacientes, Víctor. Lo sabrás cuando la situación lo permita.

Se produjeron unos instantes de silencio, que el sumiller decidió romper explicando:

—Conozco bien cómo se elabora el vino, Sofía. Mi familia tenía viñas y desde pequeño he vendimiado y participado en el prensado de las uvas y la fermentación del mosto.

Víctor se incorporó en su butaca, dispuesto a compartir con ella unas pinceladas de sus conocimientos de enología y vinificación.

—La reacción química principal transforma los azúcares en alcohol y, en función de la temperatura, las levaduras y el aporte de oxígeno, pueden generarse un montón de sustancias secundarias, a menudo indeseadas. Una segunda reacción, que suele darse solo en los vinos tintos, convierte el ácido málico en ácido láctico y es la responsable de que estos bajen de acidez.

Hizo una pequeña pausa para que su compañera de viaje pudiera digerir la información. No quería parecer pedante.

—En el proceso suelen usarse otras sustancias, como claras de huevo para separar impurezas o dióxido de azufre como antimicrobiano y antioxidante, pero nunca había oído que un vino pudiese producir nada que vaya más allá de la somnolencia o de una buena borrachera. Además, el proceso de fermentación era desconocido hasta mediados del siglo XIX, cuando Louis Pasteur descubrió su conexión con la levadura como catalizador. Estoy realmente intrigado por saber de qué modo lo pudo hacer fray Ambrós...

También en Víctor se iba despertando un interés científico genuino por aquel arcano elixir, que comenzaba a desplazar al motivo fundamental de su búsqueda: la recompensa de diez millones de pesetas.

—Eso es precisamente lo que tendremos que averiguar cuando consigamos localizar la botella —dijo ella, entusiasmada—. Colaboro con la facultad de Química de la Universidad de Barcelona y quiero llevarles una muestra para que determinen la composición exacta con técnicas espectrofotométricas y cromatográficas. Este conocimiento debe pertenecer a la ciencia por el bien de todos, no a un laboratorio farmacéutico que busque beneficios multimillonarios.

Víctor recordó inmediatamente la puja que le había mencionado Ismael en la subasta con un representante de Abbey mientras contemplaba el paisaje por la ventana. Después de hora y media de viaje, estaban atravesando los viñedos de los alrededores de Dijon, en plena Borgoña. ¡Cuántos de los vinos que había recomendado a sus clientes se habían obtenido a partir de aquellas ya otoñales cepas de *pinot noir*!

—No es tan fácil como crees, Sofía. Los análisis pueden determinar la presencia de compuestos orgánicos e inorgánicos con un elevadísimo nivel de precisión, pero nunca al cien por cien. Este es precisamente el secreto que custodian muchos perfumistas… o el de la famosísima fórmula de la Coca-Cola, guardada desde hace lustros en una caja fuerte en Atlanta. Además, la elaboración del vino no es una mera mezcla física de sustancias. Como te he dicho antes, se trata de complejas reacciones químicas en las que intervienen un gran número de variables. Estoy convencido de que la secuencia de adición de los compuestos, el proceso de fermentación y el tipo de levaduras empleadas son tanto o más importantes para las propiedades del vino del alquimista como su composición.

Sofía escuchaba admirada la explicación técnica de Víctor. No esperaba que un empleado de restaurante pudiese tener conocimientos tan profundos de enología.

—Comprendo perfectamente lo que dices, Víctor, pero entonces… ¿crees que será inútil encontrar la botella que contiene el vino?

—¡Para nada! Si realmente tiene las propiedades que me has revelado, tenemos que dar con ella. Sin embargo, veo imprescindible conocer también el proceso seguido por fray Ambrós para su elaboración. Todos nuestros esfuerzos estarán bien empleados a cambio del privilegio de contactar con un universo desconocido hasta la fecha para la humanidad. ¿Te imaginas lo que supondría saber lo que ocurre después de nuestra muerte? ¿Poder confirmar si efectivamente nuestras almas siguen vivas de algún modo, como un estado de consciencia que sobrevive al fin del cuerpo? Si el vino del alquimista nos puede abrir esa puerta, cualquier riesgo que corramos habrá valido la pena.

—Estos argumentos son válidos para ti y, en cierto modo también para mí —dijo Sofía, emocionada—, pero definitivamente no se aplican para quien compite con nosotros e intentó acabar con tu vida. Abbey no busca conocimiento, sino poder y dinero. Y esto solo lo logrará si consigue reproducir y patentar el modo en el que fray Ambrós elaboró este extraordinario elixir.

Antes de proseguir con la conversación, Víctor se dijo que ella no conocía aún la existencia de Ismael, tercera parte en aquella contienda. Parecía evidente que no le faltaba dinero. Entonces, ¿cuál sería la razón por la que su emisor estaría persiguiendo obsesivamente aquella botella?

—Si nuestro monje era un hombre de ciencia, y no tengo ninguna duda de ello —declaró el sumiller—, tuvo que dejar constancia tanto de los ingredientes como del proceso que siguió hasta que el vino llegó al interior de su recipiente. Me temo que, aparte de la botella, hemos de añadir nuevos elementos a nuestra búsqueda, Sofía.

20

A media tarde, el TGV hacía su llegada en Grenoble. Eran los primeros días de noviembre y los árboles habían perdido prácticamente todas sus hojas. La temperatura era casi invernal en la ciudad alpina y las pocas personas que paseaban alrededor de la estación iban ya bien abrigadas.

Víctor y Sofía se dirigieron al Campanile, un hotel de pocas pretensiones situado frente al río Isère, a escasos minutos andando de allí. Reservaron habitaciones para una noche con la idea de pernoctar en el monasterio a partir del día siguiente.

El teléfono móvil del sumiller sonó al poco de instalarse en su habitación. Tras intercambiar breves saludos, Ismael se dirigió a él en un tono seco e irritado.

—¿Puede usted decirme por qué diablos ha vuelto a Barcelona? ¿No habíamos acordado que iba a volar de inmediato a San Petersburgo?

Se produjo un momento de silencio hasta que Víctor prosiguió la conversación con cierto sarcasmo:

—Me extraña que una persona tan viajada como usted no sepa que se necesita visado para entrar en Rusia y que este no se obtiene de hoy para mañana. Me lo entregan dentro de unos días. Por cierto, ¿qué le lleva a pensar que he vuelto a casa?

—Ya le dije que siempre me alojo en el hotel de Crillon cuando estoy en París, digamos que me dispensan un trato preferente. Al preguntar por usted me informaron de su regreso a Barcelona.

Víctor sonrió para sí mismo, ufano por su sagacidad, antes de responder:

—Veo que mi sencilla estrategia de despiste ha funcionado. Y estoy convencido de que usted no es el único que habrá preguntado por mí en el hotel. Alguien me estará buscando en estos momentos donde no toca.

—Entonces, ¿sigue aún en París? —preguntó Ismael, descolocado.

—Tuve que esfumarme de allí. Ayer intentaron atropellarme al salir de la embajada rusa para pedir el visado.

—Veo que nuestros amigos no se andan con chiquitas... —se limitó a decir el otro.

—¿Andarse con chiquitas? ¡Han estado a punto de matarme, Ouspensky! —saltó Víctor, enfurecido.

—Le ruego que se tranquilice. Sabe perfectamente que esta no es una misión sin peligros. ¿De qué otra manera podría ganar diez millones de pesetas cuando me entregue esa antigua botella de Scala Dei?

—Más que «cuando», diría «si» lo consigo. Cada vez tengo más dudas de que salga con vida de esta trampa.

Como de costumbre, Ismael mantenía cierta distancia en la conversación, dejando de lado cualquier atisbo de emociones.

—Ha hecho bien dando una falsa pista en el hotel, Víctor. Por cierto, ¿puedo saber dónde se encuentra ahora?

—La embajada rusa no emitirá el visado hasta dentro de cuatro días. Como ya le anticipé durante la cena en el Jules Verne, he decidido aprovechar este tiempo para visitar la Grande Chartreuse y averiguar algo más sobre nuestro querido fraile.

En aquel momento le vino a la mente Sofía. No estaba solo en Grenoble y tenía claro que debía mantenerlo en absoluto secreto delante de su enigmático interlocutor.

Tras despedirse de él, colgó el teléfono y se tumbó en la cama para intentar relajarse. Ismael lo había escogido para este encargo sabiendo que entrañaba riesgo de muerte, o precisamente por eso, y estaría siempre en un discreto segundo plano. A estas alturas, tenía asumido que no podría contar con su protección, lo que sí le había proporcionado su compañera de viaje.

Se encontraron en el *lobby* a las siete de la tarde. Sofía llevaba una trenca de tipo Montgomery y una bufanda azul alrededor del cuello para abrigarse; él, un pantalón de pana marrón y un impermeable Barbour de color verde. El recepcionista del hotel les había recomendado un buen restaurante con vistas al río y se dirigieron hacia allí para cenar.

Pasearon durante veinte minutos a la orilla del caudaloso Isère. Hacía bastante frío, pero aún no se veía nieve en las montañas que rodeaban la ciudad.

Víctor se giró en un par de ocasiones para asegurarse de que nadie los estuviera siguiendo hasta que entraron en el Yak, un local especializado en carnes situado frente al teleférico que comunicaba la ciudad con la fortaleza en la montaña. La vista era espléndida y tuvieron suerte de conseguir mesa al lado de una ventana.

Ella no era muy amante de la carne, pero esa noche hizo una excepción. Pidieron *filet mignon*, acompañado de La Fiole de Maison Brotte, un *châteauneuf-du-pape* del Ródano tomado desde hacía siglos por los papas de Aviñón. La botella tenía una curiosa forma curvada y una etiqueta que parecía datar de siglos anteriores. «Un buen modo de crear ambiente», pensó él, deseoso de investigar el paso del monje alquimista por aquellos lares.

Asintió con la cabeza al camarero en señal de visto bueno al probarlo cuando ella le pidió que se lo describiera. Aquello llenó al sumiller de satisfacción. Como de costumbre, tomó la copa por el tallo para observar el color, en este caso rubí brillante, y aspirar los aromas, antes y después de agitar su contenido.

—Notas frutales y especiadas, con ligeros toques de cedro y trufa. —Acercó la boca de la copa a sus labios y tomó un pequeño sorbo—. Intenso, untuoso, con ricos taninos e influencia de la tierra arcillosa. ¡Acompañará perfectamente a nuestra carne!

Complacida, Sofía tomó un sorbo de vino de su copa después de la cata favorable de su compañero de mesa.

—Excelente, muy buena elección. ¿Lo conocías?

—Solía tener algunas botellas en la bodega del restaurante.

Aquellos ojos bicolores lo miraron con admiración.

—Estoy segura de que eras muy bueno en tu trabajo, Víctor. Ayer el mundo estuvo a punto de perder a un gran sumiller.

—Y me temo que no será la última vez que esté en peligro. Estoy en deuda contigo, ¿sabes?

Puso la mano un instante sobre la de la neuropsiquiatra en señal de agradecimiento. Ella no la apartó.

—Odio tener que interrumpir este momento, Sofía, pero he de hacerte una pregunta. Aunque ayer lo negaste, ¿me aseguras que tu trabajo de investigación no está relacionado, o quizá subvencionado, por Abbey?

Visiblemente sorprendida por el brusco cambio de conversación, ella dejó la copa sobre la mesa y alisó su servilleta antes de replicar:

—¿Otra vez con el dichoso Abbey? ¡Qué obsesión! ¿Por qué vuelves a preguntármelo?

—Porque es uno de los principales laboratorios farmacéuticos… y está buscando con denuedo este vino tan especial, envasado en una botella bicentenaria.

Víctor miró fijamente a los dicromáticos ojos de la científica, pendiente de la reacción a sus palabras. Había decidido dejarse de rodeos y averiguar con quién estaba realmente compartiendo mesa esa noche.

—Antes de aclararte si tienen relación conmigo, creo que debes conocer algo más sobre ellos. Y no voy a darte muy buenas noticias.

Ahora el sorprendido era él. Sofía dejó el cuchillo y el tenedor al lado de su plato antes de comenzar su explicación.

—Se trata de una empresa privada que cotiza en bolsa. Fue fundada con el nombre de Abtei, que significa «abadía» en alemán, por el barón Siegfried von Elfenheim, una de las principales fortunas en Alemania e hijo de un importante jerarca nazi. Su padre pertenecía al núcleo de confianza de Rudolf Hess y Adolf Hitler mucho antes de su ascenso al poder. Todos ellos eran miembros de la Sociedad Thule, una organización esotérica fundada por Rudolf von Sebottendorff, considerada como la madre espiritual del nazismo.

Hizo una pausa y agitó el aromático vino en su copa antes de llevárselo a la boca. Luego prosiguió:

—Dicha sociedad se prohibió en Alemania, al igual que la masonería y otros grupos esotéricos, para evitar rivalizar con el culto al *Führer*. Muchas de sus actividades prosiguieron, sin embargo, en las SS bajo el mando de Heinrich Himmler con la denominación Ahnenerbe, que significa «la herencia de los ancestros». Aparte de analizar el origen y la pureza de la raza aria, buscaron denodadamente el arca de la alianza y el santo grial, tal y como Spielberg nos mostró en las películas de Indiana Jones. Himmler visitó personalmente el monasterio de Montserrat en 1943, convencido de que se trataba del Montsalvat de Percival y que encontraría allí la clave del poder y la vida eterna.

—Es cierto, recuerdo haber visto fotos históricas de Himmler en Barcelona y Montserrat —dijo Víctor—. Hay incluso una novela sobre esto.

—Von Elfenheim y su grupo se interesaron también por el mesmerismo y los estados alterados de consciencia —continuó

Sofía—. Pese a que la propaganda nazi presentaba a los alemanes arios como un pueblo sano y deportista, a medida que avanzaba la Segunda Guerra Mundial, prácticamente todos los soldados y mandos nazis empezaron a consumir drogas sintéticas, principalmente la metanfetamina Pervitin. Este narcótico hacía que los soldados estuvieran siempre en alerta y necesitaran dormir menos, además de sentirse invencibles porque disminuía el miedo. Al final de la guerra, el mismo Hitler, que no tomaba alcohol y había cultivado una imagen de sano vegetariano, se volvió drogadicto. Su médico personal le inyectaba diariamente un cóctel de drogas que incluía opiáceos y decenas de otras sustancias.

Víctor seguía con fascinación la narración de su compañera de aventuras. Nunca había oído una descripción tan descarnada del ocaso del Tercer Reich.

—Es en este contexto cuando se establece la conexión con el vino de fray Ambrós. El barón Von Elfenheim tuvo conocimiento de su existencia mientras formaba parte de la Sociedad Thule y dedicó todos los esfuerzos imaginables para dar con la mítica botella. En 1944, viendo perdida ya la guerra, apoyó el frustrado atentado contra Hitler liderado por Von Stauffenberg. Consciente de que sus días estaban contados, le transmitió a su hijo todo lo que había oído sobre el vino del alquimista y lo alentó a continuar su búsqueda. Siegfried tenía diecisiete años en aquel momento. Aunque el apoyo de su padre en la llamada Operación Valquiria eximió a su familia de responsabilidades en los Juicios de Núremberg, los años en los que militó en la Hitlerjugend lo marcaron demasiado, tanto moral como ideológicamente.

El sumiller escuchaba abducido la narración de su compañera de mesa. Ni la mejor novela histórica podría tener un guion semejante.

—Siegfried sigue acechando en las sombras y está obsesionado con encontrar la botella desde que su padre muriera hace medio siglo. No tendrá ningún tipo de escrúpulos. Hace ya muchos años decidió traducir al inglés el nombre del laboratorio para desvincularlo de sus orígenes germánicos y darle una proyección más internacional. Además, como principal accionista, mantiene excelentes contactos y es inmensamente rico. Tenemos frente a nosotros a un enemigo muy peligroso, Víctor.

—¿Tenemos…? —repitió él—. ¿Confirmas, pues, que tu investigación no tiene nada que ver con Abbey?

—*Touché!*

—Entonces, como mínimo, hay tres personas interesadas en localizar la misteriosa botella: Von Elfenheim, tú y yo —dijo, consciente de que omitía el nombre de Ouspensky de la ecuación.

La rubia científica asintió con la cabeza.

—¿Y cómo demonios sabes tanto sobre esta pandilla de nazis? ¿Quién hay realmente detrás de ti?

Sofía tomó un largo trago de *châteauneuf* antes de responder. La larga explicación sobre los laboratorios Abbey le había secado la garganta.

—Por hoy ya has recibido bastante información, ¿no crees? Tampoco tú me has contado el motivo por el que la estás buscando. ¿De dónde sacas el dinero para estos viajes? ¿Y por qué estás metido en esto? —Lo miró fijamente, sin esperar respuesta—. Dudo mucho que sea por el placer enológico de catar un caldo bicentenario y probablemente avinagrado…

21

Como ya venía siendo habitual, Víctor durmió poco aquella noche. La conversación con Sofía durante la cena lo había desvelado, activando sus neuronas como no lo harían ni tres tazas de un concentrado café *ristretto*.

Ahora conocía mejor a su enemigo y los motivos que lo impulsaban, pero quizá hubiera sido mejor no saberlo. Había podido comprobar sobradamente su falta de escrúpulos y le provocaba escalofríos imaginar hasta dónde podría llegar. ¿Tendría Von Elfenheim alguna relación con Ismael? Desde el primer instante le había llamado la atención su porte distante y aristocrático, pero le costaba imaginar que se relacionara con un descendiente y probable simpatizante de la ideología nacionalsocialista.

Tampoco había podido conseguir información fiable de Sofía. Investigar para la ciencia es un objetivo muy loable, pero no justificaba meterse en un berenjenal de tal calibre. Los cabos sin atar iban multiplicándose como las amebas, así que recordó unas palabras proféticas de Ismael: «A lo largo del camino le surgirán muchas preguntas sin respuesta aparente».

Desayunaron temprano en el desangelado comedor del hotel. El bufet era correcto, pero ni de lejos podía compararse con el que habían podido disfrutar durante su estancia en París.

Tras efectuar el *check-out*, se dirigieron de nuevo a la estación y alquilaron un Renault Clio. La cartuja se encontraba a una cierta distancia de la ciudad y el taxi les habría costado un dineral. Además, el pequeño coche les daba más autonomía para moverse por la zona.

Víctor aceptó encantado que ella quisiese conducir. Como copiloto podría disfrutar del majestuoso paisaje de montaña que se abría ante ellos con tan solo abandonar la ciudad.

Cruzaron el río Isère por el puente Porte de France y pusieron rumbo hacia el norte siguiendo la carretera nacional. Pasado Clémencières se fue estrechando hasta convertirse en una serpenteante calzada que les iba mostrando la belleza de los Alpes a medida que ascendían.

Sofía conducía el Clio con decisión y en poco más de una hora llegaron a un edificio señalado como el museo de la Grande Chartreuse.

Aparcaron en la zona destinada a los visitantes y se encaminaron a un mostrador de información situado en la recepción del edificio. Un hombre de avanzada edad estaba encorvado leyendo una novela de George Simenon.

—*Bonjour!* —saludó Víctor, en el mejor francés que fue capaz de articular—. Estamos realizando un estudio sobre la vida cartujana a principios del siglo XIX y nos gustaría consultar la biblioteca del monasterio. Habíamos pensado incluso en pernoctar en alguna celda durante una o dos noches mientras dure nuestra labor de investigación.

El empleado se quitó las pequeñas gafas que usaba para leer y se incorporó con curiosidad en su silla.

—Encantado de recibirles en la Grande Chartreuse. Me parece maravilloso que tengan interés por la historia de este magnético lugar. Sin embargo, de acuerdo con las normas de clausura y para respetar la soledad de los monjes, el monasterio no es visitable. Precisarían de un permiso especial para entrar en la biblioteca y está totalmente prohibido alojarse en las celdas.

Sofía se anticipó en un perfecto francés que sorprendió a su compañero de pesquisas.

—La investigación que realizamos está financiada por instituciones universitarias españolas. ¿Serviría un documento oficial del rectorado para acreditarnos?

—Suele ser la Iglesia quien concede estas autorizaciones, deberían consultarlo con el prior. Lo que sí puedo hacer por ustedes es organizar que les reciba esta tarde, antes de que inicien las oraciones de vísperas.

—Le estaríamos eternamente agradecidos —respondió Víctor, deslizando disimuladamente un billete de cincuenta francos debajo de la novela del comisario Maigret.

—Un novicio los recogerá a las tres de la tarde en la entrada del monasterio para conducirles al prior. Solo han de seguir esta pequeña carretera durante un par de kilómetros para llegar hasta allí.

Hicieron tiempo visitando el museo y paseando por los alrededores antes de almorzar en el restaurante del lugar.

A la hora indicada, subieron al coche y se dirigieron al edificio principal de la cartuja, donde ya los esperaba un monje joven y delgado, cubierto con una capucha y vestido con el hábito blanco de la orden. Tras cruzar un breve saludo, el novicio los acompañó por un largo pasillo hasta el despacho de dom Andrea, una sala de decoración extremadamente austera en la que solo destacaba una cruz de madera, un antiguo retrato de san Bruno y una foto del papa Juan Pablo II visitando el monasterio.

El prior los recibió con una leve inclinación de cabeza y la mano derecha sobre el pecho. Su rostro era extremadamente pálido y se adivinaban sus vasos sanguíneos bajo la piel.

Víctor decidió romper el silencio reinante.

—Buenas tardes, padre. Muchas gracias por dedicarnos unos minutos y recibirnos hoy en su despacho. Venimos de Barcelona y estamos estudiando la relación histórica entre una cartuja catalana y este lugar.

—¿De qué monasterio se trata? —preguntó escuetamente el prior, en un castellano más que correcto.

—Scala Dei. Dejó de estar en activo hace muchos años, pero nos consta que un monje de aquella comunidad estuvo aquí a principios del siglo xix y nos gustaría visitar la biblioteca para ver si su estancia quedó registrada.

El monje permaneció en silencio unos instantes y respondió, casi susurrando y dirigiéndose a ella:

—Conozco bien la centenaria historia de Scala Dei. Visité las ruinas hace unos años durante un encuentro cartujano que tuvo lugar en Montealegre, cerca de Barcelona. No solemos aceptar visitas y menos aún pernoctar en las celdas, pero voy a hacer una excepción con su compañero. Sin embargo, está completamente vetada la presencia de mujeres, por lo que usted tendrá que esperarle en el museo o en el hotel donde decidan albergarse.

Finalizada su alocución, dom Andrea se puso en pie solemnemente y se tapó la cabeza con su blanca capucha, invitando a sus visitantes a acompañarlo a la salida.

—Y ahora, si me disculpan, tengo que dejarlos. En breves momentos comenzaremos nuestras oraciones vespertinas.

—Muchas gracias por su tiempo y por permitirme visitar la biblioteca —replicó Víctor—. ¿A qué hora puedo venir mañana para no estorbar a la comunidad?

—Puede hacerlo a las nueve de la mañana. Le esperará en la puerta fray Benoît, el mismo que hoy le ha acompañado hasta aquí. Sobra recordar que debe permanecer en estricto silencio durante toda su estancia en el monasterio.

Ya de vuelta en el museo, el anciano empleado les recomendó un hotel familiar en Saint-Pierre-de-Chartreuse, a pocos minutos de allí en coche. En aquella pequeña localidad también podrían encontrar algún restaurante de especialidades locales.

Durante la cena estuvieron comentando la escena vivida aquella tarde, digna de *El nombre de la rosa*. Víctor solo esperaba que en la biblioteca no tuviera que encontrarse con monjes tan peculiares como los de la novela y, sobre todo, que la cartuja estuviese libre de crímenes e intrigas.

Al día siguiente, el sumiller se dirigió puntualmente a la Grande Chartreuse, donde se encontró de nuevo con aquel novicio desgarbado. Atravesaron un amplio claustro gótico con un jardín y una artística fuente en el centro. Reinaba un silencio absoluto, interrumpido tan solo por el canto de un ruiseñor y el refrescante rumor del surtidor de agua. Por el camino se cruzaron con algunos monjes que siguieron su paso con celeridad sin hacer ni el menor gesto de saludo.

Finalmente, fray Benoît abrió una pesada puerta de madera que conducía a la biblioteca del monasterio.

Una parte importante del oscuro y húmedo recinto contenía valiosísimos códices manuscritos e incunables de finales del siglo xv. A Víctor siempre le había atraído el acre olor a papel antiguo y pergamino que desprendían aquellos tesoros bibliográficos. Definitivamente, su vocación frustrada era la historia y su yo interior vibraba cuando entraba en contacto con los objetos perdidos del pasado.

—En este archivador podrá localizar el lugar donde se ubican los diferentes libros y documentos de la biblioteca. Puede localizarlos por orden cronológico o alfabético, y le ruego que los trate con sumo cuidado.

—No se preocupe, amo los libros y lo dejaré todo impecable cuando me vaya. Por cierto, ¿hasta qué hora puedo quedarme aquí?

El monje miró furtivamente el reloj de pared que se hallaba a su izquierda antes de responder.

—Debería abandonar la cartuja antes de las cuatro de la tarde. A esa hora cerramos ya todas las estancias para concentrarnos en la oración.

Tras despedirse, Víctor comenzó su indagación bibliográfica. Después de las recientes experiencias en La Morera, Madrid y París, le estaba cogiendo el gusto a investigar entre antiguos legajos de papel.

La búsqueda alfabética lo condujo a un par de monjes con el nombre italiano Ambroggio, pero no halló ninguna mención al fraile enólogo. Encontró alguna información sobre Scala Dei de siglos anteriores, por lo que decidió cerrar las fichas de ordenación alfabética y enfocar su pesquisa en los primeros años del siglo XIX.

Cinco horas después de su llegada, aún no había localizado ni un solo dato que hiciera referencia a la estadía de fray Ambrós en la cartuja.

«¿Habrá estado realmente aquí?», pensó Víctor para sus adentros.

Ante la prolongada e infructuosa indagación, tanto por criterio alfabético como cronológico, optó por buscar información sobre la manutención del monasterio.

Había varios tomos que describían con detalle la gestión de los inventarios de trigo, legumbres, queso y otros alimentos esenciales, incluido el vino. Decidió profundizar. A finales del siglo XVIII, dom Martin figuraba como responsable de la bodega y en 1804 se nombraba a fray Theophrastus como su sustituto, pero seguía sin aparecer ningún rastro del enigmático monje de Scala Dei.

Víctor devolvió decepcionado aquellos tomos a las estanterías. Había estado convencido de encontrar allí algún dato que aportase luz a su investigación. Quizá Ismael estuviera mal informado y el fraile nunca llegó a hospedarse allí.

Tras salir de la biblioteca, condujo el Clio hasta el museo, donde ya lo esperaba Sofía. La tarde era soleada y otoñal, por lo que decidieron hacer una excursión por aquellos frondosos valles de montaña. Una ligera brisa transportaba vivificantes aromas a resina de abetos, musgo y setas. Las hojas de los árboles caducifolios ya iniciaban su lento fenecimiento, decorando los bosques con un amplio y maravilloso espectro de amarillos, rojos y anaranjados.

—Te veo desanimado, ¿no has encontrado datos interesantes?

—Absolutamente nada —respondió Víctor, taciturno.

Después de caminar un rato en silencio al lado de la científica, decidió compartir con ella lo que habían dado de sí las horas pasadas en la biblioteca de la cartuja.

—No hay ninguna referencia a Scala Dei contemporánea de fray Ambrós, y aún menos a su nombre. Creo que nunca estuvo aquí.

—Veo, entonces, que nuestro viaje ha sido infructuoso.

—Este lugar es maravilloso, Sofía, quedémonos con eso.

El sumiller la observó con una tierna mirada antes de proseguir:

—La información que me facilitaron debía de ser incorrecta. Del periodo en el que se supone que nuestro monje había sido el responsable de la bodega solo se menciona a otro cartujo con un curioso nombre: fray Theophrastus.

—Hum, como Paracelso —pensó Sofía distraída y en voz alta mientras se agachaba a oler flores de montaña de un vívido color violeta.

—¿Cómo dices? —exclamó sorprendido el sumiller.

—Paracelso, sí, el famoso médico y alquimista suizo. En realidad, se llamaba Theophrastus Bombastus von Hohenheim y...

Víctor no la dejó acabar la frase y exclamó, emocionado:

—Paracelso, claro… ¡Cómo no se me ha ocurrido antes! Fray Ambrós utilizó un seudónimo mientras vivió en la Grande Chartreuse, el de su admirado maestro.

22

Nuestro sumiller volvió a presentarse en la Grande Chartreuse a la mañana siguiente. El monje que lo recibió le recordaba del día anterior en el claustro. Tras una breve explicación, lo acompañó hasta la biblioteca, insistiendo en la obligación de permanecer en silencio y abandonar el recinto antes de la hora de su cierre.

Buscar por fray Theophrastus proporcionó a Víctor más de una referencia a documentos centenarios ubicados en las estanterías de aquel vasto lugar.

El primero de ellos era un dietario donde se mencionaba su llegada a la abadía en 1804 procedente de España y su nombramiento como responsable de la herboristería y de la bodega, en sustitución de dom Martin, fallecido poco tiempo antes.

Tomó nota de ello en su libreta y se apresuró a sacar el segundo legajo del archivo. Le llamó poderosamente la atención una reseña firmada por dom Antonio, prior de la cartuja por aquel entonces. Decía:

Anno Domini MDCCCIV, seis de octubre

Hoy ha llegado al monasterio Abu Al-Rabi, un derviche procedente de Asia Central al que conocí hace unos años en un viaje de peregrinación. Aunque profesa una religión diferente a la nuestra, he podido establecer sólidos puentes con este místico sufí gracias a su ascetismo y espiritualidad interior, tan esenciales también en la orden de san Bruno.

Al-Rabi ha convivido muchos años con sefardíes del Imperio otomano, sabe hablar el ladino y ha entablado una excelente relación con fray Theophrastus, el monje venido de España. Frecuentemente se los ve juntos deambulando por el claustro o consultando libros en la biblioteca. Ambos comparten una gran afición y un notable conocimiento de la botánica y las ciencias naturales.

El último documento que hacía referencia al monje enólogo era el más interesante y, asimismo, perturbador. En él se describía su expulsión de la Grande Chartreuse tras descubrirse en su celda cadáveres de animales y misteriosas pócimas elaboradas con vino, hierbas y hongos del herbolario. Aunque el fraile insistió en que se trataba de experimentos científicos, el prior lo acusó de practicar la magia negra y lo obligó a abandonar de inmediato aquel piadoso lugar.

El monasterio no disponía de máquina fotocopiadora, por lo que tuvo que transcribir en su libreta el contenido de ambas reseñas antes de devolver los pesados tomos a su espacio en las oscuras estanterías de la biblioteca.

La información obtenida no lo acercaba aún al codiciado objeto de su búsqueda, pero le proporcionó datos relevantes sobre la enigmática biografía de fray Ambrós. Poco podía imaginar su trascendencia futura mientras atravesaba el atrio del claustro, y menos aún que los ojos de dom Andrea lo escudriñaban desde la ventana del despacho prioral, al igual que un entomólogo analiza con su lupa un nuevo espécimen de insecto.

Al llegar al hotel, viendo que Sofía no se encontraba allí, se resguardó en su habitación. Un fuerte viento y las oscuras nubes que se iban aproximando amenazaban tormenta, por lo que hoy prescindiría de salir a pasear por los bucólicos paisajes alpinos.

Dedicó la tarde a ordenar sus anotaciones mientras escuchaba en la radio de la habitación la *Sinfonía pastoral* de Beethoven. Como en una maravillosa sincronía, los primeros rayos y relámpagos coincidieron con el inicio del agitado cuarto movimiento, en el que el maestro de Bonn tan bien describe una tempestad de verano. Mientras gozaba de aquella excelsa partitura, Sofía llamó con los nudillos para entrar. Llevaba un grueso jersey verde de cuello alto que le daba un toque sofisticado.

—Ya me he dado cuenta de que te gusta la música clásica. Comparto tu afición e incluso toco un poco el piano.

—Disfruto horrores escuchándola, es cierto. Y escojo siempre las piezas en función de mi estado de ánimo. Tengo la teoría de que la música está relacionada con el vino o con un buen perfume. Una nota sola no basta, sino que se precisa de un conjunto armónico y equilibrado para componer y crear una obra maestra.

Sonriendo ante la elaborada comparación que acababa de hacer Víctor, le propuso ir a cenar juntos.

Con el fuerte chaparrón que estaba cayendo, decidieron quedarse en el mismo hotel. El restaurante era muy sencillo, pero a ella ya le había sorprendido un aguacero a media tarde y no deseaba repetir la experiencia.

Pidieron una fondue de queso, muy indicada para entrar en calor y conversar durante la cena. Víctor consultó la escueta carta de vinos y escogió una referencia de la Saboya que nunca había probado.

—Hoy el día ha sido bastante más productivo que ayer.

—Te lo veo en la cara, ¿has podido confirmar que Theophrastus era efectivamente fray Ambrós?

—Tu comentario sobre Paracelso me dio la pista acertada, Sofía —respondió, con una sonrisa de oreja a oreja—. Hacemos un gran equipo, brindemos por ello.

Chocaron sus respectivas copas antes de seguir la conversación.

—He encontrado un par de referencias muy interesantes sobre su estancia en la Grande Chartreuse.

—Cuéntame, estoy intrigada —lo animó ella mientras sumergía un trozo de pan en la masa de queso fundido.

—Según recoge el dietario que he podido consultar, se lo relacionó con prácticas esotéricas o poco ortodoxas y por ese motivo fue expulsado de la cartuja.

—¿Qué tipo de prácticas?

—Parece ser que elaboró extrañas pociones y las probó con animales. Su celda estaba llena de pequeños pájaros y ratones muertos.

—Esto confirma su interés por la alquimia, al igual que la elección de su seudónimo.

—Así es.

Ahora fue Víctor quien sacó un pedazo de pan del caldero y cortó con su cuchillo los viscosos hilos de queso fundido antes de llevárselo a la boca.

—También he averiguado que conoció a un derviche sufí que visitó la cartuja durante un tiempo. Parece ser que entablaron amistad y sospecho que pudo transmitirle algún conocimiento crucial para la fórmula con la que elaboró su milagroso vino.

—Interesante… ¿Se menciona su nombre?

—Pues sí, aunque no me ha parecido que fuera relevante.

—Nunca presupongas nada —dijo, algo misteriosa—. Los detalles más insignificantes a veces proporcionan la clave para un hallazgo importante.

—El derviche procedía de Asia Central y se llamaba… Déjame que revise mis notas… Abu Al-Rabi.

Sofía asió el tallo de la copa con elegancia y dio un largo trago de vino tras oír esas palabras. Luego se incorporó en su silla, mirando fijamente a su compañero de mesa con sus ojos bicolores. Carraspeó ligeramente antes de proseguir con la conversación:

—Has avanzado mucho, Víctor... Creo que ha llegado el momento de desvelarte un pequeño secreto.

Intrigado, el enólogo dejó los cubiertos sobre la mesa para prestarle atención plena.

—Abu Al-Rabi fue un importante místico sufí que vivió en Bukhara, muy cerca de Samarcanda. Pertenecía a la Hermandad Sarmoung, una hermética comunidad fundada hace más de cuatro milenios en Mesopotamia por seguidores de Zoroastro.

Al oír ese nombre, acudieron a la mente de Víctor los acordes ascendentes iniciales del poema sinfónico *Así habló Zaratustra*, de Richard Strauss, que tan magistralmente prologaron la película *2001: una odisea del espacio*.

—El nombre de esta hermandad proviene de *sarman*, que significa «abeja» en persa —explicó ella—. Para sus miembros, el trabajo, tanto hacia Dios y los que te rodean como el que haces en tu interior, produce una esencia tan dulce como la miel. Al igual que estos insectos la acumulan para sus crías, el objetivo de los *sarmouni* es acumular y preservar para futuras generaciones lo que denominan el «conocimiento verdadero», asociado a un tesoro espiritual. Otro posible origen de su nombre es la unión de las palabras *sar* y *man*, entendida como «aquellos que han sido purificados o iluminados».

Víctor tomó un trago del vino saboyano mientras asimilaba la información que acababa de recibir. Con un gesto de mandíbula dio a entender que los había catado mejores. Sin hacer ningún comentario, tomó una servilleta de papel y garabateó, lo mejor que pudo, el misterioso jeroglífico que había fotografiado en las ruinas de Scala Dei.

—Conoces este símbolo, ¿verdad?

Sofía no pudo disimular su asombro al ver aquel dibujo. Para sorpresa del sumiller, tomó bruscamente la servilleta haciendo de ella una bola en su puño.

—¿De dónde has sacado esto? ¡No vuelvas a mostrarlo nunca en público!

Víctor recordó fugazmente que su atacante en el Talgo ya lo conocía e inspiró con profundidad antes de seguir con la conversación. Por primera vez había conseguido llevar la delantera a Sofía y estaba disfrutando de esa sensación.

—La abeja cobijada dentro del arco de triángulos simboliza la protección del conocimiento verdadero frente a los servidores del mal —explicó Sofía—. Identifica a los *sarmouni* desde hace milenios.

—Veo que sabes mucho de esta hermandad.

—Bastante más de lo que puedas imaginar.

23

Ya en su habitación, Víctor anotó en su diario todo lo que Sofía le había contado sobre la Hermandad Sarmoung. Le sorprendió saber que a finales del siglo xx aún pudiera existir una sociedad tan antigua y hermética. Y, todavía más, que ella supiese tanto de la misma.

En este punto, su admirada neurocientífica se había mostrado muy críptica. Tanto como lo había sido él al no revelar que descubrió el misterioso símbolo de la abeja en las ruinas de Scala Dei. La relación de fray Ambrós con esta esotérica congregación era más que evidente. Tampoco le cabía ninguna duda del rol ejercido por Abu Al-Rabi en dicha conexión.

Su mente se había convertido en un torbellino de ideas e imágenes que se le agolpaban desordenadamente en la cabeza, componiendo un inquietante mosaico de los acontecimientos que estaba viviendo.

Ismael, que se frotaba la barba al decirle que retirarse «no es una opción».

La escena imaginada en el palacio de las Tullerías, el zar brindando con su copa en alto con Napoleón: «Por la amistad entre nuestros poderosos imperios».

El enorme Mercedes abalanzándose sobre él delante de la embajada rusa.

Las últimas palabras del anciano en Poboleda y la extraña sensación de que hablaba ya con su abuelo en una nueva dimensión...

Víctor cerró los ojos y vio las llamas de fuego devorando la marquesina de madera de La Puñalada. Las cenizas pasaban delante de sus ojos y salían volando a través de la ventana, como livianas mariposas dirigiéndose a un prado estampado de flores. Entonces se quedó profundamente dormido.

Aquella misma tarde, a ochocientos kilómetros, otro Morell estaba viviendo momentos agitados. Poco después del almuerzo, cuando María ya había vuelto al colegio, dos hombres entraron en Cal Concordi cubiertos con pasamontañas y armados con pistolas.

—¡Quietos ahí! No os ocurrirá nada si obedecéis nuestras órdenes.

Ataron a Ramón y a su esposa a dos sillas del comedor y comenzaron a interrogarlos.

—Estamos buscando a tu hermano, tiene que estar aquí.

—Hace mucho que se fue del pueblo... —respondió aterrorizado el mayor de los Morell—. Me dijo que se iba a París y no me consta que haya vuelto.

El más rollizo de los asaltantes lo apuntó con la pistola a la sien. Las oberturas de los ojos permitían divisar unas pobladas cejas pelirrojas y hablaba español con un marcado acento alemán.

—¡No mientas! Sabemos que ha vuelto ya a Barcelona, pero no está en la ciudad. Ayer entramos en su piso, pero estaba vacío. Solo puede encontrarse aquí.

El gatillo de la pistola hizo un ligero clic al ser presionado por el dedo del alemán.

—¡Le juro por Dios que no hemos visto a Víctor ni sabemos nada de él desde que se fue a Francia! —respondió ella temblando de pánico y a punto de llorar—. Pueden buscar lo que quieran en la casa, pero no maten a mi marido, por favor.

El par de horas en que los Morell permanecieron atados a sus sillas mientras los asaltantes registraban la masía fueron las más largas de sus vidas. Finalmente, convencidos de que el matrimonio desconocía el paradero de Víctor, los soltaron y salieron de Cal Concordi entre exabruptos.

Habían dejado la casa patas arriba, pero no se llevaron dinero ni joyas. Los Morell lograron ponerlo todo más o menos en su sitio antes de que María volviera del colegio. Por suerte, no llegó a enterarse de lo que les había ocurrido aquella tarde a sus padres.

Víctor se levantó muy inquieto aquella mañana. Había tenido una horrible pesadilla y no pudo evitar comentársela a Sofía durante el desayuno.

—Tengo un terrible presentimiento. He soñado que mi hermano gritaba y pedía ayuda. Yo intentaba acercarle mi mano, pero la distancia se agrandaba a cada segundo que pasaba. Estoy muy alterado, necesito contactar con él lo antes posible.

Ella lo invitó a sentarse, llenó su taza de café y le acercó un cruasán de mantequilla recién horneado.

—Creo que estás sobrepasado por los acontecimientos de estos últimos días. Come algo primero y luego pruebas a llamarlo. Verás que todo está bien.

Tras tomarse el desayuno, Víctor fue a la recepción para pedir una conferencia desde su habitación. Aunque podría haberlo hecho con su móvil, no se atrevía a utilizarlo. Ismael había sido muy explícito en cuanto a las condiciones de uso.

El teléfono sonó varias veces hasta que por fin contestó Ramón, muy alterado al oír a su hermano al otro lado de la línea.

—Dios mío, Víctor, ¡no sabes lo que me alegro de tu llamada! Necesitaba localizarte y no tenía ni idea de cómo hacerlo. ¿Dónde estás?

—Eso no importa ahora, lo que quiero saber es si te encuentras bien. He soñado que estabas en apuros y me pedías auxilio.

Se produjo un largo silencio al otro lado de la línea.

—Ramón, ¿sigues allí?

—Estoy aquí, sí, pero no puedo creer lo que me estás diciendo.

Estupefacto por aquella aparente demostración de telepatía, con voz atropellada, prosiguió con la narración del asalto a punta de pistola en Cal Concordi.

—¡Dios mío, qué horror! ¿Estáis bien los dos? ¿Se han llevado algo de casa?

—No eran simples ladrones. De hecho, acababa de sacar dinero del banco y ni lo tocaron. Te perseguían a ti y, al no encontrarte, registraron a fondo el sótano y la bodega en busca de documentos.

—¿Has avisado a la Guardia Civil?

—Sé que tu misión es estrictamente confidencial y esperaba a hablar contigo antes de hacerlo. He podido anotar la matrícula de su coche cuando se iban.

—No des parte aún. Espera a que yo llegue, Ramón. Esta gente es más peligrosa de lo que crees. ¿Sabes si permanecen en Poboleda?

—No lo creo. Seguí la polvareda que dejaba el coche al salir del pueblo. Supongo que a estas horas ya estarán lejos de aquí.

Víctor colgó el auricular en su habitación y se quedó unos minutos sentado en el borde de la cama, digiriendo la conversación. Aquella aventura estaba poniendo en riesgo ahora a su familia. Eso era algo que no podía tolerar.

Bajó los peldaños de la escalera de dos en dos hasta llegar de nuevo al salón del desayuno, donde Sofía lo esperaba hojeando con poco interés las páginas de un periódico local. No tuvo que hacerle ninguna pregunta. Su rostro delataba que el presentimiento había sido certero.

Tras resumir brevemente la conversación con Ramón, Víctor expuso los próximos pasos que iba a dar.

—Debo volver de inmediato al Priorat. Aunque sé que implica un riesgo, quiero acompañar a mi hermano unos días tras lo ocurrido. Necesito informarle con más detalle de las amenazas que se ciernen sobre todos nosotros. Aunque eso implique retrasar el viaje a Rusia.

—Esta decisión dice mucho de ti. No sé si yo me atrevería a hacer lo mismo en tu lugar.

Sofía le apretó el dorso de la mano con la suya antes de continuar.

—¿Por qué no aprovechamos mi viaje a San Petersburgo para que sea yo quien haga las indagaciones necesarias en el Hermitage?

Víctor observó a la neuropsiquiatra con una mezcla de gratitud y de temor. Era como si uno de sus ojos lo invitara a aceptar, evitando un vuelo que le daba pánico, mientras que el otro lo avisaba del inminente peligro que corría. Le gustaba su arrojo y la decisión con la que sujetaba su mano, pero ¿qué ocurriría si Ismael llegaba a enterarse? ¿Podría convertirse en un enemigo aún más peligroso que Siegfried Von Elfenheim? Tampoco sabía si debía confiar plenamente en ella.

—¿Cómo sé que me darás la botella si la localizas en la antigua capital imperial?

—No tienes muchas más opciones que confiar en mí… Hasta ahora no te ha ido tan mal, ¿no crees?

Tras unos minutos de silencio, Víctor concluyó:

—Parece que el destino ha unido nuestros caminos y no existe vuelta atrás, pero tendremos que movernos con muchísima cautela. Hay asuntos que todavía desconoces, pero te avanzo que no deben relacionarnos de modo alguno. De hecho, puede ser una ventaja frente a nuestros perseguidores que avancemos en paralelo en nuestra búsqueda. Voy a confiar en ti y espero no equivocarme… Si eres tú quien da con ella y luego desapareces, acabaré criando malvas en una cuneta.

24

Tras hacer las maletas y pagar la cuenta del hotel, abandonaron el hermoso macizo de la cartuja. Esta vez conduciría él y ella escogería la banda sonora para el trayecto: el *Concierto para piano n.º 2* de Rachmaninoff, creando ya atmósfera para su inminente viaje a Rusia.

Durante el viaje, Víctor le contó detalladamente lo que había averiguado sobre la boda de Napoleón y las botellas de vino que el emperador francés habría regalado al zar según el dietario. También le entregó el bono de Aeroflot para el vuelo a San Petersburgo. Aparte de ahorrarle a ella el gasto, era conveniente que Ismael recibiese de su banco la confirmación del viaje a Rusia. Ya vería más adelante cómo se las apañaría cuando tuviese que informarle de la evolución de sus pesquisas.

Una vez en Grenoble, devolvieron el pequeño coche a la empresa de alquiler y fueron a la estación de tren para comprar los billetes. El TGV a París partía en breve. Por su parte, Víctor aún debería esperar una hora en aquel desangelado lugar hasta la salida del tren a Portbou. Allí haría transbordo para llegar a Barcelona.

Se palpó los bolsillos del Barbour y sacó un bolígrafo para anotar algo en el dorso del recibo del billete: Ramón Morell, 977 229 73 00.

—Es el número de teléfono de mi hermano. Podrás contactarme allí hasta que disponga de un móvil particular.

—Gracias, Víctor, así lo haré. Y abre bien los ojos —le dijo, dándole un beso en la mejilla.

Se giró y subió con celeridad los escalones del vagón. A Víctor le pareció que estaba deslumbrante mientras admiraba el decidido y ondulante movimiento de su rubia coleta. Pese a su hermetismo —o quizá precisamente por ello—, el atractivo de Sofía no había hecho más que aumentar con el paso de los días.

Agradeció la brevedad de la despedida. En un andén de tren podían llegar a ser muy emotivas.

Cuando el TGV hubo partido, Víctor se sentó en el bar de la estación y pidió un Aperol Spritz mientras esperaba la salida de su tren. Le hubiera gustado saborear una última copa de vino en Francia, pero la carta era más bien exigua y a media mañana le apetecía un aperitivo refrescante.

Sacó de la maleta el libro de Gurdjieff y lo hojeó, fijándose especialmente en las anotaciones que había estado haciendo. Aunque seguía intrigándole la onírica aparición de su autor durante aquella tormentosa noche en el monasterio zen, las últimas revelaciones le habían hecho perder interés en él. En cambio, habría dado lo que fuera por poder leer un libro similar con la biografía de Abu Al-Rabi.

Igualmente, aprovecharía el largo trayecto hasta Barcelona para avanzar un poco en la lectura de *Encuentros con hombres notables*.

El tren partió puntualmente de Grenoble. Se trataba de un regional de la SNCF, con vetustos compartimentos para seis personas, que no tenía nada que ver con el moderno y rápido TGV que lo había traído aquí desde París. Solo entró en su compartimento un joven que escuchaba música conectado a los auriculares de su walkman.

La primera hora de viaje la pasó contemplando por la ventana los espectaculares paisajes de montaña que se iban abriendo después de cada curva o túnel que atravesaban. Cuando el paisaje se fue allanando, Víctor decidió abrir el libro y comenzó a leer el capítulo V, titulado «Señor X... o capitán Pogossian».

El capítulo empezaba narrando varios hechos sobrenaturales, sin aparente explicación racional, que el autor había vivido personalmente en sus años de juventud. La conciencia de estos no dejaba a Gurdjieff en paz, pero tenía la esperanza de encontrar algún día la verdadera respuesta a estos interrogantes que no cesaban de atormentarlo. Más adelante explicaba cómo conoció a su amigo Pogossian (*hombre notable* y futuro armador naviero) y relataba el hallazgo de unos pergaminos que encontraron en una cueva mientras viajaban juntos a las ruinas de Ani, antigua capital de Armenia.

Víctor siguió leyendo, cada vez más enfrascado en la apasionante lectura, que parecía extraída de las novelas de aventuras de Julio Verne.

Uno de los pergaminos estaba muy deteriorado por la acción del tiempo y había sido escrito en armenio antiguo, lo cual lo hacía difícil de entender incluso para Gurdjieff y Pogossian, ambos nacidos en Armenia. Sin embargo, pudieron descifrar que era una carta escrita entre dos monjes, en la que uno de ellos aludía a «informaciones que había recibido acerca de algunos misterios»:

> Nuestro venerable padre Telvent logró conocer finalmente la verdad sobre la cofradía Sarmoung [...], palabra que ya habíamos hallado varias veces en el libro *Merjavat*.

Los ojos de Víctor se salieron de sus órbitas al ver escrita la palabra «Sarmoung». Trastornado, dejó caer el libro en su regazo, incapaz de seguir leyendo. El joven del walkman lo miró fugazmente y arqueó las cejas antes de seguir concentrado en su música mientras el sumiller retomaba la lectura.

> Es el nombre de una célebre escuela esotérica que, según la tradición, fue fundada en Babilonia 2500 años antes del nacimiento de Jesucristo, y cuyas huellas se encuentran en Mesopotamia hacia el siglo VI o VII después de Cristo [...]. Desde entonces nunca se halló en ningún lugar la menor información sobre su existencia.
>
> Antiguamente se atribuía a esta escuela la posesión de un saber muy elevado, que contenía la clave de numerosos misterios ocultos.
>
> ¡Cuántas veces habíamos hablado de esa escuela Pogossian y yo, y soñado conocer sobre ella algo auténtico! Y de repente leemos su nombre en ese pergamino. Estábamos trastornados [...]. Resolvimos, pues, ir para allá a toda costa, buscar dónde estaba situada la escuela y luego tratar que nos admitieran en ella.

Víctor sentía en aquel momento el mismo trastorno que Gurdjieff años atrás. El libro hacía referencia a una cofradía de la que nunca había oído hablar hasta ayer y con la que también entró en contacto fray Ambrós. Después de su misteriosa aparición nocturna y de que Miriam lo vinculase con el eneagrama, volvía a producirse una asombrosa sincronía alrededor del maestro armenio.

Tras recuperarse de la sorpresa inicial, marcó en el libro los párrafos que le parecían más significativos y los copió en su libreta.

En Portbou tuvo que descender del tren y hacer trasbordo a una unidad de Cercanías de Renfe, con su característico color azul y raya amarilla en el centro.

En el quiosco de la estación compró un ejemplar de *La Vanguardia* para ponerse al día de la actualidad. Le sorprendió lo poco que había ocurrido en el mundo y lo prescindible que era su habitual costumbre de leer a diario las noticias.

Llegó ya de noche a la estación de Francia y tomó un taxi hasta la plaza de la Virreina. Su piso estaba patas arriba, igual que lo habían dejado días atrás los saqueadores, por lo que decidió poner un poco de orden y arreglar sus pertenencias.

Mientras recogía los elepés que yacían desparramados por el suelo del comedor, vio la grabación de las *Variaciones Goldberg* por Glenn Gould. Hacía tiempo que no las escuchaba, así que las puso en el tocadiscos para relajarse antes de que se acostara. La sublime aria inicial y sus treinta variaciones posteriores situaban a nuestro sumiller en un estado de trance, completamente desconectado de los problemas que lo acechaban en la mente. ¿Sería esta la sensación que le habrían producido unos días de retiro y meditación en el Palacio del Silencio?, pensó para sus adentros.

A la mañana siguiente, Víctor salió a hacer algunos recados. Había pasado infinidad de veces por aquellas callejuelas del barrio de Gracia, pero tenía la impresión de verlo todo por primera vez. Ya no era la misma persona que salía a diario para dirigirse a La Puñalada. La perspectiva con la que ahora observaba su entorno era diferente, aunque no sabría precisar de qué manera.

También había variado, y mucho, su percepción de seguridad. De un modo inconsciente, sus ojos escrutaban todo lo que había a su alrededor en busca de potenciales señales de alarma.

Pasó en primer lugar por el banco para revisar el saldo de su cuenta y sacar algo de dinero. Pudo observar que Ismael había hecho recientemente una nueva transferencia. Con parte del efectivo retirado, se dirigió a una tienda de telefonía y compró un móvil Motorola con su correspondiente tarjeta SIM. Aunque era algo más caro que el modelo Nokia, así evitaría el riesgo de confusión con el que le había procurado Ismael.

Antes de regresar a casa, pidió al cerrajero de la esquina que lo acompañase para cambiar la cerradura. No había pegado ojo en casi toda la noche, pendiente de cada ruido y temiendo que entrasen a atacarlo en cualquier momento.

Una vez finalizado todo lo que tenía que hacer, sacó su Peugeot 205 del aparcamiento y abandonó la Ciudad Condal. Un doloroso sentimiento de culpa lo embargaba y le presionaba el pecho mientras conducía a Poboleda, inquieto y a la mayor celeridad que le permitía el pequeño vehículo. Aquella quimera de encargo había trastocado la tranquila vida de su familia.

Llegó a Cal Concordi al atardecer, cuando la inclinación de los rayos de sol tiñe de oro las hojas de la vid en las terrazas del Priorat. Esta vez su hermano sí que se encontraba en casa y salió a saludarlo en cuanto oyó el coche.

—Víctor, ¡qué alegría verte de nuevo!

Ambos hermanos se abrazaron y a Ramón le saltaron las lágrimas, embargado por la emoción, mientras decía:

—Estoy muy contento de verte, *germanet*, pero no deberías haber venido. La gente que nos asaltó el otro día te está buscando para conseguir alguna información que no han podido encontrar aquí ni en tu casa. Es posible que decidan volver.

—Siempre he estado a tu lado, Ramón, o al menos lo he intentado. ¿No iba a hacerlo en esta ocasión? Soy responsable de lo que ocurrió el otro día en esta casa y no quiero que se repita. Nadie sabe que he venido ni creo haber dejado rastro alguno que pueda ponernos en peligro.

Después de cenar, la pequeña María se fue a dormir a su habitación y Víctor pidió a su hermano y su cuñada que le contaran con más detalle lo sucedido. El interrogatorio a punta de pistola había sido horrible, pero por suerte no habían aplicado violencia física en sus amenazas.

—¿Os dieron alguna pista sobre lo que buscaban?

—Saben que indagaste por la zona y querían que les dijéramos lo que habías estado haciendo cuando estuviste aquí —explicó Ramón—. Preguntaron también, y mucho, por nuestros antepasados y su relación con Scala Dei.

—Qué extraño… ¿Y qué les respondiste?

—La familia Morell hace generaciones que suministra garnacha a Scala Dei, creo que es de dominio común en la comarca. En cuanto a ti, poco les pude decir, porque no sé realmente lo que has hecho durante todos estos días. Y he obviado cualquier comentario sobre las palabras del viejo Braulio y su inesperada muerte.

Esta vez intervino Rosa:

—En algún momento hablaron entre ellos en un idioma extranjero… Juraría que era alemán. Otro detalle en el que me fijé, aunque llevaban pasamontañas, fueron las cejas del que parecía el jefe. Parecían pelirrojas.

—¿Era más bien bajo y regordete?

—Caramba, así es. ¿Cómo lo has sabido?

—Sería largo de explicar —suspiró.

25

Sofía llegó a París a media tarde y se desplazó en metro hasta el barrio de Neuilly. Había reservado una habitación para esa noche en el hotel Maillot, donde ya había pernoctado años atrás, en su época de estudiante. El establecimiento tenía pocas pretensiones, pero la zona quedaba fuera del recorrido turístico y le ofrecería discreción. Además, podría ir a pie hasta la embajada.

La cena en un bistró del barrio habría estado muy bien de no ser por un empalagoso vecino de mesa, que se empeñó en que ese era su gran día y que el destino lo había cruzado con la mujer de su vida.

Tumbada ya en la cama, antes de dormir recordó la vez que se había hospedado en ese mismo lugar. Fue en el verano después del tercer curso de carrera, su viaje de paso del ecuador. Solo estuvo allí una semana con un grupo de compañeros de Medicina, pero fueron unos días muy especiales que la marcarían en el futuro.

Sofía entró en el Hospital Clínic en segundo curso, cuando las amistades ya se habían empezado a formar. Igual de tímida que inteligente, su origen y su dificultad inicial en el idioma entorpecieron su relación con el resto de la clase. En París no solo rompió el hielo con todo el grupo, sino que empezó a salir con Iván, un chico culto y divertido con el que compartiría su vida durante unos cuantos años.

A la mañana siguiente, se dirigió a la embajada rusa para recoger el visado. Cumplimentadas todas las formalidades, tras entregarle el pasaporte, la funcionaria le indicó la ubicación de la oficina de Aeroflot. No estaba lejos de la embajada y hacia allí se encaminó, vigilando que nadie la siguiera. Fue incapaz de apartar la mirada del parterre de pensamientos sobre el que había aterrizado con Víctor pocas jornadas atrás. Las flores aún no se habían recuperado del todo.

Se sentó en la sala de espera frente a un hombre corpulento, cuyas pobladas y canosas patillas le llegaban casi hasta la barbilla. Parapetado tras las páginas de *Le Figaro*, Sofía no pudo distinguir su rostro ni cuando se levantó para ir a la ventanilla.

—Buenos días. Me gustaría canjear este bono por un billete a San Petersburgo —saludó en su impecable francés.

La empleada de Aeroflot tomó el documento en sus manos e hizo unas cuantas comprobaciones antes de dirigirse de nuevo a ella.

—El bono le cubre el viaje de ida y vuelta en clase turista. Hay un vuelo con salida esta misma tarde del aeropuerto Charles de Gaulle. ¿Le va bien?

—¡Perfecto!

Tras confirmarlo, tomó el billete impreso en la mano y salió de la agencia sin percatarse de que el hombre de las patillas cerraba el periódico y se dirigía a la empleada para pedirle plaza en el mismo vuelo. Tampoco se dio cuenta del Mercedes negro que esperaba, con el motor encendido, a una calle de distancia.

El avión, un moderno Airbus A321, despegó puntualmente.

Desde la disolución de la Unión Soviética, Aeroflot había invertido fuertemente para reemplazar los vetustos Tupolev e Ilyushin de los que se componía su flota y que tan mala reputación le habían granjeado. El índice histórico de accidentes quintuplicaba la media de cualquier compañía aérea en el mundo.

Después de aquel trágico accidente en Tenerife, a Víctor solo le habría faltado conocer esa nefasta estadística. Afortunadamente, en el último momento había podido eludir el que hubiera sido su primer vuelo en varios lustros. Aparte del amor que profesaba a su hermano Ramón, su aerofobia había influido sin duda en la temeraria decisión de volver a Poboleda y arriesgarse a un encuentro con los esbirros de Abbey.

Sofía aprovechó el viaje para leer. Gran aficionada a la ciencia ficción, estaba releyendo *Fundación*, de Isaac Asimov, el famoso bioquímico y divulgador estadounidense de gruesos lentes y pobladísimas patillas. Esta trilogía narraba la corrupción del Imperio Galáctico y su estancamiento en cuanto a avances científicos, tras asumir que todo estaba ya descubierto. Un planteamiento que chocaba frontalmente con la curiosidad y el obsesivo afán de conocimiento de la neurocientífica.

Volviendo del baño, fue observando a los ocupantes de la aeronave. Tenía la sensación de estar aún en plena Guerra Fría, rodeada de los rostros serios e inexpresivos a los que las noticias y el cine de Hollywood la habían acostumbrado.

Cuando llegó a la octava fila tuvo que pararse para mirar dos veces al pasajero que dormitaba al lado de la ventana. El pelo canoso y aquellas abundantes patillas le conferían un asombroso parecido con el autor de la novela. No era solo Víctor quien experimentaba crecientes sincronías a medida que pasaban los días.

El doctor Vladimir Drizhenko esperaba a Sofía en el aeropuerto Púlkovo. Ella lo había llamado desde París para comunicarle el número de vuelo y la hora de llegada. El formal apretón de manos con el que la recibió contrastaba con los besos que se daban algunos hombres de negocios al saludarse en la terminal internacional.

Drizhenko le había reservado habitación en un hotel sencillo, pero muy bien situado al lado de la mezquita, entre la Universidad Pavlova y el centro histórico de la ciudad.

En noviembre, la temperatura en San Petersburgo era ya bastante baja y los primeros copos de nieve empezaban a descender silenciosamente del grisáceo cielo ruso.

El río Neva y la estructura de canales concéntricos de la ciudad añadían una elevada humedad al ambiente, por lo que Sofía se enfundó aquella noche un plumón de montaña para salir a pasear. Unas estilosas botas de media caña completaban su atuendo invernal.

Pese al frío, los alrededores de la iglesia del Salvador y el Hermitage eran de una belleza apabullante. Había oído hablar mucho de la antigua capital del Imperio ruso, pero pasear por sus canales a la luz de las farolas empequeñecía cualquier descripción sobre la misma. Apoyada en uno de los innumerables puentes y viendo caer aquella ligera nevada, recordó las románticas escenas de *Noches blancas*, la novela de Dostoyevski que Visconti llevó magistralmente al cine en los años cincuenta.

Al día siguiente, tras desayunar unos deliciosos *syrniki*, se dirigió andando a la universidad. Con las indicaciones que recibió de la recepcionista, subió hasta el segundo piso para llegar al departamento de neuropsiquiatría.

Drizhenko le ofreció un café y le presentó a sus colaboradores, Irina Sviatoskha y Oleg Pletnikow.

—Me alegra mucho poder conocerlos personalmente. Vladimir me habló mucho de ustedes cuando nos vimos en París.

—Podemos tutearnos, Sofía. En el ambiente académico no somos tan formales —respondió Irina sonriendo y en un inglés más que correcto.

Pasaron la primera hora resumiendo las líneas generales de investigación, tanto allí como en el Hospital Clínic de Barcelona.

—He trabajado en diferentes áreas, pero mi especialidad es el estudio de estados alterados de consciencia. Me encantaría conocer los avances que estáis haciendo en este campo.

—Vladimir ya nos había informado y tenemos algo muy interesante que enseñarte. Acompáñanos...

Bajaron a la zona de paliativos, en la planta baja del hospital, y se dirigieron a la habitación de una paciente con un glioma terminal.

—Las elevadas dosis de morfina que le suministramos para soportar el dolor están provocando un fenómeno realmente extraordinario. Si tenemos suerte y paciencia, podrás comprobarlo por ti misma.

La paciente tenía sesenta y siete años, pero parecía mucho mayor. Delgada en extremo, el tumor cerebral la había ido consumiendo y pasaba la mayor parte del día dormitando o semiinconsciente. Pese a ello, por respeto a su intimidad, los médicos se situaron en una esquina, en silencio y fuera de su alcance visual.

Tras una larga espera, y cuando ya estaban a punto de dejar la habitación, Oleg les hizo una señal para que se quedasen. La paciente había abierto los ojos y empezaba a moverse ligeramente sobre la cama hasta que comenzó a dialogar consigo misma, con leves balbuceos, cambiando constantemente el tono de voz:

—Yulija, ¿qué estás haciendo en esta cama?... Estoy enferma, muy enferma. Me voy a morir... ¡Eres una mentirosa! ¡Mala y mentirosa...! ¿Por qué me dices esto, Yulija? —siguió hablando, ahora en voz más alta y agitándose inquieta en la cama.

—Estás jugando a los médicos con los doctores en lugar de conmigo… Pero si estoy sola en mi habitación… ¿Ves cómo mientes? Están de pie, a tu lado, con batas blancas.

El grupo de neuropsiquiatras se miraron unos a otros, aguantando la respiración para no hacer el menor ruido. Sofía observaba atentamente, pero sin acabar de entender lo que estaba pasando en aquella habitación. El ruso no figuraba en la lista de idiomas de la políglota científica.

—Papá ha bebido otra vez, me ha pegado y castigado en el cuarto oscuro. ¡Tengo mucho miedo, ven, por favor!

La paciente intentó incorporarse, pero no tenía fuerzas para ello. Tras un par de espasmos volvió a cerrar los ojos y se quedó profundamente dormida.

Una vez fuera de la habitación, Irina y Oleg tradujeron para Sofía las palabras de la paciente. Se llamaba efectivamente Yulija y había tenido una infancia terrible. Su padre, alcohólico, le pegaba. Al cumplir ocho años, este había matado a su madre de una paliza y ella tuvo que ser criada en un orfanato de Leningrado.

La mujer rusa estaba hablando consigo misma desde otra dimensión temporal y con una perspectiva ajena a la de su propio cuerpo. Asombrada por la experiencia, Sofía apuntó en su libreta todos los detalles de lo sucedido.

El segundo día vieron un par de casos más, pero revistieron mucho menor interés para la neuropsiquiatra catalana. Tras despedirse de sus colegas científicos, se dirigió al palacio del Hermitage.

Dedicó un par de horas a visitar las salas más destacadas del inmenso museo antes de centrarse en su objetivo. Después de preguntar a un vigilante dónde podría encontrar la biblioteca y el archivo histórico, bajó al sótano del edificio central.

Un interminable pasillo flanqueado por decenas de puertas a derecha e izquierda la separaba de su destino.

Al llegar, el encargado del archivo le dijo que las salas que había dejado atrás contenían casi tres millones de obras, que era imposible exponerlas en la colección permanente del museo. También le informó de que durante la Revolución de Octubre hubo muchos saqueos y parte de los archivos de los Romanov se habían perdido en aquellos años convulsos.

Tras familiarizarse con la ordenación y clasificación de los documentos, localizó el apartado correspondiente al zar Alejandro I y los primeros años del siglo XIX. Pasó un buen rato hasta que encontró alguna referencia a la bodega del antiguo palacio de Invierno de la familia imperial. Se encontraba asimismo en el sótano, pero, según los documentos que pudo consultar, los bolcheviques dieron buena cuenta de los caldos allí guardados cuando penetraron en el edificio.

No encontró ninguna mención a las botellas que presuntamente habría recibido Alejandro I durante la boda de Napoleón, pero sí una información que podía ser extremadamente valiosa para localizar el vino del alquimista.

Años después de aquel histórico enlace matrimonial, Nicolás I sucedió a su hermano Alejandro como zar de Rusia. Ya antes de su nombramiento, el gran duque Nicolás había establecido una buena amistad con el marqués de Lungobaldi, un culto aristócrata toscano con el que mantenía relación epistolar y que lo había visitado en alguna ocasión.

La familia Lungobaldi tenía una inmensa extensión de viñedos donde elaboraban algunos de los mejores *chianti* de la zona. Además de viticultor, el marqués se vanagloriaba de poseer la mejor colección de vinos del sur de Europa, y, en una de sus visitas a San Petersburgo, Nicolás I le obsequió con una pequeña selección de botellas de su bodega. El nuevo zar no compartía ni de lejos la afición al vino de su hermano, por lo que el gesto con el aristócrata italiano no le supuso un gran sacrificio ni fue un alarde de generosidad.

Difícilmente las botellas de la bodega Romanov habrían sobrevivido a las hordas bolcheviques, por lo que, si la botella de fray Ambrós aún existía, solo podría encontrarse en la colección de aquella familia toscana. Y esa información no debía llegar de ningún modo a la persona equivocada. Apuntar el nombre Lungobaldi ya daba algunas pistas, por lo que Sofía lo memorizó antes de devolver los documentos a su lugar en las estanterías de la inmensa biblioteca.

Recorrió de nuevo los kilométricos pasillos del sótano hasta llegar a la escalinata central que conducía a la salida.

Al acercarse a la puerta, se quedó petrificada. El calco de Isaac Asimov estaba en el exterior del museo, conversando con otro hombre. Ambos iban abrigados con gabardinas beis, idénticas a la que usaba el detective Colombo en la popular serie de televisión.

Convencida de que no podía ser una coincidencia toparse de nuevo con aquel personaje, Sofía aprovechó que estaba distraído para cambiar de rumbo y dirigirse de nuevo, con disimulo, al interior del museo. Desgraciadamente, el hombre de las patillas ya la había divisado por el rabillo del ojo.

Tras percatarse de su presencia, hizo una seña a su compañero y entraron en el museo a toda prisa, apartando de un empujón al vigilante.

26

Pasadas las diez de la noche, agotado por el trajín de todo el día, Víctor se despidió de su hermano y de Rosa, y subió las escaleras para irse a dormir. Antes de entrar en su habitación, vio que su sobrina aún estaba despierta. Salía luz por debajo del quicio de su puerta, así que decidió entrar para darle las buenas noches.

María se alegró al ver a su tío. Estaba leyendo *El tesoro de Rackham el Rojo*, uno de los tomos de Tintín que Ramón había rescatado de aquella polvorienta estantería del trastero. Sus padres no le habían contado nada de lo sucedido y era mucho mejor así. Los niños son muy impresionables y vivir con miedo es el mayor obstáculo para ser libre. Víctor lo sabía muy bien: el shock postraumático tras el accidente de Los Rodeos y su patológico miedo a volar habían condicionado su vida, y mucho, desde entonces.

—¿Qué haces aún levantada? Mañana te toca madrugar para ir al colegio.

También él solía quedarse leyendo hasta las tantas, a veces con una linterna bajo las sábanas para que no lo viera su madre. La pasión por la lectura es algo que se despierta en los primeros años de la infancia.

—Es que me encantan estos cómics, *tiet*. Cuando empiezas a leerlos, es imposible dejarlos.

Sonrió con una expresión de sincera felicidad mientras chocaba el puño con el de la niña.

—No sabes lo que me alegra. Con ellos recorrerás todo el mundo y te convertirás en una auténtica exploradora. A tu edad, yo ya había viajado con ellos a la jungla amazónica, las cumbres del Tíbet o el desierto del Sahara. ¡Ya lo verás!

—Me río muchísimo con el capitán Haddock y me encantan los misterios que Tintín consigue resolver. El que acabo de leer es fantástico. Viajan hasta el Caribe para buscar un tesoro y, fíjate, al final lo encuentran allí mismo, en Bruselas, delante de sus narices.

—Lo recuerdo muy bien, María, era uno de mis álbumes favoritos —dijo Víctor con nostalgia mientras la niña hojeaba el cómic con la mirada ensimismada—. Y ahora, a dormir, jovencita. Seguro que esta noche sueñas con piratas y tesoros.

Dio un beso en la frente a su sobrina y se fue a su cuarto.

Sentado a los pies de la cama, su cabeza trataba de procesar la conversación con Ramón y Rosa. Con casi absoluta certeza, quien había asaltado su casa era el mismo tipo pelirrojo al que había visto en el archivo de París y que casi le quita la vida pilotando aquel Mercedes negro. Hablaba alemán, por lo que sin duda guardaba relación con la empresa farmacéutica Abbey, o incluso con la misma familia Von Elfenheim. De repente, a Víctor se le encendió una bombilla y recordó aterrado la primera vez que lo había visto, a su lado izquierdo, mientras las llamas devoraban la noble ebanistería de La Puñalada.

Estaba muy inquieto, pero el cansancio acumulado hizo mella en el sumiller y pronto Morfeo lo meció en sus acogedores brazos.

No eran ni las cuatro de la madrugada cuando se despertó, sobresaltado, en medio de un sueño. Estaba allí mismo, en Cal Concordi, con su abuelo Domingo. Bajaban juntos a la bodega y este sacaba una botella de un sucio y mohoso rincón. Tras quitarle varias capas de polvo y telarañas, se hizo visible el número 314 sobre el vidrio esmerilado.

—Aquí mismo lo tienes, delante de tus narices, el vino que fray Ambrós le regaló, hace tanto tiempo, a mi tatarabuelo —le decía su *avi*.

«Al final lo encuentran allí mismo… Delante de sus narices». Las palabras de su sobrina María le retumbaban en el cerebro y se entremezclaban en aquel instante revelador con las que su abuelo Domingo había pronunciado en sueños y que relacionaban al fraile alquimista con un antepasado suyo. Poco le faltó para golpearse la frente gritando «¡Eureka!».

«Cómo no se me había ocurrido antes… —pensó—. No tengo que buscar en París ni en San Petersburgo, sino aquí mismo, en el Priorat». Ismael no eligió a un Morell únicamente por sus dotes de sumiller.

En ese momento recordó que llevaba días sin noticias del enigmático emisario de aquella peligrosa aventura. Estaba convencido de que pronto lo contactaría, por lo que decidió anticiparse a la jugada. Pero en esta ocasión no le diría toda la verdad. Se iba a esmerar para distorsionar un poco la información.

Tras desayunar con su familia, tomó el Nokia y marcó el único número al que estaba autorizado en ese dispositivo. Sonó varias veces el tono de espera hasta que finalmente respondió una voz conocida.

—Víctor, ¡qué sorpresa! Pensaba que se lo había tragado la tierra…

—Buenos días, Ismael. Aún no estoy bajo tierra, pero cada día que pasa me encuentro más cerca de ello —prosiguió, sarcástico.

—¿A qué se refiere?

—Nuestros competidores están estrechando el cerco. Hace dos días asaltaron a mi hermano en su casa para averiguar mi paradero.

—Vaya, no sabe cómo lo siento…

—¡Déjese de hipocresías! Lo que me suceda a mí o a mi familia le importa un bledo. Si yo desapareciera, usted lo vería como un mero contratiempo para conseguir su maldito trofeo. Tendría que encontrar a otro incauto.

—Le ruego que mida sus palabras, Víctor. Nunca le dije que este asunto fuera fácil. A estas alturas, no deberían ya sorprenderle las acciones de nuestros adversarios.

—Pensaba que recibiría algún tipo de apoyo por su parte, pero veo que lo único que puedo esperar de usted es que vaya engrosando mi saldo bancario. Por cierto, gracias por la reciente transferencia.

Su interlocutor se quedó callado y visiblemente confundido por el cambio de tono que estaba percibiendo en el sumiller.

—¿Voy a estar igual de solo e indefenso en San Petersburgo? Las mafias rusas no se andan con remilgos en el imperio de oligarcas que ha creado Boris Yeltsin.

—Por motivos que no le incumben, no se me permite la entrada a Rusia —dijo Ismael sin perder la calma—. Por eso le he encomendado a usted el viaje. Conozco más gente en ese país de la que usted puede imaginar, pero es mejor que nadie sepa de nuestros planes. Y mucho menos de la botella.

Víctor permaneció un rato en silencio pensando en Sofía, quien había viajado a San Petersburgo por los dos. Ismael aún no sabía de su existencia y, por su parte, haría todo lo posible para que siguiera siendo así.

—Así lo haré. Le mantendré puntualmente informado de lo que averigüe en Rusia. Si sobrevivo, claro está.

Cuando colgó el teléfono, Víctor se sentó para tomar aire y relajarse. Esperaba que Ouspensky nunca adivinara lo lejos que se encontraba en aquel momento de la antigua capital de los zares.

Siguiendo su intuición, acto seguido bajó al sótano de Cal Concordi para inspeccionar una a una todas las botellas que su hermano guardaba en la bodega. Registró hasta el último rincón para ver si podía localizar algún escondrijo. Sin embargo, lo único que descubrió levantando viejas azadas y garrafas de vino fue el hocico de un ratoncillo de campo asomando por un hueco en la pared.

Dedicó el resto de la mañana a rebuscar también en la polvorienta habitación del primer piso que Ramón usaba como trastero. Aparte de realizar un nostálgico recorrido por su infancia, descubriendo su *Cine NIC* y los *Juegos Reunidos Geyper*, no encontró nada que pudiera resultar de interés. Si la misteriosa botella de vino se encontraba allí o si existía algún documento que relacionase a fray Ambrós con la familia Morell, debería buscarlo en otro lado.

Aquel «aquí mismo lo tienes, delante de tus narices» que había emergido de su subconsciente bien podría hacer referencia a la morada de fray Ambrós, por lo que esa misma tarde decidió volver a Scala Dei dispuesto a encontrar algún detalle que pudiera arrojar luz a su investigación.

Como el Peugeot blanco podía dar pistas a sus perseguidores, hizo el trayecto a pie. Eran unos cinco kilómetros y, con sus largas zancadas, Víctor no tardó en llegar. El día era soleado y una fresca brisa mecía las hojas de la vid, cada vez más secas y cercanas a su caída definitiva antes del invierno.

No encontró ni un alma en las ruinas del monasterio. Tras cruzar las arcadas de la entrada y atravesar la hermosa fachada renacentista, anduvo hasta la parte más alejada del recinto, donde había localizado el símbolo de la abeja, ahora ya definitivamente asociado a la Hermandad Sarmoung. Tras los recientes descubrimientos, ya no le cabía duda de que esos muros en ruinas habían albergado al monje alquimista durante su estancia en la cartuja.

Siguiendo un impulso, se dispuso a desbrozar aquella zona. Al igual que el musgo camuflaba el enigmático relieve, otras pistas podían estar ocultas entre la maleza. Con una hoz y unas tijeras de podar, fue eliminando con dificultad las malas hierbas y las zarzas que se habían adueñado del lugar. Poco a poco iban quedando al descubierto las irregulares losetas de granito que formaban el suelo de la antigua celda. El trabajo era arduo y Víctor no estaba acostumbrado a aquella clase de labores. Tras un par de horas, solo había conseguido despejar seis baldosas y una dolorosa ampolla empezaba a formársele en la mano derecha.

El sol estaba ya declinando y no le quedaba mucha luz de día, pero decidió seguir aclarando la parte lindante a los restos del muro derecho. Cortó primero una enorme zarza, que le produjo heridas y rasguños en todo el brazo izquierdo.

Aunque la superficie despejada aún estaba recubierta de hierbajos, pudo divisar entre los mismos un fragmento de hierro oxidado.

Limpió la zona circundante con la hoz hasta que quedó a la vista una argolla metálica fuertemente anclada a la loseta. Víctor sintió que se le erizaba la piel de todo el cuerpo. Notó una emoción parecida a la de Howard Carter cuando divisó entre la arena del desierto el primer peldaño que conduciría a la tumba de Tutankamón, el hito más famoso en la historia de la arqueología.

Antes de abandonar el lugar, volvió a colocar el manojo de zarzas cortadas encima de las ruinas para evitar que su hallazgo fuera descubierto por algún visitante indeseado.

Su corazón bombeaba como un compresor, y no precisamente por el esfuerzo físico realizado.

27

Sofía atravesó con rapidez varias salas de la enorme pinacoteca. Pese a avanzar con todo el disimulo que podía para evitar llamar la atención de los guardias de seguridad, vio que los individuos de la gabardina acabarían por darle alcance. Giró a la izquierda al final de la sala de los Tintorettos y entró en la sección de arte clásico. La persecución prosiguió entre antiguas esculturas grecorromanas de mármol.

La científica se agazapó detrás del friso jónico procedente de un templo siciliano. Conteniendo la respiración, oyó cómo sus perseguidores pasaban por delante y se alejaban.

Esperó un rato para abandonar la sala, como un lagarto reptando fuera de su escondrijo, y se dirigió sigilosamente a la puerta por la que había entrado.

No le cabía duda de que los hombres con gabardina volverían sobre sus pasos hasta encontrarla, así que Sofía atravesó con celeridad puertas y más puertas del inmenso museo.

Dejó atrás una sala repleta de cerámicas corintias en tonos rojo y negro hermosamente decoradas con escenas mitológicas. Al pasar a la sala contigua, dedicada al antiguo Egipto, vio que uno de sus perseguidores escrutaba la vasta colección de sarcófagos, casi todos del periodo ptolemaico. Sofía se camufló sigilosamente detrás de una columna. Las gotas de sudor le recorrían la espalda mientras los oía acercarse a aquellos inmensos ataúdes.

La entrada de un nutrido grupo de japoneses, con una guía que hablaba a través de un pequeño megáfono, hizo que ellos ahuecaran el ala y pasaran a la sala contigua.

Cuando el tumulto se alejó de allí, al poco rato un silencio de ultratumba la envolvió tanto a ella como a los momificados inquilinos de aquella enorme estancia.

La neuropsiquiatra esperó aún un largo minuto para abandonar la columna tras la que se había parapetado.

Decidió salir por un ala distinta del edificio, convencida de que aquellos hombres la estarían esperando en la puerta principal. Esto la obligó a recorrer decenas de salas hasta llegar a un acceso en la parte trasera del inmenso palacio.

Tras abandonar el Hermitage a toda prisa, Sofía se dirigió hacia la iglesia ortodoxa del Salvador. Allí se mezcló con las riadas de turistas que circulaban por las estrechas callejuelas y canales del centro de la ciudad. La tensión acumulada no le permitió admirar aquel maravilloso templo como se merecía. Con sus cúpulas doradas y multicolores parecía extraído de un cuento de las *Mil y una noches*.

Después de asegurarse de que los hombres con gabardina no la habían seguido, encendió un cigarrillo, atravesó los jardines de los alrededores y cruzó el río Neva por el majestuoso puente de la Trinidad.

Pese a un cierto abandono durante el periodo soviético, San Petersburgo seguía rezumando el esplendor y carácter aristocrático que en su día tuvo como capital del Imperio ruso. A pocos metros de su hotel, Sofía se detuvo frente a la hermosa mezquita de la capital imperial. Sus azulejos color turquesa y las filigranas de la puerta principal recordaban enormemente a muchas otras que había conocido en las primeras etapas de su vida.

Con el miedo aún en el cuerpo, una vez encerrada en su habitación, se dio un reconfortante baño para calmarse. El agua era un bálsamo para ella. Su deporte favorito siempre había sido la natación, que no solo le servía para mantenerse en forma, sino también para relajarse en un medio ingrávido. Focalizarse en la respiración a cada brazada constituía para ella una práctica de meditación.

Había quedado aquella noche para cenar con el doctor Drizhenko y despedirse, pero habría preferido anular la cita y permanecer oculta en su habitación hasta su vuelo de regreso.

Mientras se arreglaba, vio por la ventana cómo empezaba a nevar. Una repentina melancolía se apoderó de ella al contemplar cómo los copos de nieve caían livianamente bajo aquel cielo grisáceo, como las gráciles bailarinas de la película *Fantasía* de Walt Disney, al compás de la suite del *Cascanueces*.

Con un gorro de lana, se anudó una bufanda al cuello y salió del hotel. La temperatura iba descendiendo y aquella noche prometía ser especialmente gélida.

Tomó un taxi para dirigirse al Old Custom, en la isla Vasilievsky. El restaurante se encontraba en un edificio abovedado del siglo XVIII, construido por el zar Pedro I para proteger las mercancías de las crecidas del río Neva. Drizhenko había llegado ya y la esperaba sentado en una discreta mesa al fondo de la sala.

—¿Qué tal ha ido el día? ¿Te está gustando San Petersburgo?

Sofía hizo esfuerzos para aparentar normalidad.

—Sí, es una ciudad muy hermosa. He podido hacer una corta visita al Hermitage y he paseado por la zona alrededor de la plaza del palacio. Es una lástima que mañana ya tenga que regresar, la ciudad merecería al menos una semana entera.

—Seguro que pronto tendremos otra oportunidad para que nos visites de nuevo. Estamos avanzando mucho con los escáneres de pacientes con alzhéimer. Las conclusiones serán muy complementarias a las de tu línea de investigación.

—Me interesan especialmente los estudios con hipnosis que comentamos ayer con Irina y Oleg. Me parece fascinante que, pese a su pérdida total de memoria y capacidad cognitiva, podamos comunicarnos con el paciente.

El camarero interrumpió la conversación para servir una fuente de caviar rodeada de hielo. Acompañarían ese manjar con vodka Beluga y blinis con mantequilla.

—Espero que disfrutes de la cena, doctora. Es lo mínimo que puedo hacer para agradecerte tu visita.

Sofía pensó que aquella carísima cena excedía las reglas de cortesía entre investigadores. Intuía que el interés del neurólogo ruso por ella no se limitaba a su aportación científica.

Con mucha mano izquierda, fue esquivando las insinuaciones que el doctor le fue dirigiendo a lo largo de la velada, devolviendo la conversación siempre hacia el terreno de la ciencia. Aprovechó que el investigador ruso conocía poco la figura de Ramón y Cajal y su aportación a la neurología para enfocar allí su interés y evitar incómodos silencios.

Terminada la cena, se dejó caer sobre la cama del hotel. Estaba agotada. En pocas horas había sufrido dos acosos de diferente índole, de los que afortunadamente había conseguido salir indemne.

Antes de acostarse, llamó a la recepción para pedir conexión telefónica internacional.

28

La familia Morell estaba cenando en el comedor cuando sonó el teléfono en Cal Concordi. Raramente recibían llamadas a esa hora, así que Ramón se levantó, algo sobresaltado, para atenderla.

—Es una voz de mujer. Quiere hablar contigo, *germanet*.

Víctor saltó de su silla como un resorte para tomar el auricular.

—Hola, Sofía —respondió, casi susurrando—. ¿Cómo estás? ¿Has podido averiguar algo?

—Solo en parte, pero podría haberme ahorrado el viaje. En el Hermitage no encontrarás rastro alguno de la bodega de los zares. Todo se evaporó durante la Revolución rusa.

—El alcohol es muy volátil, sobre todo si es de calidad.

Ella sonrió para sus adentros. Le gustaba su fino sentido del humor.

—Sospecho que la botella de fray Ambrós está en la Toscana, en manos de un coleccionista —le informó ella.

La sorprendente revelación provocó un breve silencio al otro lado de la línea.

—Hum… ¿la Toscana? Yo también tengo mucho que contarte, pero ahora estoy cenando con mi familia. Dispongo de un teléfono móvil propio, apúntate el número y me llamas en media hora, ¿de acuerdo?

Oyó cómo Sofía garabateaba los dígitos en un papel antes de despedirse.

—Hablemos mejor mañana, hoy he tenido un día movidito y estoy exhausta. —Antes de colgar, añadió—: Por cierto, consuélate. Ya no eres el único al que están persiguiendo.

Víctor se quedó inmóvil unos segundos, con el auricular sujeto en la mano derecha, hasta que Ramón lo sacó de su ensimismamiento.

—¿Está todo bien?

—Sí, sí, no te preocupes.

—¿Escondes algún secreto? No me dirás que te has echado novia…

El pequeño de los hermanos se sonrojó ante el comentario. Ya le gustaría que su relación con Sofía fuera más allá de aquella investigación clandestina.

—No caerá esa breva, Ramón, pero es cierto que hay algo que debo contarte —dijo para desviar a su hermano del asunto sentimental—. Esta tarde he ido a Scala Dei y he hecho un descubrimiento muy interesante. Se trata de una loseta que tiene sujeta una argolla de hierro, sospecho que para poder levantarla. Voy a necesitar tu ayuda para tirar de ella y moverla. Imagino que pesará como un muerto.

—Cuenta con ello, pero ¿crees que podremos desincrustarla del suelo? El monasterio lleva muchísimos años abandonado.

—Sinceramente, no lo sé, pero me gustaría intentarlo. Tengo el presentimiento de que allí abajo puedo encontrar lo que estoy buscando.

Un escalofrío recorrió la espalda de Ramón al oír esas palabras.

—¿Cómo podemos asegurarnos de que no aparecerán de nuevo los tipos con pasamontañas?

—Iremos allí ahora mismo —dijo Víctor con resolución.

—¿Quieres ir de noche? —se escandalizó su hermano—. ¡Pero si no podremos ver casi nada! Además, amenaza tormenta.

—Esta es una carrera contrarreloj, no podemos perder ni un minuto. Y de día será mucho más fácil que detecten nuestros movimientos.

Ramón no las tenía todas consigo. Siempre había sentido mucho respeto por los temas sobrenaturales y seguía muy impresionado por el reciente testimonio de Braulio Pont antes de morir. Sin embargo, no quería dejar a su hermano solo en aquella empresa.

—Como quieras, Víctor. Voy a buscar las herramientas que nos puedan hacer falta.

Media hora más tarde, los hermanos Morell conducían camino de las ruinas de Scala Dei, equipados con pico y pala, linterna, agua y una barra metálica para hacer palanca.

Era ya la una de la madrugada y no se veía ni un alma. Cien metros antes de llegar, apagaron las luces del coche y lo aparcaron en un solar apartado de la carretera.

Aunque el cielo estaba cuajado de nubes, la luna en cuarto menguante iluminaba lo suficiente para no necesitar luz artificial mientras cruzaban el recinto y se dirigían a su extremo más alejado. Una vez que llegaron a la presunta celda de fray Ambrós, Víctor encendió la linterna y mostró a su hermano el misterioso símbolo de la abeja, tras retirar con una espátula la capa de barro que lo tapaba.

—Es muy largo de explicar, pero este jeroglífico es lo que me ha llevado a escudriñar un poco más a fondo este rincón. Prefiero que no pueda dar pistas a nadie más.

Volvió a cubrir el relieve con fango del charco adyacente y acercó una zarza para esconderlo en el mismo instante en que una lechuza ululaba siniestramente desde una rama próxima.

A continuación, apartó con el pie los restos de maleza que había cortado el día anterior y que cubrían la loseta para mostrarle la argolla a su hermano.

—¿Crees que nuestro abuelo perdió en estos muros su espada de madera?

—El viejo Braulio nos contó que estaban jugando en un extremo de las ruinas, tocando ya al macizo del Montsant. Es más que probable que nos encontremos en el mismo lugar.

—¿Y estás seguro de que quieres seguir adelante? Acuérdate de lo que sucedió aquella noche —dijo Ramón, aprensivo—. Hay asuntos que desconocemos y que quizá sea mejor no desvelar.

—No temas... Nuestro abuelo estaba muerto de miedo con su amigo aquel día. Seguro que fueron imaginaciones suyas.

Nada convencido, Ramón tomó la espátula y empezó a quitar la arena y la gravilla que se habían ido depositando durante siglo y medio entre la loseta de la argolla y las colindantes. Pasaron un buen rato en esa paciente labor, ayudándose para ello también con el agua de la garrafa, hasta que las cuatro rendijas quedaron completamente despejadas.

La temperatura en el Priorat era baja ya en las noches de noviembre, lo cual favoreció que no sudasen tanto por el esfuerzo.

Después de una breve pausa, en la que ninguno de los hermanos cruzó una palabra con el otro, se pusieron de nuevo manos a la obra. Introdujeron la barra de hierro en uno de los extremos e hicieron palanca para intentar mover la pesada losa, pero sin éxito. Estaba firmemente asentada en el suelo.

Tras varios intentos infructuosos, Víctor tuvo una idea. Sacó una cuerda que tenía en el maletero, ató un extremo a la argolla y la pasó por encima de la gruesa rama de un pino que había ido asomándose sobre las ruinas. Ramón volvió a hacer palanca con la barra mientras él tiraba de la cuerda con todas sus fuerzas.

Finalmente se oyó un crujido y la baldosa cedió, liberándose de la rígida unión que se había formado en decenios de abandono. Haciendo acopio de las fuerzas que les quedaban, consiguieron izarla y moverla a un lado, dejando al descubierto una pequeña y oscura cavidad de la que salieron reptando algunos ciempiés y bichos bola.

Cuando estuvieron recuperados del esfuerzo, acercaron la linterna para iluminar una húmeda cámara de poca profundidad y aproximadamente un metro de lado.

Tras apartar las telas de araña que cubrían gran parte de aquel lúgubre espacio, Víctor extrajo de su interior un par de libros o, más bien, lo que quedaba de ellos. Habían sido devorados en gran parte por larvas de insectos y moho, si bien en el tomo de uno de ellos podía aún leerse con claridad la palabra «Paracelsus».

Extrajo también un objeto metálico bastante liviano del tamaño de un ladrillo. Aunque estaba corroído por el orín, unas oxidadas bisagras permitían adivinar que se trataba de una caja.

El siguiente artefacto que Víctor iluminó con la linterna era más voluminoso y tenía una forma caprichosa. Mediante auténticos malabarismos consiguieron hacerlo pasar intacto por la estrecha abertura que había dejado la loseta.

Una vez en el exterior, vieron que constaba de varios tubos y recipientes esféricos conectados entre sí. El verdín acumulado le confería un bonito color turquesa y Ramón no dudó ni un momento en identificarlo.

—Es un viejo alambique de cobre. En el sótano de Cal Concordi hay uno muy parecido y en un estado igual de ruinoso. Papá lo usaba para destilar orujo de los restos del prensado de la uva.

Por un instante, Víctor recordó emocionado las tardes en que se encerraba con su padre para «hacer aguardiente». Siempre le había parecido un momento mágico, al igual que cuando este revelaba negativos a oscuras, sumergiéndolos en misteriosas cubetas con sustancias químicas. Juan Morell podía definirse como un agricultor ilustrado. Con muchas aficiones e inquietudes culturales, solía llevar a sus hijos a Falset los sábados por la tarde para ver sesiones dobles de cine. Aceptable intérprete de piano y lector empedernido, consiguió transmitir la pasión por las humanidades a su hijo menor.

Tras esta breve ensoñación, volviendo al hallazgo que acababan de realizar, Víctor murmuró:

—Quedan ya pocas dudas de que nuestro monje era realmente un alquimista…

Ramón se dio la vuelta para asegurarse de que no había ninguna presencia indeseada en los alrededores. Su imaginación engañaba a sus sentidos y le hacía percibir sombras, misteriosas corrientes de aire y sonidos indefinidos.

Dando ya la cámara por vacía, Víctor apartó la linterna de la abertura y se puso en pie. Aunque estaba temblando de miedo, su hermano se la pidió para echar él mismo una ojeada.

Tras meter medio cuerpo dentro de la estrecha cavidad vio que algo se les había pasado por alto. Escondido en una esquina, completamente cubierto de polvo y telarañas, el haz de luz iluminó un objeto con forma de botella.

Su corazón latía con fuerza mientras alargaba el brazo derecho para rescatarla de aquel rincón. ¿Habría descubierto el preciado objetivo de la búsqueda de Víctor?

29

Una vez fuera de aquella claustrofóbica cavidad, Ramón se sacudió el polvo de la camisa y le dio a su hermano el vetusto recipiente de vidrio. Tras apartar la gruesa capa de mugre que la hacía casi irreconocible, tuvieron una decepción.

La botella estaba vacía. Unos restos aún visibles de pintura blanca la identificaban inequívocamente con el número 313.

Un relámpago sacó a los hermanos Morell del asombro que los embargaba tras el increíble hallazgo. Se estaba acercando una fuerte tormenta de otoño.

—Hemos de llevarnos todo esto al coche y volver a casa cuanto antes, Víctor.

—¡Ayúdame a colocar la losa de nuevo en su sitio! No hay que dejar ningún rastro de lo que hemos descubierto hoy aquí.

Sirviéndose de nuevo de la soga, y casi sin resuello, consiguieron encajar la baldosa milimétricamente en su emplazamiento original. Los rayos se multiplicaban en el cielo y el tiempo hasta escuchar el trueno se iba acortando de modo amenazador. Las ráfagas de luz iluminaban intermitentemente la antigua celda del monje alquimista, proporcionándole un ambiente espectral.

Víctor volvió a recordar, con un escalofrío, la tumba de Tutankamón y la supuesta maldición que sufrieron sus descubridores al profanarla. Llenaron de barro las rendijas y se apresuraron a cubrir toda la zona con cascotes, zarzas y restos de maleza cortada.

Las primeras gotas de lluvia hicieron acto de presencia mientras llevaban las herramientas y los objetos encontrados hasta el coche. Les costó mucho más trasladar por aquellos pedregosos caminos el pesado alambique, a oscuras y envueltos en una tempestad cada vez más intensa.

Completamente empapados, finalmente consiguieron cargarlo todo y arrancaron el vehículo.

Llegaron a Cal Concordi a las cinco de la madrugada, y a Víctor le pudo más el agotamiento que la curiosidad por averiguar lo que escondían las reliquias de fray Ambrós.

Sofía había dormido intranquila aquella noche y se levantó temprano. Recogió su habitación, se duchó y desayunó unas tostadas con mantequilla y huevas de salmón en el mismo hotel. Tras vaciar el último sorbo de té que quedaba en el samovar, se enfundó abrigo, gorro y guantes para salir a la calle. La temperatura matinal estaba claramente por debajo de los cero grados.

Giró en la primera esquina a la derecha y se dirigió a una vetusta peluquería que había visto de camino a la universidad. El escaparate estaba lleno de pelucas demodé y olía fuertemente a laca y perfume barato. Muy a su pesar, decidió entrar para cortarse el pelo y teñirlo de un color castaño rojizo. Su rubia coleta, visible seña de identidad, había pasado a mejor vida.

Algo más protegida por su nueva imagen, deshizo sus pasos hasta el hotel y subió a su habitación. Eran casi las diez cuando decidió llamar a Víctor.

El teléfono sonó cinco o seis veces antes de que este descolgase. No habían pasado ni cinco horas desde que se acostara y estaba profundamente dormido. Balbuceó algo parecido a un saludo.

—No me extenderé mucho, Víctor —le dijo ella casi en un susurro—. Te estoy llamando desde el teléfono del hotel y la conferencia me costará un riñón.

El sumiller se incorporó en la cama, miró de reojo su reloj de pulsera y se aclaró la voz.

—¿Cómo te va por San Petersburgo? —preguntó preocupado.

—Pues no muy bien, si te soy sincera. Hay dos personas que me están siguiendo. No me explico cómo han dado conmigo, pero ayer casi me dieron caza en el Hermitage.

—¿Crees que están relacionados con Abbey?

—No tengo ni la más mínima idea. Parecían agentes de la *Intelligentsia*. Están más informados de lo que creemos y dudo de que tengan buenas intenciones. —Sofía suspiró antes de proseguir—: De momento, les he podido dar esquinazo, pero están sobre mi pista ya desde París. Reconocí a uno de los perseguidores en el vuelo de ida.

Cada vez más inquieto, Víctor recordó la conversación que había mantenido con ella hacía apenas unas horas.

—Me dijiste que la próxima etapa de la búsqueda sería en la Toscana, ¿no?

—Ya hablaremos de ello… Primero tengo que escapar con vida de este nido de espías. Mi billete de vuelta a París es hoy a las dos de la tarde. Saldré ahora mismo hacia el aeropuerto y desde allí veré cómo ir a Florencia… ¡Si consigo escabullirme!

—Vigila y mantenme informado, por favor.

Sofía colgó casi sin despedirse y bajó a la recepción con su maleta para hacer el *check-out* y pedir un taxi para el aeropuerto.

No tardó mucho en llegar un viejo Lada. Era muy parecido al Seat 124 que había tenido su padre a principios de los años ochenta y con el que ella había hecho sus primeras prácticas para sacarse el carnet de conducir. Antes de subir, con las pocas palabras de ruso que conocía, negoció la carrera con el taxista. Este pedía cien rublos, pero sabía por el doctor Drizhenko que no eran más de treinta o treinta y cinco. Finalmente quedó en cuarenta.

Un poco de mala gana, el chófer cargó el maletero, cerró bruscamente la puerta y la llevó a toda velocidad por las sinuosas calles y los estrechos canales del centro de San Petersburgo. Por el camino pudo admirar otros esplendorosos palacios e iglesias de la antigua ciudad imperial.

Sofía agradeció llegar a Púlkovo en poco más de media hora. Lo único que deseaba en aquel momento era abandonar Rusia cuanto antes.

Bajó del Lada y, tras pagar la carrera, entró en la zona de salidas del aeropuerto observando escrupulosamente a la gente a su alrededor.

Se dirigió a los mostradores de facturación de Aeroflot. Habían pasado ya seis años desde la caída de la Unión Soviética, pero Púlkovo aún no había acometido las reformas necesarias para convertirse en un moderno aeropuerto internacional. La cola era bastante caótica, aunque no tardó mucho en ser atendida, facturar la maleta y obtener su tarjeta de embarque.

Ligera de equipaje, recorrió un largo pasillo hasta llegar al control de pasaportes. Con sus rancios uniformes, los funcionarios aún tenían la temida estampa de la antigua KGB.

Sofía se encaminaba ya al mostrador cuando divisó a uno de sus perseguidores apoyado en una columna. Con sus largas patillas, iba pasando las páginas del *Pravda*, haciendo ver que se ponía al día de la actualidad.

Aunque su imagen hubiera cambiado radicalmente tras su paso por la vieja peluquería, frenó en seco y se situó fuera del alcance visual de aquel personaje. El ritmo cardiaco se le había acelerado bruscamente. Debía tranquilizarse para pensar en cómo salvar el obstáculo que se le presentaba.

Pasó un tiempo observando a la gente procedente de la zona de facturación. De nuevo le llamaron la atención los inexpresivos y pálidos rostros de los ciudadanos rusos, así como su dudoso gusto en el vestir. Predominaban el gris y el beis en prendas que distaban mucho del estilo *prêt-à-porter*.

Distraída en su breve análisis sociológico, de repente vislumbró la solución que estaba buscando. Una chica joven y elegante se acercaba garbosamente hacía allí, agitando al andar una rubia cola de caballo. Guardaba un parecido notable con ella… o, más bien, con su imagen hasta hacía pocas horas.

Aquello era sin duda un golpe de fortuna.

Cuando vio que se cerraban las páginas del *Pravda*, Sofía se deslizó disimuladamente hasta el mostrador más despejado para hacer cola.

Solo dos personas la separaban de entrar en zona segura. El hombre de la gabardina abandonó su columna para atajar el camino a la rubia viajera y la apartó discretamente hacia un lado, haciendo caso omiso de sus protestas.

Mientras tanto, la neuropsiquiatra recibió la señal del policía invitándola a pasar. Tras un seco saludo, el funcionario la miró varias veces comparándola con la foto del pasaporte. No veía claro que se tratase de la misma persona. El control le pareció que tardaba una eternidad, sobre todo cuando vio, por el rabillo del ojo, que la chica de la coleta había conseguido deshacerse de su perseguidor. Unas gotas de sudor comenzaron a humedecerle la frente durante la tensa inspección.

El agente se disponía ya a hacer una llamada de seguridad cuando ella abrió el bolso y sacó su DNI de la cartera. Una foto de mejor definición la mostraba rubia, pero con el mismo peinado corto que lucía ahora. Tras dudar unos instantes, la observó con rostro severo. Chasqueando la lengua, tomó el sello de goma y estampó con fuerza la fecha de salida en el pasaporte.

—*Spasiva* —respondió Sofía aliviada al recoger el documento.

Se alejó a grandes zancadas de la zona de seguridad sin sospechar que su paso por el control de policía no había pasado desapercibido. En ese mismo momento, los dedos de una mano robusta estaban girando el disco de un anticuado teléfono.

30

Eran las diez de la mañana. Tras una noche tormentosa, el sol iluminaba con todo su esplendor las agrestes terrazas pizarrosas del Priorat y las ruinas de Scala Dei volvían a estar sumidas en el plácido letargo del olvido. Nadie podría sospechar la frenética actividad que había tenido lugar la noche anterior en el rincón más alejado del otrora próspero monasterio cartujano.

A pocos kilómetros de distancia, en el sótano de Cal Concordi, Víctor Morell se había sentado a una mesa repleta de frascos con tornillos, pinceles y herramientas varias que su hermano utilizaba.

Con un trapo mojado, empezó a frotar y limpiar la vieja botella encontrada hacía pocas horas en la cámara secreta de fray Ambrós. Era de vidrio esmerilado, de color oscuro, casi negro, y los restos de pintura blanca hacían ahora más visibles las tres cifras que la identificaban con el número 313.

Estaba vacía, pero iluminando el interior se divisaba una fina capa de sedimento, que quizá podría ser analizado en un laboratorio.

Desde su silla giratoria, la observaba y sujetaba en la mano como el príncipe Hamlet planteándose la existencia frente a una calavera. Un solo número separaba al sumiller de su objetivo, que cada vez parecía estar más cerca. En estos momentos ya no le cabía ninguna duda de la existencia de la botella 314 y estaba dispuesto a encontrarla, costara lo que costase.

Dejó la botella sobre la mesa y puso a su lado los libros o, más bien, lo que quedaba de ellos. Uno de ellos estaba completamente deteriorado y sus páginas se deshacían con facilidad tan solo presionando con los dedos. El segundo tomo se hallaba en mejor estado. La encuadernación de cuero marrón se había enmohecido, pero en algunos puntos aún podían adivinarse unas filigranas renacentistas repujadas con pan de oro. Abrió aquel antiguo tomo con ceremoniosidad y empezó a hojearlo.

Las páginas interiores estaban muy dañadas, tanto por la acción de la humedad como por los cráteres que los insectos bibliófagos habían ido formando durante años mientras devoraban la celulosa. Sin embargo, algunas páginas aún eran medianamente legibles, entre ellas la anteportada:

THEOPHRASTI
PARACELSI

PHILOSOPHIAE ET
MEDICINAE UTRIUSQUE
UNIVERSAE,
COMPENDIUM

DE VITA LONGA
Plenos mysteriorum, parabolarum,
aenigmatum

BASILEAE
M.D.LXVIII

Víctor sonrió para sus adentros al ver escritos juntos los nombres de Theophrastus y Paracelso. Gracias a Sofía, las indagaciones en la Grande Chartreuse no habían sido infructuosas.

Una pequeña marca que sobresalía del libro lo incitó a abrirlo en la página 160, aproximadamente a la mitad del volumen. Los estragos de la humedad y el papel agujereado solo permitían leer fragmentos aislados. En cualquier caso, el poco latín que había aprendido Víctor en bachillerato estaba más que oxidado. Descifrarlo prometía ser una ardua tarea.

Leyendo en diagonal la página marcada, un párrafo visible en una esquina le llamó poderosamente la atención: *Dosis sola facit venenum.*

No hacía falta ser Séneca para entender su significado: solo la dosis hace el veneno. Paracelso había vivido en Suiza en la segunda mitad del siglo XVI y fue un conocido científico que puso las bases de la toxicología en la medicina moderna. ¿Guardaría esta frase alguna relación con el vino elaborado por el monje?

Víctor apiló el libro sobre el otro, encima de la mesa, al lado de la botella esmerilada y el alambique. El conjunto formaba un misterioso y esotérico bodegón, digno de un fraile alquimista.

Igual de oxidado que su latín se encontraba el objeto rectangular con bisagras laterales que había creído identificar como una caja. Toda la superficie era una costra homogénea de sales metálicas y orín, que se podría eliminar con vinagre. Sin embargo, sumergirlo durante horas en una disolución ácida destruiría con toda probabilidad lo que pudiera albergar en su interior.

Víctor se dirigió a una pared del sótano donde su hermano tenía colgadas algunas herramientas y agarró una sierra para cortar metales.

Una lluvia torrencial estaba cayendo ese misma día sobre París. Tras un par de intentos infructuosos, el Ilyushin de Aeroflot había conseguido tomar tierra en el aeropuerto Charles de Gaulle entre los aplausos de algunos pasajeros aliviados por el fin de la odisea.

Sofía bajó del avión, recogió su maleta y salió con paso decidido por la puerta de llegadas. Se dirigió a una escalera mecánica para subir a la zona de facturación, sin darse cuenta de que alguien la seguía con la mirada y comenzaba a andar tras pasar ella por delante.

La neuropsiquiatra se detuvo delante de un panel para informarse de los próximos vuelos. Un avión de Alitalia salía en pocas horas a Florencia. Partió inmediatamente hacia la oficina de la compañía italiana, seguida a cierta distancia por una mujer joven, vestida de ejecutiva con zapatos de tacón y un traje de chaqueta gris.

Los pasillos del aeropuerto eran lo más parecido a la torre de Babel. Toda clase de razas, nacionalidades y religiones se entrecruzaban hablando francés, inglés, árabe y un sinfín de idiomas. Tras localizar la oficina y comprar su billete, buscó un teléfono para llamar.

Víctor se disponía a serrar aquel oxidado objeto cuando sonó un móvil. Aliviado, vio que no era el que le había dado Ismael. Se apresuró a contestar:

—He conseguido dar esquinazo a mis perseguidores y te llamo desde una cafetería del aeropuerto de París —le informó Sofía—. Hace un rato que he aterrizado y acabo de comprar un billete para Florencia. No podemos perder ni un minuto de tiempo si la botella está realmente en manos de Lungobaldi.

—¿Lungobaldi?

—Es el coleccionista de vinos toscano que te comenté ayer.

El sumiller emitió un tono de extrañeza.

—No recuerdo que lo mencionases, pero conozco bien ese nombre. Es una de las mejores bodegas de Italia y su propietario tiene una colección de vinos impresionante.

Víctor se relamía pensando en las joyas enológicas que quizá tendría oportunidad de admirar o incluso catar.

—¿Y cuándo sale tu avión?

—Dentro de cuatro horas. La llegada está prevista a las ocho y media de la tarde. Te llamaré cuando aterrice y te mantendré informado de mis avances mientras esté en la Toscana.

Pese a que todas las partes de su cuerpo le pedían encarecidamente no volar, Víctor tomó una súbita decisión.

—Viajaré a Florencia para reunirme contigo, Sofía.

—No hay tiempo que perder, iré sola —lo interrumpió ella.

La respuesta no sedujo para nada al sumiller. Si realmente la botella formaba parte de aquella colección, ¿cómo sabía que ella no desaparecería de su vista al tenerla en sus manos? Por otro lado, se moría de ganas por volver a verla. Esto último lo obviaría en la conversación.

—Avanzaremos más como equipo. Además, no puedo perderme la oportunidad de visitar una colección histórica como la de Lungobaldi —dijo él de forma apresurada—. Saldré de inmediato hacia el aeropuerto para no retrasarme ni un minuto. Quizá tenga suerte y pueda conseguir un vuelo hoy mismo. Estaremos en contacto.

Con esa salida urgente no tendría tiempo para aserrar la caja, pensó. Muy a su pesar, ahora la prioridad era encontrar, y cuanto antes, el vino del alquimista.

—Supongo que me bastaría sola, pero serás bienvenido. Llámame al número desde el que te llamo si logras despegar hoy mismo. —Hizo una pausa antes de acabar la conversación—. Ahora tengo que dejarte. Un beso.

Aunque la ansiedad comenzaba su imparable escalada, Víctor colgó el teléfono reconfortado por aquel cariñoso mensaje de despedida. Luego subió los peldaños de dos en dos para hablar con su hermano en el espacioso recibidor de la masía.

—He de marcharme, Ramón. Tengo algo urgente que hacer en Italia. Hasta que vuelva, ¿se te ocurre dónde puedo ocultar todo lo que encontramos ayer?

—Hay un pequeño escondrijo en el sótano. Nuestro abuelo guardaba allí sus ahorros durante la Guerra Civil. El alambique no cabrá, pero lo dejaré al lado del nuestro. Está igual de estropeado y nadie se fijará en ellos, si es que vuelven a registrar la casa. Por cierto, *germanet*, ¿cómo piensas ir a Italia? ¿Tomarás un tren?

Ramón recordaba perfectamente la tragedia que su hermano había tenido que presenciar en el aeropuerto de Los Rodeos. Sabía que no había vuelto a volar desde aquel día, y de eso hacía ya más de veinte años.

—Tardaría demasiado. No me queda otra opción que el transporte aéreo. Aún no sé cómo, pero de algún modo tendré que apañarme.

Ni su aerofobia impediría esta vez que volviera a subirse a un avión.

El trayecto hasta El Prat duró algo menos de dos horas, que a Víctor se le hicieron eternas. La ansiedad le oprimía el pecho y le dificultaba la respiración. Tuvo que parar el coche un par de veces para salir a tomar el aire e intentar relajarse.

El continuo vaivén de aviones aterrizando y despegando a medida que se acercaba al aeropuerto era para Víctor igual de aterrador que Cancerbero vigilando la entrada al inframundo. Cuando vio el cartel indicando el aparcamiento, un impulso casi le hizo tomar otro camino y alejarse rápidamente del lugar, pero había llegado la hora de desafiar su fobia.

Con las manos temblorosas, aparcó su pequeño Peugeot y se dirigió raudo a la zona de salidas pasando frente al mural de Miró sin tan siquiera fijarse en él.

Había un único vuelo diario a Florencia y salía en una hora. Tendría que darse mucha prisa si no quería perderlo. En un tiempo récord compró el billete, facturó y pasó el control de seguridad. La ley de Murphy se cumplió de modo infalible y su puerta de embarque era la más alejada de todas.

Corrió como un atleta sobre las jaspeadas losas de mármol. Aunque una fuerza interior le pedía dar media vuelta y salir pitando, consiguió llegar a la puerta justo cuando procedían a cerrarla.

Jadeando y casi sin resuello mostró su tarjeta de embarque a la empleada de la aerolínea, quien decidió acompañarlo a su butaca en vista de su estado. Una vez recuperado el aliento, llamó a Sofía antes de que ordenaran desconectar los móviles. Tartamudeando, no fue capaz de articular más de seis palabras.

—Ho… Hola… Ya estoy en el avión.

—Estás hecho un Fittipaldi. Pues llegarás antes que yo. Mi vuelo de Alitalia aún no ha iniciado el embarque. Nos veremos en el hall de llegadas, ¿de acuerdo?

Sin responder, Víctor colgó el móvil con las manos temblorosas. No sabía si tenía la cara cubierta de sudor por el esfuerzo, por la ansiedad o por ambos motivos, pero la pastilla de Trankimazin hizo pronto su efecto y lo sumió en un ligero sopor durante el resto del vuelo.

Sofía despegó una hora más tarde. La joven vestida de gris se sentó a su lado. No tardó mucho en entablar conversación con ella.

31

Sofía divisó desde la ventanilla la torre Eiffel y el rascacielos de Montparnasse, que destacaban sobre la inmensa Ciudad de la Luz, hasta que las compactas nubes cerraron la visión como un telón horizontal. Entonces sacó de su bolso un libro y se disponía ya a leerlo cuando su compañera de viaje se dirigió a ella con un marcado acento argentino.

—Daniel Goleman, *Inteligencia emocional*. Lo leí hace unos meses y me pareció bárbaro.

Algo sorprendida, y aunque solía buscar el silencio cuando viajaba, la neuropsiquiatra decidió seguir la conversación.

—Llevo leídos pocos capítulos aún, pero lo encuentro muy interesante.

—Siempre se ha considerado inteligentes a las personas con gran memoria y capacidades lógico-analíticas, pero se obviaban sus cualidades emocionales.

—Así es. Goleman sostiene que las habilidades sociales y la empatía son claves para tener éxito en la vida, tanto profesional como personal.

—¿Sos psicóloga?

Ella sonrió.

—Neuropsiquiatra —repuso, complacida con la conversación—. Me interesan todos los aspectos relacionados con el cerebro y su funcionamiento.

—Yo me llamo Graciela y soy psicoanalista. Voy a Florencia para asistir a un seminario internacional sobre Lacan. ¿Vos también viajás por laburo?

—No, qué va... Pasaré unos días de vacaciones en la Toscana.

—Los vinos toscanos son excelentes —comentó la argentina—. Tenés que visitar alguna bodega durante tu estadía.

Sofía dudó un momento antes de responder. Su vecina de butaca estaba conduciendo la conversación hacia un terreno que no le convenía en absoluto.

—Mi interés por el vino es limitado, pero seguro que cataré algún *chianti* en los próximos días. Mi idea es visitar Florencia y disfrutar de los hermosos paisajes de la región.

Graciela se ladeó, observó fijamente a su vecina de butaca y cambió repentinamente el tono de la conversación.

—Querrás decir que tu interés por el vino *se limita...* a una única botella, ¿me equivoco?

Sofía dejó caer el libro, estupefacta ante el comentario. Sin perder la compostura, disparó:

—¿Quién eres?

—No te importa lo más mínimo —susurró a su oído—, pero te recomiendo que me digás, y ahora mismo, dónde está la botella del alquimista. De otro modo, este puede ser un viaje sin retorno para vos.

Se produjo un inquietante silencio.

—Trabajas para Abbey, ¿no es cierto?

—Sea quien sea para quien laburo, no permitiré que el contenido de esa botella llegue a las manos equivocadas, ¿me he explicado con claridad?

—¿Manos equivocadas? —Sofía hizo un amago de reír—. ¿Estás segura de que el hijo de un criminal nazi tiene las manos muy limpias?

La tensión era insoportable. El avión había entrado en una zona de turbulencias y los cinturones de seguridad las obligaban a seguir sentadas una al lado de la otra. Aunque no habían elevado mucho la voz, algunos pasajeros de las filas vecinas se habían percatado de la discusión entre las dos mujeres.

Sofía quiso zanjar de cuajo la conversación retomando la lectura de su libro, y tras concluir:

—Me haré a la idea de que esta conversación nunca ha existido.

—Podés intentarlo, pero no servirá de nada. Varios ojos siguen tus movimientos y los de tu amiguito catador. Más pronto que tarde, la botella estará en nuestras manos. Cuanto antes lo asumás, menos peligro correrás.

El avión aterrizó puntualmente en el aeropuerto Amerigo Vespucci y dio media vuelta al final de la pista para dirigirse a la terminal. La argentina del traje gris sacó una Montblanc Meisterstück de su bolso y anotó un número de teléfono en el resguardo de su tarjeta de embarque. Lo arrancó y se lo dio a Sofía antes de levantarse como un resorte de su asiento.

—¿Graciela Hess?

—Así me llaman. Contáctame en cuanto consigás la botella. Serás bien retribuida y te ahorrarás muchos problemas.

—Espera, te dejas la estilográfica… —dijo la neurocientífica al ver que se le había caído al suelo.

Pero la argentina ya enfilaba rauda el pasillo del avión pasando por delante de algunos irritados pasajeros.

Sofía se quedó sentada unos momentos observando la tarjeta de embarque y la lujosa Meisterstück. Aunque no tenía ninguna gana de volver a encontrar a su dueña, la guardó en su bolso.

Cuando salió de la cabina, aún tuvo que esperar veinte minutos para recoger su equipaje de la cinta transportadora.

Una vez que se abrieron las puertas de la zona de llegadas, no tardó en ver a Víctor al otro lado. Siguiendo un impulso, fue a abrazarlo.

—¿Y la coleta rubia? Sigues guapísima, pero de lejos me ha costado reconocerte.

—De eso se trataba… —dijo nerviosa—. Ya te contaré. Lo que me parece increíble es que los dos sigamos aún vivos, la verdad.

El sumiller pensó para sus adentros cuánta razón llevaba. De puro milagro hoy no había muerto asfixiado o de un ataque al corazón dentro de aquel sarcófago volador.

—Pues sí, no está siendo un camino de rosas precisamente.

Sofía le contó su vuelo desde París acompañada del enemigo. Pese al cambio de imagen, seguían sobre sus pasos.

—¿Abbey, supongo?

—No me lo ha confirmado, pero fíjate en su nombre.

—Graciela Hess… —leyó Víctor, sintiendo un escalofrío.

—Sabe que seguimos una pista certera y me ha amenazado si no le entregamos la botella.

—Probablemente una descendiente de Rudolf Hess, el prisionero de Spandau —dijo el sumiller en referencia a la cárcel berlinesa que había ocupado a solas el lugarteniente de Hitler—. Ya me contaste que también formó parte de la Sociedad Thule. Por cierto, ¿has reservado habitaciones para esta noche?

—He reservado *habitación*. No pensaba que fueras a venir. Espero que puedan darnos un segundo cuarto.

—Si no, ya me veo durmiendo en la bañera —comentó él, guiñando un ojo.

Sofía esbozó una pícara sonrisa, aprobando la broma de su compañero. Tras comprobar que no había rastro de la argentina en la terminal de llegadas, se dirigieron al mostrador de AVIS y alquilaron un Alfa Romeo Giulietta para los próximos días.

—Hemos de ir al hotel Brunelleschi, en la piazza Sant'Elisabetta.

El empleado sacó un plano de la ciudad y les mostró el camino a seguir. En el dorso, el mapa ampliado mostraba toda la región de la Toscana.

Víctor se puso al volante y enfiló las vías rápidas Novoli y Francesco Redi. En veinte minutos atravesó la estación de tren y comenzó a circular por el laberíntico entramado de calles del casco histórico. Sublimes iglesias y *palazzi* renacentistas bellamente iluminados iban haciendo su aparición en la noche florentina hasta que pudieron divisar el inconfundible baptisterio, la inmensa cúpula del Duomo y el campanario de Giotto.

El hotel se hallaba a tan solo dos bloques de allí. Difícilmente podría haber un mejor emplazamiento para visitar la ciudad de los Medici.

Aparcaron en una de las plazas del hotel y se dirigieron a la recepción. Estaba completo, pero la insistencia de Sofía provocó que liberasen una de las habitaciones reservadas para algún compromiso. Ayudó también que ya eran las diez de la noche y difícilmente iba a ser ocupada.

Víctor lamentó en silencio disponer de una habitación propia.

Una focaccia y una cerveza Moretti pusieron punto final a la intensa jornada.

A la mañana siguiente, desayunaron en una cafetería de la piazza Sant'Elisabetta y planificaron los próximos pasos a dar.

—¿Has pensado cómo podremos acceder al marqués de Lungobaldi? —preguntó ella.

—Estos personajes suelen tener un ego desmedido. Si los adulas suficientemente, te abren las puertas de par en par.

—¿Significa eso que ya tienes pensada una estrategia?

—No solo la tengo pensada, sino que la llevo ya escrita… —dijo él con una sonrisa traviesa—. He aprovechado el tiempo de espera en el aeropuerto para ir de compras e inspirarme.

Acto seguido, le mostró una carta redactada en inglés con esmerada caligrafía sobre un elegantísimo y floreado papel florentino:

Florencia, 13 de noviembre de 1997

Egregio Marchesi di Lungobaldi:

Permítame presentarme como Víctor Morell, un sumiller como habrá conocido pocos a lo largo de su vida, salvando a Robert Parker.

Según las informaciones que constan en mi poder, dispone usted de una de las mejores colecciones de vino en el mundo, junto con la de Martyn Willemsburg en Stellenbosch y la de Jacques-Arnaud Rubinstein en Burdeos.

He tenido el privilegio de visitar estas dos últimas y desearía poder completar la experiencia comparándolas con la suya. Es para mí siempre un placer y un honor poder presentarme frente a los verdaderos conocedores del mundo del vino, que pueden contarse con los dedos de una mano.

Esperando haber despertado su interés y que pueda recibirme en el momento que le sea propicio le saluda atentamente,

VÍCTOR MORELL

—Esta carta es tan osada y provocadora que... ¡puede funcionar! —exclamó Sofía, impresionada.

—Estoy convencido de que lo hará. Nos dirigiremos hoy mismo a la bodega Lungobaldi e intentaremos hacérsela llegar al marqués.

—Hay un pequeño detalle. No querrás presentarte con estos tejanos y tus zapatillas Stan Smith...

Para resolver este inconveniente, Víctor entró en una tienda de Giorgio Armani y salió de la misma hecho un *gentleman*, con un traje cruzado de franela gris a rayas, camisa azul cielo, corbata a juego y zapatos de Salvatore Ferragamo.

Por su parte, ella se agenció un elegante vestido verde y unos zapatos de tacón bajo para no desmerecer al lado del sumiller. Pasarían los cargos a Ismael como gastos de representación.

La propiedad Lungobaldi se encontraba en el Val d'Elsa, a unos cincuenta kilómetros de Florencia. Aquel día radiante les permitiría disfrutar de los deliciosos paisajes de las colinas toscanas. Tras planificar la ruta en el mapa, Víctor arrancó el motor del deportivo italiano y empezó a serpentear por el entramado de callejuelas del centro de la ciudad.

No muy lejos de allí, una chica joven y estilosa se cambió sus zapatos de tacón por unas zapatillas deportivas y se puso al volante de un Audi negro. Un hombre corpulento abrigado con una gabardina se sentó a su lado.

32

Las riadas de turistas ya empezaban a moverse por el casco histórico de Florencia en dirección al Ponte Vecchio, al Duomo o a la piazza della Signoria. El Alfa Romeo tuvo que sortearlas como pudo hasta cruzar el río Arno y enfilar la autovía SR-2 en dirección sudeste.

Cuando hubieron dejado atrás la ciudad, el paisaje empezó a incorporar pequeñas colinas recubiertas de olivos, vides y cipreses. Haciendas agrícolas y palacios medievales diseminados por todos los valles contribuían a dar al entorno la imagen idílica que tan bien retratara Bertolucci, un año atrás, en la película *Belleza robada*.

Una hora más tarde, abandonaron la autovía y fueron circulando por bucólicas carreteras rurales, atravesando aldeas y extensos viñedos a medida que se acercaban a su destino.

La familia Lungobaldi vivía desde hacía siglos en el Castello Il Borghetto, una enorme fortaleza de mediados del siglo XIII, restaurada y habilitada años más tarde como un palacio renacentista. Ubicado en la cima de una colina, entre el Val d'Elsa y la región de Chianti, poseía la mayor extensión de viñas en la Toscana, principalmente con cepas de uva *sangiovese*.

A medida que se acercaban al imponente palacio, el acceso se fue haciendo más estrecho y tortuoso, al tiempo que les ofrecía vistas cada vez más espléndidas sobre aquel privilegiado paisaje mediterráneo. Víctor paró el coche un par de ocasiones para inmortalizarlo con su inseparable Canon, incluyendo a su acompañante en alguna de las instantáneas.

Había heredado de su padre la afición a la fotografía y nunca salía de casa sin su cámara réflex. Podría haber hecho un fantástico reportaje gráfico del Priorat con la enorme cantidad de diapositivas que guardaba en casa. Ahora hacía las copias en papel y la tecnología digital iba ganando terreno a gran velocidad.

Alcanzada la cima de la colina, una elegante y simétrica alameda de cipreses los guio hasta la muralla del castillo, donde una señal hacia la derecha indicaba a los visitantes la zona de aparcamiento y entrada a las bodegas.

Ese no era el acceso que buscaban. Víctor giró a la izquierda por una empinada y angosta callejuela adoquinada que los condujo hasta un portalón marcado como PROPRIETÀ PRIVATA.

Tuvieron que esperar algunos minutos hasta que un mayordomo impecablemente uniformado abrió la puerta interesándose por su identidad. Aunque el sumiller se presentó con gran ceremoniosidad y daba el pego con su imagen, no consiguió que les permitiera la entrada.

—Lo lamento, pero el marqués no recibe visitas que no estén programadas.

—Es perfectamente comprensible, pero estoy seguro de que hará una excepción cuando lea el contenido de esta carta —insistió Víctor, intercalando en su discurso todas las palabras italianas que conocía.

Acto seguido, sacó de un bolsillo el artístico sobre de papel florentino y se lo entregó al sirviente. Este los observó con curiosidad y, tras unos momentos de vacilación, dio media vuelta y entró de nuevo por el portalón.

—Esperen unos minutos, por favor.

El sumiller respiró aliviado. El primer escollo estaba salvado y solía ser el más complicado, al igual que sucede con las secretarias y los asistentes cuando se quiere hablar directamente con un político o presidente de empresa. Quedaba por ver si el marqués picaría el anzuelo, en caso de encontrarse allí, y si su estrategia aduladora obraría el efecto deseado.

Aprovecharon la espera para pasear por los alrededores y otear los valles circundantes desde el pequeño murete que flanqueaba el castillo. El paisaje guardaba un cierto parecido con la comarca del Priorat, aunque las laderas y colinas eran mucho más suaves y armoniosas que las agrestes y recortadas terrazas de la sierra del Montsant.

Ensimismados con aquellas vistas, el mayordomo llamó a Víctor por su nombre y los invitó a franquear el enorme y oscuro portalón de madera.

—Signore Morell, puede pasar con su esposa. *Il marchese* los recibirá dentro de unos instantes.

Acompañaron al sirviente a un recibidor tras cruzar un patio interior con paredes de color siena, contraventanas de verde oscuro y hermosos geranios rodeando un pozo central.

Se sentaron a esperar en unas antiguas butacas tapizadas que hacían conjunto con un bargueño de caoba y marfil. El techo de la sala estaba decorado con frescos renacentistas y daba al conjunto un aire señorial.

No pasaban más de diez minutos cuando un hombre alto y atlético abrió la puerta al fondo de la sala y se acercó a ellos con paso decidido. Bronceado y con el pelo algo largo y ondulado, vestía unos ceñidos pantalones de color rojo Ferrari, blazer beis y camisa a cuadros perfectamente conjuntada con el pañuelo que sobresalía del bolsillo superior. Su estilo de auténtico dandi recordaba enormemente a los jóvenes herederos de las dinastías Agnelli o Benetton.

—Guido Lungobaldi, *buon giorno*.

Extendió la mano con un gesto distante y saludando a Víctor en segundo lugar.

—Es un honor para mí que nos haya recibido —respondió el sumiller, de nuevo chapurreando en *itagnolo* y ligeramente ruborizado—. He oído hablar mucho de su familia, de los vinos de esta bodega y de su excepcional colección.

—Puede hablarme en español, señor Morell, lo entiendo perfectamente. Agradezco sus cumplidos, pero creo que ya le han advertido de que no suelo atender visitas inesperadas.

Se produjo un momento de tenso silencio y cruces de miradas hasta que el aristócrata rompió el hielo curvando sus labios en una leve sonrisa.

—Pero voy a hacer una excepción. Su carta tiene un punto de provocación que me ha seducido. Cuando una persona tiene mi posición y fortuna, lo que más necesita son diversiones. Y creo que hoy voy a romper mi tedio jugando con ustedes.

El personaje y la situación recordaron a Víctor una novela que había leído años atrás, titulada precisamente *El tedio*. Alberto Moravia retrataba en ella a un aristócrata refugiado en la bohemia para pintar y huir de su aburrido entorno familiar. Miró a Sofía de forma furtiva. El brillo de sus ojos confirmaba que iban por buen camino.

—¡Estamos dispuestos a ello! No gozo de su mismo estatus, pero confieso que también me encantan los juegos y acertijos —aseguró Víctor.

—*Perfetto*. No me andaré con rodeos. He viajado por todos los continentes, he comido en los mejores restaurantes y me han servido los principales sumilleres del mundo. Conozco personalmente a Robert Parker y he escrito incluso algún artículo para *The Wine Advocate*. Sin embargo, reconozco mi ignorancia... ¡Nunca he oído hablar de Víctor Morell!

Escéptico, el aristócrata se quedó en un silencio observante mientras esperaba una respuesta satisfactoria.

—Los españoles siempre hemos sido mejores haciendo que vendiendo. El mejor aceite de oliva se produce en España y se exporta al mundo entero embotellado como *olio vergine di oliva* italiano. Con el vino ha ocurrido algo similar durante decenios. Por suerte, la situación empieza a cambiar. En toda España, pero especialmente en La Rioja, la Ribera del Duero, el Penedés y el Priorat, se están afincando enólogos de primer nivel, y lo mismo ocurre con los profesionales de la cata.

—España y el marketing no han nacido el mismo día —respondió el aristócrata, complacido con la respuesta—. Pasen por aquí, por favor.

El marqués los acompañó hasta un espacioso salón rodeado de antiguos tapices y los invitó a sentarse a una recia mesa de madera adornada con candelabros. Víctor y Sofía se miraban estupefactos, conscientes de la singularidad de aquel momento.

—Ahora tiene que demostrar esos conocimientos. Voy a traer tres vinos muy diversos y va a hacer una cata a ciegas. Quiero que me dé su valoración e indique la denominación de origen o procedencia.

—Acepto el reto —dijo Víctor, con expresión grave.

No se imaginaba que lo iban a someter a este examen. Por un lado, temía fallar y malograr el camino hacia su codiciado objetivo. Por otro, le atraía sobremanera el desafío. Aprovechó la ausencia de Lungobaldi para compartir estas sensaciones con Sofía.

El marqués volvió al cabo de unos instantes acompañado de su mayordomo. Traía en la bandeja tres botellas ya descorchadas y cubiertas con servilletas blancas, así como nueve amplias copas de borgoña para la cata.

—Cataremos el vino los tres —se dirigió a ella con mirada seductora.

El primer vino tenía un color amarillo paja y aromas a fruta madura, cítricos, manzana y piña natural. Aunque inicialmente Víctor pensó en un *chardonnay*, los matices en boca apuntaban más al *sauvignon blanc* con un punto dulce, afrutado y poco mineral. Solo había probado vinos de este estilo procedentes de Marlborough, en Nueva Zelanda, y así lo expresó.

Sin mostrar reacción alguna, Lungobaldi tomó también un sorbo del vino y lo dejó circular pausadamente por su boca antes de responder:

—Efectivamente, Morell. Se trata de un Cloudy Bay de 1995. No son aún muy conocidos en Europa los *sauvignon blanc* de Marlborough y para mí son de los mejores. Le felicito.

La segunda copa se llenó con un caldo limpio y brillante de color granate intenso. El vino era denso y untuoso, formando gotas casi aceitosas en la pared de la copa. El sumiller reconoció rápidamente los aromas a frambuesa y arándano del *cabernet sauvignon* y el *merlot*, así como las notas avainilladas de la crianza en barrica de roble francés. Su paladar acabó de identificar la astringencia de los taninos y una elevada mineralidad, muy característicos de la zona de Burdeos.

—Es de los mejores caldos que he catado en mi vida. Estoy dudando entre Médoc y Pomerol. Si me permite, voy a tomar otro sorbo.

La segunda tentativa no le disipó completamente las dudas, pero estaba tan absorto en el juego que se atrevió incluso a nombrar la bodega.

—Podría ser un Petrus o un Châteaux Margaux, pero me inclino más por este segundo. Y la añada es extraordinaria, ¿quizá del 82 o del 85?

El aristócrata lo miró fijamente después de apurar su copa y aplaudió teatralmente con las manos antes de apartar la servilleta que cubría la botella.

—Margaux, cosecha del 85. *Bravissimo*.

Aunque Víctor ya había demostrado con creces su talento, el marqués quiso seguir la apuesta hasta el final y llenó las tres últimas copas con otro vino tinto, este de tono inicialmente amarronado y con menor densidad que el anterior. Tras unos minutos, el color se fue transformando, como por arte de magia, en un púrpura denso y comenzaron a liberarse aromas de cereza y hierbas aromáticas. El sabor era intenso y balsámico, con taninos maduros y un cierto toque de enebro.

—La uva es *sangiovese*, sin duda. Juraría que es un *chianti*, pero hay algún matiz aromático que no me cuadra del todo.

Volvió a masticar el vino con ceremoniosidad hasta que finalmente dio la respuesta definitiva.

—Brunello di Montalcino. También de una añada antigua y excelente, quizá del 79 o del 82.

Lungobaldi ofreció su copa a ambos para realizar un brindis y apuró el contenido antes de desvelar la etiqueta de la botella.

—Me deja usted impresionado, *dottore*. Acaba de catar el Castello Il Borghetto, cosecha de 1982, el mejor vino de la bodega Lungobaldi. Está elaborado con *sangiovese* de unos viñedos centenarios que poseo cerca de Montalcino.

El rostro de Sofía denotaba una mezcla de satisfacción y admiración que no pasaron desapercibidos al sumiller. Tras dejar las copas de nuevo sobre la mesa, el noble terrateniente tomó a Víctor del hombro y lo invitó a seguirlo.

—Se ha ganado una visita a mi colección privada. Espero que no le defraude y la pueda considerar al nivel de la de mis amigos Jacques-Arnaud y Martyn. ¡O superior! —añadió con cierta arrogancia.

Atravesaron una enorme biblioteca llena de incunables encuadernados en pergamino antes de llegar a una puerta de roble macizo que conducía a las escaleras de bajada a la bodega.

El espacio era enorme y estaba perfectamente ordenado y clasificado. El marqués les enseñó, en primer lugar y con mucho orgullo, la zona donde albergaba todas y cada una de las añadas de la bodega Lungobaldi desde mediados del siglo XVIII.

Siguió mostrándoles su colección de vino de Oporto y de caldos italianos y franceses. Grandes barolos y borgoñas exhibían sus etiquetas al lado de las mejores añadas y bodegas de Saint-Émilion, Médoc y Pomerol en Burdeos. En una zona separada guardaba vinos del «Nuevo Mundo». Los *malbec* de Luján de Cuyo en Argentina, *zinfandel* de Napa Valley en California, *syrah* de Barossa Valley en Australia…

Víctor estaba asombrado con la enorme cantidad y calidad de vinos que reposaba silenciosamente en las estanterías de este templo al dios Baco. Le sorprendió la relativamente pequeña presencia de vinos españoles y recordó el comentario que él mismo acababa de hacer sobre el marketing en nuestro país.

Finalmente se dirigieron a la zona que el marqués definió como «histórica». Botellas con las que se habían obsequiado a papas católicos y príncipes lombardos o toscanos. Regalos personales de prestigiosos viticultores como Miguel Torres en el Penedés o Robert Mondavi en California. Incluso poseía las añadas 92 y 93 de L'Ermita, regalo personal de Álvaro Palacios y por las que en subasta se pagarían auténticas fortunas.

La última hilera fue la que consiguió despertar el interés de Sofía, un poco aburrida ya del monotema enológico. Lungobaldi les mostró con orgullo cinco botellas que el zar Nicolás I había regalado a su tatarabuelo en la tercera década del siglo XIX.

Una de ellas era de vidrio oscuro esmerilado y no estaba marcada con etiqueta alguna. Víctor había visto una botella idéntica hacía apenas unas horas.

33

El corazón de Víctor latía al triple de su ritmo habitual. Tenía al alcance de su mano el objeto de su búsqueda, que podía convertirlo en un hombre rico. Pero también en un hombre muerto. Todo dependía de la evolución de los acontecimientos.

—¿Puedo echarles una ojeada? —preguntó el sumiller casi sin aliento.

—Llevan mucho tiempo reposando en este lugar. Levántelas con mucho cuidado y, sobre todo, ¡no las agite!

Para ocultar sus intenciones, empezó con alguna de las etiquetadas. Como era de esperar, correspondían a grandes soleras de Burdeos y Borgoña. Elogiando su carácter único sacó finalmente la botella de vidrio esmerilado de su ubicación para poder observarla de cerca. Tres cifras escritas a mano con pintura blanca la identificaban desgraciadamente con el número 319.

No pudo disimular su decepción. Al igual que en la cámara secreta de Scala Dei, se había quedado a milímetros de la diana. O, más bien, a poquísimas cifras del guarismo deseado.

Buscó la mirada de Sofía para compartir su desilusión y observó sorprendido cómo esta le guiñaba un ojo.

—¿De dónde debe de proceder este vino? —preguntó ella con gesto curioso.

—Si quiere que le diga la verdad, no tengo ni la menor idea. Ha estado siempre en este lote e imagino que también será un vino francés.

La neurocientífica tomó ahora la iniciativa.

—Ya sé que probablemente no tenga ningún valor comparado con las otras cuatro, pero me haría mucha ilusión poder llevármela. Me encanta la estética y simplicidad de este frasco esmerilado, y nos serviría para recordar la jornada de hoy y nuestro encuentro con usted.

El marqués lanzó una mirada de complicidad a Víctor. Le parecía evidente que para su pareja los criterios estéticos primaban sobre los enológicos.

—Siento parecer descortés, *signorina*, pero nunca me desprendo de una pieza de mi colección.

Chiara Lungobaldi entró en aquel momento en la impresionante bodega del Castello Il Borghetto, rompiendo el silencio provocado por la taxativa respuesta del marqués. Bellísima y más joven que él, fumaba un cigarrillo y lucía un deslumbrante traje largo de Versace. Víctor se apresuró a realizar un besamanos.

—*Buongiorno* —saludó ella, con cierto aire de indiferencia—. Creo que has estado un poco rudo con nuestros invitados, Guido.

La marquesa expulsó afectadamente una voluta de humo antes de proseguir.

—Tu colección también es *mi* colección, y me gustaría dar a esta gente una oportunidad. Sabes que los juegos me excitan aún más que a ti, querido.

Lungobaldi se revolvió, visiblemente incómodo por la situación.

—Les regalaré esta botella si el señor Morell sigue jugando... ¡y gana! Compartirán el almuerzo con nosotros y le pediré, para hacer único este placer gastronómico, maridar cada plato con los vinos que tendrá a su disposición. Le advierto que tengo un paladar muy especial… ¡No le será fácil acertar!

Este nuevo reto atrajo sobremanera a Víctor, infinitamente más que la cata a ciegas. Siempre había destacado por su sexto sentido para adivinar los gustos de sus clientes, y ahora tenía una oportunidad inmejorable para demostrarlo.

El aristócrata recobró su compostura, profirió una sonrisa algo forzada y los invitó a seguirlo. Acariciaba la botella entre sus manos como si fuera una madre primeriza acunando a su bebé recién nacido. Subieron las escaleras y aparecieron de nuevo en la espléndida biblioteca del castillo. Desde allí los condujo a un gran salón con una espectacular chimenea en la esquina y la bóveda decorada con frescos renacentistas.

Al observar la fascinación que ejercía sobre sus visitantes, se aprestó a comentar:

—Estos frescos son de Giorgio Vasari. El castillo perteneció a una rama de los Medici en el *Cinquecento* y encargaron la decoración a los mejores artistas del momento.

La mesa estaba ya puesta para cuatro personas y sonaba *O mio babbino caro*, la hermosa aria de Puccini inmortalizada por James Ivory junto con la belleza de Florencia en su película *Una habitación con vistas*.

Chiara Lungobaldi hizo una seña al mayordomo para que acompañase a Víctor a la cocina. Sobre un mostrador se exhibían las diferentes opciones que tenía a su disposición para maridar los platos de los que constaría el banquete.

Eligió un *gewürztraminer* del Mosela para el carpaccio de langosta, un *barolo* de mediana crianza para la becada escabechada y un moscatel de Jerez de la Frontera para las peras con *gorgonzola*.

La comida transcurrió con placidez, deliciosamente acompañada por las románticas armonías de la gran ópera italiana. El interés de la aristócrata por la psicología ayudó a mantener una conversación fluida con Sofía, desplazando al vino como único foco de interés.

Finalizado el banquete, Lungobaldi lanzó una mirada expectante a Chiara. La valoración del maridaje estaba en sus manos…, y también la posible pérdida de una pieza histórica de su colección. Esta sacó dos cigarrillos de su pitillera, ofreció uno a Sofía y comenzó a aspirar pausadamente el humo mientras observaba al sumiller.

Víctor no llevaba muy bien los silencios prolongados, así que decidió iniciar la conversación.

—La comida ha sido exquisita, felicito al cocinero. Espero que el maridaje haya estado a un nivel mínimamente comparable.

Unas volutas circulares se elevaron livianamente hacia los frescos de Vasari mientras los guantes blancos del sirviente llenaban cuatro estilizadas tulipas de digestivo con un incoloro *grappa* de la bodega familiar.

—Por supuesto, este digestivo queda fuera de concurso —comenzó su discurso la aristócrata, intentando aligerar la gravedad del momento.

Propuso un brindis con aquel orujo antes de continuar.

—Las elecciones han sido muy acertadas, pero siento decirle que no ha aprobado el examen. Personalmente habría preferido un *prosecco* para la langosta.

Los decepcionados rostros de Víctor y Sofía contrastaban ostensivamente con la sonrisa de oreja a oreja de Chiara Lungobaldi.

—Sin embargo… —una nueva y prolongada calada a su cigarrillo mantuvo de nuevo en vilo a los comensales—, he decidido entregarles la botella que desean. Últimamente mi vida es bastante monótona y hoy me han proporcionado unos momentos de diversión. Además, reconozco que soy una caprichosa y es mucho más indicado para el marisco un *gewürztraminer* que el *prosecco*. ¡Es usted un excelente sumiller!

Resignado, el marqués les entregó con solemnidad la antigua botella esmerilada y los acompañó personalmente a la salida.

—Morell, ya le dije que me encanta jugar, pero acepto deportivamente una derrota. Sobre todo, en un día como hoy. Le puedo asegurar que no he visto en mi vida a un sumiller con su talento, conocimiento y memoria. Además, ¡me cae usted bien! Me gustaría presentarle a Robert Parker para que le conozca. No es posible que un genio como usted se mantenga más tiempo escondido de la aristocracia del vino.

Víctor se quedó sin habla ante las palabras que le estaba dirigiendo el marqués.

—A principios de enero voy a asistir a la gala benéfica de *The Wine Advocate* en Nueva York y están invitados a acompañarme. ¿Tiene usted una tarjeta de visita o me puede dar su dirección y teléfono?

Aunque estaba emocionada por la increíble oportunidad que se le abría a Víctor, Sofía rechazó mentalmente aquella propuesta. No le habían pasado desapercibidas las furtivas miradas del dandi toscano durante toda la jornada. Tampoco su gesto irritado hacia Chiara. Preveía una buena trifulca matrimonial una vez cerrada aquella pesada puerta de madera.

Tras bajar la callejuela adoquinada y llegar a la zona pública de la propiedad, el Giulietta enfiló la simétrica alameda de cipreses para abandonar el lugar. Víctor iba de nuevo al volante y se fue acercando a un Audi negro cruzado entre dos de las alargadas coníferas. Un par de personas descendieron del vehículo en ese momento para cortarles el paso.

Su copiloto reconoció de inmediato a Graciela Hess y su sempiterno traje chaqueta gris.

—¡Diablos, es la chica que viajó conmigo en el avión!

—¡Agárrate! —gritó él, pisando a fondo el acelerador mientras daba un volantazo a la derecha que lo sacó de la calzada con las ruedas chirriando.

Una nube de polvo se levantó en el momento en que unos disparos impactaban en la chapa del Alfa Romeo sin llegar a traspasarla.

Conduciendo con nula visibilidad, atravesaron varios arbustos llenos de adelfas multicolores que rayaron el coche por todos lados. Finalmente consiguió enderezar el rumbo y pudo incorporarse de nuevo a la vía principal, derrapando ligeramente con las ruedas traseras.

Por el retrovisor aún pudo ver cómo la argentina y su fornido acompañante corrían hacia el Audi y entraban en él a toda velocidad para iniciar la persecución.

Lo que en la ida había sido un plácido trayecto por la bucólica Toscana se había convertido ahora en una frenética carrera por escapar de sus rivales y evitar tener que entregar la botella a punta de pistola.

Víctor recorrió las curvas de la carretera rural apurando al máximo las marchas, como si estuviera compitiendo en un rally. Los años de conducción por las sinuosas pistas del Priorat le estaban siendo tremendamente útiles. El motor bóxer del Alfa Romeo rendía al máximo e iba agrandando la distancia con sus perseguidores.

Cerca ya de la incorporación a la autovía, con el otro vehículo fuera de su alcance visual, decidió entrar en una finca agrícola rodeada de bosque mediterráneo. Detuvo el motor camuflando el coche tras unos setos. Su frente se inundó repentinamente de sudor mientras su corazón latía desbocado.

El Audi negro no tardó en pasar por delante a toda velocidad. Habían conseguido darles esquinazo.

Dejaron transcurrir un buen rato hasta que Víctor pudo recuperarse de la crisis de ansiedad y respirar de nuevo con normalidad. El sumiller confesó, apesadumbrado, tanto su aerofobia como esta faceta de su personalidad. Ella acarició cariñosamente su cogote con la mano izquierda para calmarlo. Como neuropsiquiatra conocía muy bien el trastorno que aquejaba a Víctor.

—No tienes por qué avergonzarte. Media humanidad padece de ello hoy en día. Piensa que la ansiedad es necesaria para nuestra supervivencia. Sin ella, un cromañón no habría salido pitando al ver a un tigre diente de sable. Todos tenemos un nivel básico, pero en tu caso es ya tan alto que cualquier amenaza o situación estresante lo dispara hasta las nubes.

—No sabes lo que te limita la vida…

—Pues estate orgulloso porque no lo demuestras. Estás poniendo en riesgo tu vida a cada momento e incluso has sido capaz de tomar solito un avión para venirte aquí.

Un repentino caudal de felicidad inundó su cuerpo al oír estas palabras. No solía recibir muchos elogios fuera del ámbito enológico. Solo su timidez le impidió abrazar en aquel momento a su empática compañera de viaje.

Con energías renovadas, arrancó de nuevo el coche para recorrer el tramo que aún los separaba de Florencia. Una vez en el hotel, entraron a la habitación de Sofía. Ella fue al baño y sacó un quitaesmalte de su neceser.

—Acetona —dijo con voz triunfal mientras comenzaba a mojar con el pincel el número que identificaba la botella.

Con mucho cuidado, fue disolviendo la pintura blanca de la parte superior del número nueve, rectificando con maña la curvatura del símbolo hasta que la cifra se transformó, como por arte de magia, en un cuatro casi perfecto.

—Aquí tienes. Botella número 314: el vino del alquimista.

—¿A quién piensas engañar con esto? —preguntó, escéptico, el sumiller.

A un gesto de ella se sentaron en las butacas de la habitación. Con sus singulares ojos, Sofía lanzó a Víctor una mirada inquisidora.

—La respuesta me la tienes que dar tú.

El sumiller no atinaba bien por dónde iban los tiros.

—Nunca me has contado quién anda detrás de ti, porque es evidente que no buscas el vino del alquimista por vocación enológica. Estoy convencida de que alguien te está pagando, y mucho, para que le consigas la botella. Creo que va siendo hora de que tú también empieces a sincerarte.

Ya había mantenido demasiado tiempo el secreto de su emisor. Además, este tampoco había hecho nada para merecer su lealtad.

—Su nombre es Ismael Ouspensky. Tiempo habrá para que te hable de este personaje, pero una cosa puedo asegurarte: dudo mucho que se trague el anzuelo.

La neurocientífica se esforzó en situarlo en su memoria, pero no había oído hablar nunca de él. De algún modo, sin embargo, ese apellido le resultaba familiar.

—No lo sabrás si no lo intentas. Si funciona, te lo sacarías de encima y tendrías un competidor menos en este juego.

«Sobre todo para ti», pensó Víctor mientras se acercaba la botella para mirarla con detenimiento. Realmente daba el pego. Aunque no las tenía todas consigo, la seguridad de Sofía acabó de convencerlo.

Ya en su habitación, llamó a su enigmático emisario para informarle:

—Buenas tardes, Ismael. Tengo buenas noticias.

Recibió un silencio como toda respuesta.

—¡Ya tengo la botella en mis manos!

—¿Es cierto lo que me dice? No me lo puedo creer —exclamó Ouspensky entusiasmado.

—Me encuentro en Florencia ahora mismo. Necesito verle cuanto antes para poder entregársela y olvidarme de este asunto. Sus competidores están al acecho y podrían adelantarse en cualquier momento. Hoy mismo han interceptado mi coche y he escapado de sus disparos de puro milagro.

—Tenemos suerte, Víctor, estoy bastante cerca —respondió, aclarándose la voz—. Justamente he venido a Roma por negocios.

—Fantástico... Me hospedo en un hotel en el centro de la ciudad. ¿Cuándo cree que puede llegar?

—Saldré ahora mismo. No tardaré más de tres horas. —Tras una pausa en la que se oyó pasar las páginas de un libro, resolvió—: Espéreme a las ocho en punto en la Enoteca Pinchiorri, via Ghibellina 87, y cenamos juntos.

—Allí estaré. Traiga algún maletín o funda para proteger bien esta maldita botella. Ni la cantidad que me ha prometido compensa lo que he tenido que pasar estas últimas semanas.

—Hablaremos de este tema a la noche. Entre tanto, manténgase alejado de lugares públicos —dijo antes de colgar.

Víctor se dirigió de nuevo a la habitación contigua. Sofía estaba tomando notas en su agenda con la Meisterstück que la psicoanalista argentina había perdido en el avión.

—Debo desaparecer de inmediato con la botella y esconderme en algún lugar discreto, si es que existe algo así en esta ciudad.

—Aunque parezca una contradicción, dudo mucho que te busquen en la Galería Uffizi o la Academia. Métete allí y aprovecha el tiempo para ver alguna de las obras maestras expuestas —le recomendó ella.

No muy convencido, envolvió la botella con un jersey y la guardó en la bolsa de Giorgio Armani que le habían dado esa misma mañana.

Tras besar a Sofía en la mejilla, salió apresurado de la habitación.

Ella se quedó un rato mirando la puerta y dejó la estilográfica encima de la mesa, vibrando de modo imperceptible para el oído humano. Poco se imaginaba en ese momento que aquel objeto estaba emitiendo ondas electromagnéticas a un satélite ubicado a miles de kilómetros de altura.

34

Siguiendo las recomendaciones de Sofía, Víctor decidió visitar los Uffizi. Bajó andando por la via dei Calzaiuoli y atravesó la histórica piazza della Signoria, donde pudo admirar el Palazzo Vecchio y su alta y estilizada torre de Arnolfo. Lamentaba no tener el tiempo y la tranquilidad necesarios para visitar este histórico recinto como a él le hubiera gustado.

Al acercarse a la fuente de Neptuno, se detuvo ante una lápida redonda de mármol con una inscripción. En ese mismo lugar y hacía justo medio milenio, Savonarola ardía en la hoguera injustamente sentenciado por la Inquisición.

Su mirada se dirigió inconscientemente hacia la bolsa que asía su mano. Un escalofrío recorrió el cuerpo del sumiller al recordar el incendio de La Puñalada y lo cerca que se encontraba él también de las abrasadoras llamas del infierno.

Se alejó rápidamente de aquel punto sin pararse siquiera ante la reproducción del *David* que abría el paso a la plazoleta de los Uffizi. Entró en el museo tras comprobar fugazmente que nadie lo seguía, dispuesto a pasar el resto de la tarde en la fastuosa galería de arte.

En aquel mismo instante, unos nudillos golpeaban la puerta de la estancia de Sofía.

—¿Quién es?

—Servicio de limpieza.

Al abrir la puerta, se quedó petrificada al ver a Graciela Hess y a su fornido acompañante, que empuñaba una pistola mientras entraba tras ella en la habitación.

—No podés decir que no avisé. Hubiese sido mucho mejor para todos si vos me hubieras llamado.

Sus ojos dicromáticos se anclaron al rostro de la argentina. El ambiente estaba tan tenso que habría podido provocar una descarga electrostática.

—¿Cómo has conseguido localizarme?

—Las tecnologías avanzan de un modo bárbaro, *Fräulein*.

Graciela se dirigió pausadamente al escritorio y agarró la estilográfica Meisterstück con la punta de sus dedos.

—No te importará que recupere lo que me pertenece, ¿verdad?

—Intenté devolvértela en el avión, pero saliste escopeteada.

Una perversa sonrisa se dibujó en la boca de la argentina mientras señalaba el cuaderno de notas abierto sobre la mesa.

—Es un placer que la hayás podido usar estos días. Seguro que ha dado buenas vibraciones a tus notas, aunque no pudieras percibirlo.

Sin comprender el comentario, Sofía se sentó en la butaca del escritorio siguiendo las indicaciones de sus asaltantes.

—¿Sabés qué significa «Meisterstück» en alemán? Obra maestra. Hace años que el ejército estadounidense creó la red de satélites Navstar y desarrolló la tecnología GPS para localizar objetos o personas en la Tierra. Cada satélite cuenta con un reloj atómico de alta precisión y la distancia se calcula comparando el tiempo que tardan en llegar las ondas electromagnéticas a tres o cuatro de ellos.

Graciela desenroscó la punta de la Montblanc y mostró un complejo microcircuito electrónico camuflado en su interior.

—Hace justo dos años, Estados Unidos decidió extender su uso al ámbito civil y nuestro fundador siempre ha sido un fanático de la tecnología.

—¿Siegfried Von Elfenheim? —preguntó Sofía.

—Vos querés saber muchas cosas, ¿eh? Dejémonos ya de prolegómenos y vayamos a lo que nos interesa.

El acompañante de Graciela acercó la pistola a la sien de la neuropsiquiatra.

—¿Dónde está la botella que os llevasteis de la bodega Lungobaldi?

Construido en 1560 por Giorgio Vasari, siguiendo órdenes de Cosme I de Medici, el palacio de los Uffizi constaba de una elegante sucesión de corredores y albergaba una de las más famosas colecciones de arte del mundo. Víctor salió al elegante patio interior del museo tras admirar *El nacimiento de Venus* de Botticelli y las incontables obras maestras de la pinacoteca florentina. Giró la cabeza a derecha e izquierda, para descartar la presencia de sospechosos, y se dirigió presurosamente hacia la via Ghibellina a través de las angostas callejuelas del casco antiguo.

En menos de diez minutos llegó a la Enoteca Pinchiorri, el elegante y lujoso restaurante que Ismael había elegido para su nuevo encuentro.

Como de costumbre, ya estaba allí, jugueteando con el mango de marfil de su bastón y saboreando una copa de Martini Rosso como aperitivo. Llevaba la barba más recortada y, excepcionalmente, en esta ocasión se había enfundado un traje de tono oscuro.

Cuando divisó al sumiller, apoyó en la mesa el mango con cabeza de galgo de su bastón y se levantó ceremoniosamente de la silla para invitarlo a acomodarse.

—¡Siéntese, por favor! Hoy tenemos que celebrarlo por todo lo alto.

Víctor se situó a su izquierda en un discreto rincón del establecimiento. Solo había en aquel momento dos mesas ocupadas por personas mayores, claramente identificables con la alta burguesía toscana.

Su nerviosismo no pasó desapercibido a Ismael. Las gotas de sudor brotaban de todos los poros de su frente.

—¿Le ocurre algo, amigo?

—Estoy bien, gracias. He visitado los Uffizi y he venido casi corriendo desde allí.

—No podía haber buscado un sitio más concurrido para pasar estas horas, ¿verdad? —replicó Ouspensky con tono de reproche.

—Pues justo por eso creo que es el último lugar donde me habrían buscado.

No muy convencido con la respuesta, Ismael llamó la atención al camarero.

—Vamos a tomar los *antipasti* Pinchiorri y *bistecca alla fiorentina*. El señor escogerá el vino si le traen la carta.

Víctor eligió el Barolo Riserva Monfortino del 87, una de las mejores añadas para las cepas de *nebbiolo* en el Piamonte. Después de que el sumiller del restaurante hubiera vertido el exclusivo caldo en un escanciador, puso al día a su compañero de mesa sobre sus indagaciones en San Petersburgo y su visita a la bodega del Val d'Elsa.

—Guido Lungobaldi, le conozco. Un tanto excéntrico, pero he de reconocer que su bodega es de las mejores del mundo.

—Esa excentricidad y su enorme ego me permitieron acceder a su valiosísima colección. Solo precisé halagarlo un poco y cayó a mis pies.

El aristocrático personaje sonrió, satisfecho de la sagacidad de Víctor. Justo entonces, el camarero sirvió a la mesa la selección de *antipasti* de la casa: alcachofas marinadas, berenjenas *alla parmigiana* y *prosciutto di Parma*. Luego escanció un poco de vino en la copa de Víctor para probarlo.

—La estructura y complejidad de este vino son increíbles. Los aromas de ciruela, tabaco, cuero y roble hacen un festival en la nariz. Y qué untuosidad. Excelente. Además, mejorará mucho dentro de unos minutos.

Apuró la exigua cantidad de la cata, saboreando los taninos antes de proseguir:

—El marqués me sometió a un par de pruebas complicadas. Tuve que esmerarme y testar mi memoria enológica, pero el resultado valió la pena.

Cuando el camarero se hubo retirado, se agachó para extraer la botella de la bolsa. Sentía que le quemaba entre las manos y se la entregó apresuradamente a Ismael. Recordó de forma fugaz el momento en el que este había aparecido a su lado, como por arte de magia negra, ante las llamaradas del extinto La Puñalada.

—Aquí tiene el objeto de mis desvelos. No quiero volver a saber nunca más de este maldito vino ni del diabólico alquimista que lo creó.

Ouspensky la tomó cariñosamente con las dos manos. Sus ojos adquirieron de repente el siniestro brillo de la codicia y parpadearon por primera vez desde que Víctor lo conociera, hacía ya casi un mes. Nunca hasta hoy había visto tan claramente en un rostro la reencarnación del ángel caído.

—¡Maravilloso, excelente trabajo! —exclamó levantando su copa, exultante, por el éxito de la misión.

El sumiller acompañó con cierto temor el brindis y siguió la conversación con su emisario mientras daban buena cuenta de la excelente carne y del aún mejor *barolo*. Una vez finalizada la cena, decidió aclarar algunos cabos sueltos con su compañero de mesa.

—Ahora que tiene ya la botella en sus manos y que nuestros caminos se separarán, me gustaría que me respondiera algunas preguntas.

Ismael enarcó las cejas sin contestar.

—¿Qué misterio esconde realmente el vino de fray Ambrós? ¿Qué efectos producirá en aquel que lo beba?

Ismael cargó su pipa con unas hebras de Borkum Riff, haciendo tiempo para meditar la respuesta. La encendió y le dio un par de caladas antes de proseguir.

—Cuando acordamos iniciar la búsqueda, ya le dije que muchas preguntas quedarían sin respuesta. Siento decirle que esta es una de ellas.

Decepcionado por la seca negativa, Víctor prosiguió:

—Dígame al menos el motivo por el que lleva años buscándola denodadamente y gastando una fortuna por ella. Su obsesión roza la del capitán Ahab persiguiendo a Moby Dick, el leviatán blanco de los mares.

—Los motivos que rigen las acciones del ser humano no son siempre racionales. Le contaré de manera muy confidencial algo sobre mi familia. Mi padre fue un matemático y pensador muy influyente en los círculos intelectuales y esotéricos en los años treinta y cuarenta de este siglo. Siendo yo aún muy joven, en su lecho de muerte me habló de la misteriosa existencia de esta botella y me hizo jurar que dedicaría mi vida a encontrarla. Como usted sabe bien, romper el pacto con un moribundo abre las puertas del infierno de par en par.

Aquellas palabras cambiaron el semblante de Víctor, decidido a indagar cuanto antes en la biografía de su padre.

—Dicho esto, le quiero recordar que los diez millones de pesetas que va a recibir por mi encargo no son únicamente por la entrega de la botella, sino también por mantener en riguroso secreto todo lo que ha ocurrido durante las últimas semanas. Usted no me conoce ni sabe absolutamente nada de fray Ambrós o de su vino, ¿estamos de acuerdo?

Víctor asintió inquieto con la cabeza, consciente de las peligrosas consecuencias que podría acarrearle este engaño si Ouspensky lo descubría.

—He visto anteriormente otra botella de la cosecha de 1808 y era idéntica a esta. La misma forma, el vidrio oscuro esmerilado y el marcado con pintura blanca. Me caben pocas dudas de que ha encontrado lo que buscaba, pero no voy a transferirle su recompensa hasta que haya podido constatarlo.

Sin percatarse del temblor que empezaba a aflorar en la prominente barbilla del sumiller, Ismael dio una nueva calada a su pipa mientras sacaba el talonario de cheques de su portafolio y la estilográfica para firmar.

—Lo que sí pienso pagarle son los gastos que ha tenido para volar hasta aquí, alquilar el coche y alojarse en un hotel. ¿Treinta mil pesetas bastarán?

Pese a estar atenazado por los nervios, Víctor aún consiguió hacer un rápido cálculo mental y asintió con la cabeza.

—He gastado unas doscientas mil liras.

—Me comunicaré con usted en breve para finiquitar el resto del pago.

Tras abonar la cuenta, con la botella estrechamente guardada en su portafolio de cuero, se despidió y abandonó el restaurante apoyado en su aristocrático bastón.

Aturdido aún por la conversación, el sumiller apuró la última copa de *barolo* antes de salir a la calle con la bolsa de Armani y su jersey en la mano. Fue paseando por las pintorescas callejuelas hasta que se detuvo en seco al llegar a la piazza Sant'Elisabetta.

Apostado delante del hotel Brunelleschi, un hombre robusto y pelirrojo dio una señal con el codo a su corpulento acompañante al divisar a Víctor.

35

Víctor dejó caer al suelo la bolsa con su jersey al reconocer al siniestro personaje que había intentado atropellarlo y arrancó a correr.

El par de segundos que llevaba de ventaja le permitieron adentrarse a la carrera en el laberinto de calles adyacentes. Corría cambiando constantemente de sentido, intentando camuflarse entre los turistas que aún deambulaban a esas horas por el centro de la ciudad.

Al llegar a la plaza del Duomo, decidió entrar en la catedral de Santa Maria del Fiore en busca de algún escondrijo. No imaginaba que en aquel mismo instante estaban celebrando allí una misa vespertina.

El organista insuflaba aire con gran potencia a través de los tubos del fastuoso instrumento mientras el coro entonaba la barroca melodía del *Ave María* de Gounod. El templo estaba lleno hasta la bandera de devotos florentinos, así como de foráneos deseosos de asistir a aquel acontecimiento único bajo la cúpula de Brunelleschi.

Empequeñecido por las colosales dimensiones del Duomo, mientras sentía cómo se le erizaba el vello de sus brazos ante aquella excelsa música, Víctor se sentó en uno de los bancos centrales, entrelazó las manos y agachó la cabeza, rezando por que pasara desapercibido para sus perseguidores. La camisa que llevaba debajo del Barbour estaba completamente empapada de sudor.

Mientras la misa avanzaba, Víctor iba girando la cabeza discretamente a derecha e izquierda. Poco sospechaba que sus acosadores también se habían sentado en un banco de la catedral, dos filas detrás de él, y no lo perdían de vista.

Faltaba poco para finalizar la ceremonia cuando el obispo de Florencia invitó a los fieles a darse la paz. Fue en el momento de girarse cuando su mirada se cruzó con la de unos achinados ojos azules, protegidos por unos pequeños lentes redondos y coronados con unas pobladas cejas rojizas.

Sin esperar al término de la misa, se apresuró por el pasillo central de la iglesia tras empujar a sus vecinos de banco. Lo mismo ocurría dos hileras más atrás, hasta que víctima y perseguidores salieron a la plaza después de atravesar el enorme portalón del templo.

Antes de llegar al baptisterio, notó cómo una mano lo agarraba por la cintura y lo precipitaba al suelo, como en un placaje de rugby.

—No haga tonterías, Morell —le ordenó el pelirrojo con la mano en el bolsillo de su abrigo.

La tela verde del loden escondía el cañón de una pistola, así que Víctor no tuvo más remedio que levantarse del suelo sin ofrecer resistencia. Una pareja de turistas coreanos miraba escandalizada la escena y se alejó rápidamente del lugar.

El sumiller fue guiado por sus perseguidores hasta la fachada de un vetusto edificio a escasa distancia del Duomo. El fornido hombre que le había cortado el paso iba abrigado con una gabardina beis y un sombrero de estilo austriaco. Sacó una palanca del bolsillo y forzó la puerta de un palacete renacentista, primorosamente decorado, pero en estado de abandono.

Como en el Castello Il Borghetto, hermosos frescos revestían los techos con escenas mitológicas y del mundo clásico que el Renacimiento había querido evocar.

Empujaron a Víctor hasta un amplio y polvoriento salón, donde le ataron de pies y manos a una silla para someterlo a un interrogatorio.

Tras colgar el loden en el respaldo de otra silla, el pelirrojo se colocó correctamente las gafas circulares y comenzó la conversación con un marcado acento alemán.

—Un placer, *mein Freund*. Por fin nos vemos cara a cara.

—Siento no poder corresponderle, yo no tengo el mismo gusto.

—Ya sabe que intenté disuadirle en varias ocasiones de seguir con su búsqueda, pero fue en vano. Debo reconocer, sin embargo, que ha llegado mucho más lejos de lo que esperaba.

Víctor rebobinó en su cerebro el intento de atropello en París delante de la embajada rusa mientras el alemán proseguía con una cínica sonrisa en los labios.

—En el fondo, me ha hecho un favor acabando el trabajo por nosotros. Tengo que estarle agradecido.

Su voz cambió súbitamente a un tono amenazador.

—Y, ahora, ¡no perdamos más el tiempo! *Schnell*, dígame dónde está la botella y podrá salvar la vida.

—Lo siento mucho, pero no tengo ni idea de lo que me está hablando.

—Vaya, vaya… Parece que nuestro sumiller nos está saliendo respondón.

Hizo un gesto al matón que lo acompañaba para que le asestase un puñetazo en el estómago. Retorciéndose de dolor en la silla, no tenía ninguna duda de que era el mismo personaje que le había agredido en el vagón del Talgo. En algunas ocasiones, el cuerpo humano puede tener una excelente memoria.

—Le repito que no tenemos ningún interés en lastimarle. Respóndame lo que quiero saber y todos satisfechos. Por segunda vez, ¿dónde ha escondido la botella?

—Ya le he dicho que no la tengo.

—Me está haciendo perder la paciencia, herr Morell. Créame, no va a ganar nada con ello.

El tripudo hombretón aplastó con el pulgar una mosca que se había posado en la mesa y lo encañonó ahora con la pistola. Su rostro había abandonado la sardónica sonrisa con la que había iniciado el interrogatorio. Ahora el miedo atenazaba todo el cuerpo de Víctor.

—La botella ha estado en mis manos hasta hace escasamente una hora. Ya no la tengo ni sé dónde se encuentra.

Preso de la ira, el alemán disparó contra el espejo en el que Víctor se veía reflejado, haciéndolo añicos.

—Esta bala se ha dirigido a su imagen especular. No me fuerce a usar una segunda bala con usted. Si hemos de creer que no la tiene, ¿dónde está? ¿Se la ha entregado a alguien?

Una furtiva mirada fue toda la respuesta que obtuvo del sumiller. Las campanas del vecino *campanile* interrumpieron el tenso silencio tocando las once de la noche. Se estaba haciendo tarde en aquel interminable día en la Toscana.

—Voy a cambiar la pregunta, amigo, y más le vale responderla. ¿Quién le encargó encontrar esta botella?

—He jurado no desvelar su identidad, lo siento.

Cada vez más irritado, el pelirrojo tiró una silla al suelo y le apuntó directamente a la sien con mano temblorosa.

—Me río de su palabra. ¿Quién cree que vendrá aquí a salvarle? ¿Su amiguita, quizá? La tenemos a buen recaudo en su habitación de hotel.

Víctor se irguió en la silla, pasmado por aquellas últimas palabras. Su reacción no pasó desapercibida a su interlocutor.

—Le gusta esa chica, ¿verdad? Sería una auténtica lástima que el cóctel de somníferos que está a punto de ingerir acabe con su vida. Ya me deleito con los titulares de *La Nazione*: «Turista española se suicida en el hotel Brunelleschi. ¿Habrá sucumbido al síndrome de Stendhal?».

El agresor profirió una sarcástica carcajada, ufano de su ocurrencia.

—Vamos a dejarnos ya de rodeos y voy a formular la pregunta de otro modo..., un poco más directo. ¿Dónde está el señor Ouspensky?

Víctor se quedó petrificado al oír ese nombre. La tenebrosa imagen de Ismael se le aparecía, amenazadora, pronunciando las palabras «usted no me conoce...».

—Sorprendido, ¿eh? —De nuevo aquella desagradable risa llenó la oscura habitación—. Desde que coincidimos con él en una subasta sabemos que también codicia el vino del alquimista. Y tuvo usted muy mala suerte de cruzarse en su camino. A Ouspensky le vino de perlas encomendarle esta arriesgada misión a un advenedizo para mantenerse él lejos del peligro, pero no le ha salido bien la jugada.

Víctor seguía completamente aturdido. Pese a la gravedad de la situación, muchos interrogantes comenzaban a aclararse en su cabeza.

—¿Y, ahora, entraremos en razón?

—Está bien. Usted gana.

Revelar su paradero sería saltar de la sartén para caer en las brasas, pero no tenía más opciones en aquel momento.

—Desembuche...

—He cenado con él en la Enoteca Pinchiorri, pero nos hemos despedido hace ya un buen rato. Me dijo que se encontraba en Roma estos días. Si eso es cierto, probablemente se esté dirigiendo hacia allí en este mismo momento.

—Espero que no me haya mentido, Morell. Los métodos de mi padre son bastante más expeditivos que los míos y no creo que le apetezca conocerlos.

Víctor se atrevió a lanzar un órdago, intuyendo la identidad de su secuestrador.

—Von Elfenheim, ¿me asegura que no le han hecho nada a Sofía?

El pelirrojo se quedó estupefacto al escuchar su apellido. El sumiller le había dado un golpe de efecto inesperado. Quizá no fuera tan estúpido como creía.

—Sabe usted bastante más de lo que debiera, amigo. Dé gracias a que los dos puedan seguir con vida. —El hijo del barón se levantó súbitamente y abandonó el salón con un «*Auf Wiedersehen*» mientras el matón de la gabardina desataba a Víctor de la silla y lo acompañaba a empujones hasta la puerta de salida.

Una vez fuera, lo arrojó al suelo sobre los irregulares adoquines de la via dei Medici.

36

El centro de Florencia estaba ya desierto. Solo se veía deambular a alguna pareja acaramelada y a un par de adolescentes perjudicados por el exceso de alcohol.

Víctor se puso en pie y comenzó a andar tambaleándose, como aquellos jóvenes borrachos. Le dolían todos los huesos del cuerpo, pero estaba aliviado por haber perdido de vista al hijo de Von Elfenheim. Su repulsiva sonrisa y el rostro porcino, con aquellos minúsculos lentes redondos, recordaban a los sádicos científicos nazis recreados con tanta frecuencia en Hollywood.

Llegó al hotel en pocos minutos y se dirigió con premura a la habitación de Sofía. Era pasada la medianoche cuando llamó a su puerta y, tras identificarse, lo invitó a entrar.

No hacía mucho que Graciela Hess y su robusto acompañante se habían ido. Sofía estaba tumbada en su cama recuperándose de la imprevista intrusión y las amenazas.

Tras compartir sus mutuas experiencias con los acólitos de Abbey, los invadió una cierta sensación de relajamiento.

—Has desviado su atención hacia Ouspensky.

—Creo que he firmado mi sentencia de muerte —dijo Víctor, angustiado.

—No seas fatalista… Esto nos dará algo de margen para seguir buscando el elixir del alquimista.

—Yo no lo tengo tan claro. Aún no conoces a Ismael: puede llegar a ser muy peligroso. En cada conversación tienes la sensación de que se encuentra dos o tres pasos por delante de ti. Dudo que se trague lo de la botella falsa.

—El frasco 319 pertenece a la misma añada. Podría ser que también posea las milagrosas propiedades que se le atribuyen.

—Sabes de sobra que no es así —dijo Víctor—. No me habrías permitido entregársela si cupiera esa posibilidad.

Un ligero sonrojo asomó en las mejillas de Sofía mientras él explicaba:

—Fray Ambrós introdujo sus conocimientos alquímicos en una ínfima cantidad de la cosecha de 1808, quizá dos litros. Lo suficiente para llenar tres frascos como mucho. El número 319 está demasiado lejos de nuestro objetivo.

Ella asintió con la cabeza, asombrada por su perspicacia.

—Por cierto, no se me había presentado aún la ocasión de compartirlo contigo, pero he tenido ya en mis manos la botella numerada con el 313.

—¿Cómo dices? ¿Dónde ha sido eso?

Su asombro pasó directamente a un estado de máxima excitación.

—Es una larga historia, pero te bastará saber que es idéntica a la que nos entregó Guido Lungobaldi. Fray Ambrós la escondió en un rincón de Scala Dei después de apurar su contenido hasta la última gota. Estaba vacía.

—Esto explicaría su misteriosa desaparición del monasterio.

—¿Ah, sí? Quizá para ti, querida. Conoces mejor de lo que me cuentas los efectos que produce este diabólico elixir y va siendo hora de que lo compartas conmigo, ¿no crees?

—No te irrites, Víctor. Ya te expliqué en su día lo que sé sobre este vino. Tomado en pequeños sorbos aparentemente provoca un estado de coma, pero una gran cantidad llevaría a la desaparición del bebedor. Y nos tocará descubrir si efectivamente permite comunicarnos con el mundo de los espíritus.

Con el vello de la nuca erizado, el sumiller recordó de pronto las arcanas palabras de Paracelso: *Dosis sola facit venenum*, pero prefirió obviarlas y prosiguió.

—Es evidente que la botella 319 solo contiene un líquido que, siendo benévolos, podríamos denominar vinagre. Ismael tardará días, si no horas, en averiguar la tomadura de pelo. Prefiero ni pensar en las consecuencias.

—Creo que sobrevaloras a este personaje, lo tienes mitificado —dijo Sofía con aplomo—. Sin embargo, coincido en que debemos tomar las máximas precauciones a partir de ahora.

—Por cierto, ¿cómo han conseguido los secuaces de Von Elfenheim seguir nuestros pasos y localizarte en el hotel?

—Digamos que usando sofisticados métodos de la CIA. Se han servido de una nueva tecnología de geolocalización, hasta hace poco estrictamente reservada a operaciones militares.

Víctor se quedó estupefacto al oír eso.

—Y, ahora, será mejor irse a dormir —dijo ella—. El día ha sido más que intenso para los dos.

El sumiller se quedó inmóvil unos segundos contemplándola desde el umbral de la puerta. Estaba feliz de que hubiera salido indemne de ese inesperado incidente y, sobre todo, de haberla subido a bordo de aquel singular proyecto. Cada día que pasaba se sentía más atraído por la neuropsiquiatra.

A la mañana siguiente hicieron las maletas, desayunaron en el mismo hotel y se dirigieron con el Giulietta rojo al aeropuerto. El coche daba auténtica pena, podían dar gracias por haber contratado un seguro a todo riesgo.

Doscientos ochenta kilómetros más al sur, a escasos metros de la via Veneto, una misteriosa ceremonia estaba a punto de comenzar.

En una tenebrosa cámara bajo una mansión romana, dos candelabros iluminaban la oscura estancia mientras un hombre con sotabarba, vestido como un gran maese de la logia masónica, tomaba en sus manos un sacacorchos. Se disponía a descorchar una botella de vidrio oscuro esmerilado marcada en blanco con el número 314. Con un ejemplar de *Fragmentos de una enseñanza desconocida* abierto sobre aquel esotérico altar, elevó un cáliz con las dos manos y comenzó a pronunciar una especie de letanía.

—Papá, por fin me siento orgulloso. Nunca me ha resultado fácil ser el hijo de alguien como tú y te fuiste demasiado pronto para demostrarte que era digno de ti. Ahora nos volveremos a ver y tendremos mucho tiempo para retomar aquellas malogradas conversaciones.

Tuvieron que esperar un par de horas hasta que un vuelo de Iberia despegase de Florencia rumbo a Barcelona. Víctor aprovechó el tiempo para surtir su bodega particular con media docena de vinos italianos, desde un *nero d'Avola* siciliano hasta un *aglianico* de la Campania. Inspeccionando las estanterías del *duty free* y eligiendo aquellos vinos consiguió distraerse ante el inminente mal trago que se le avecinaba. Ella compró pasta de grano duro y unos paquetes de *pomodori secchi* y *funghi porcini*.

Sentados ya en la zona de embarque, y aunque el sumiller ya se había tomado su pastilla de Trankimazin, comenzó a sudar y tener palpitaciones. Sujetándole la mano, Sofía le fue hablando para calmarlo.

—Intenta respirar hondo, como hago yo. Inspira llenando los pulmones de aire y espira lentamente notando cómo el aire sale de la nariz. Concéntrate solo en ello y repítelo diez veces. Sé que no es fácil para ti en este momento, pero vale la pena intentarlo.

Víctor consiguió hacerlo, pero su mente lo llevaba constantemente a los dos aviones Jumbo chocando aparatosamente y solo tenía ganas de salir corriendo de allí.

—No te preocupes si no lo consigues ahora. La meditación requiere práctica, pero te irá muy bien incorporarla en tu vida.

—Mi psicóloga me dio el mismo consejo. Quise hacer una primera práctica, pero no fue precisamente un éxito —respondió él, recordando aquella noche surrealista en el Palacio del Silencio.

El avión despegó puntualmente y tuvieron un vuelo apacible, exento de turbulencias. Tener a Sofía a su lado le dio la seguridad que le faltó en el viaje de ida.

Una vez llegados al aeropuerto de El Prat, recogieron sus maletas de la cinta transportadora y subieron al coche en el aparcamiento para ir a Barcelona. Víctor la acompañó a su casa, al lado del mercado del Ninot, y se despidió temporalmente de la neuropsiquiatra. Ella tenía que trabajar en el Hospital Clínic los próximos días y no podría acompañarle a Poboleda.

Tras aparcar el pequeño Peugeot en el garaje, el sumiller pasó por el banco e ingresó en su cuenta el talón para liquidar los gastos de viaje.

Por fin en casa, dedicó un par de horas a acabar de ordenar lo que sus competidores habían dejado patas arriba unas semanas atrás. Varios vinilos se habían roto durante el asalto, pero por suerte no el de Arthur Rubinstein interpretando a Chopin. Sentado en su butaca, se dispuso a escuchar el *Nocturno n.º 2*. Gracias a la marcada sonoridad de sus arpegios en mi bemol mayor y al tempo, *andante tranquillo*, la melodía fluyó armoniosamente y le sumió en un *murakamiano* estado de melancolía, teñido por el sentimiento que estaba desarrollando hacia Sofía.

De ningún modo podía sospechar que, en un suntuoso palacio de Roma, justo entonces alguien estrellaba contra el suelo una copa medio llena de un líquido amarronado y lleno de poso.

La agitación de su túnica hizo temblar las llamas de los candelabros, iluminando espectralmente la estancia.

Ouspensky interrumpió la solemne ceremonia y salió, a grandes zancadas y botella en mano, de aquella cámara subterránea.

Sacó una lupa del cajón de su escritorio para observar con detenimiento el número 314 que la identificaba. Las maldiciones que profirió podían oírse desde cualquier rincón del enorme edificio.

No tardó mucho en dirigirse raudo al aeropuerto de Fiumicino para tomar el primer vuelo en dirección a Barcelona.

Víctor madrugó bastante al día siguiente para volver al Priorat. El viaje a la Toscana no lo había conducido a la botella, pero sí podría haberle resuelto su incierto futuro profesional. Tras un par de semanas de locura, notaba cierta sensación de paz interna. Y no estaba dispuesto a desaprovechar el momento. Además, sentía curiosidad por desguazar y abrir aquel bloque de óxido que había encontrado en la cámara secreta de fray Ambrós. Su salida abrupta al aeropuerto no le había permitido ver lo que contenía…, ¡en caso de que hubiera algo dentro!

Ramón había salido al campo a trabajar y su sobrina estaba en el colegio cuando llegó a Cal Concordi. Rosa lo recibió con un abrazo y le ofreció un café antes de acomodarse de nuevo en su habitación.

No tardó ni diez minutos en bajar al sótano y sacar la presunta caja del escondrijo donde los Morell habían ocultado sus enseres y propiedades durante decenios.

Pasó un buen rato serrando aquel objeto hasta que notó que ofrecía menos resistencia. Había traspasado la tapa de la caja. Dejó la sierra a un lado y sujetó la caja por ambos lados haciendo fuerza con las manos. No consiguió romperla, pero el corte de la sierra se amplió dejando a la vista unos legajos y sellos de lacre, sin duda antiguas cartas o documentos. Continuó serrando con mucho cuidado en cada uno de los lados para evitar dañar su contenido.

Finalmente, la fina plancha metálica cedió, partiendo la caja en dos y dejando caer al suelo aquel manojo de documentos. Apartó la suciedad que se había adherido a los papeles y subió a su habitación, emocionado y dispuesto a averiguar su contenido.

El primer documento era un sobre lacrado con el escudo de Scala Dei y dirigido a fray Ambrós. Albergaba una carta repleta de oscuros manchurrones de moho y humedad, pero la letra aún era legible.

Víctor comenzó a descifrar el barroco escrito:

26 de abril de 1809

Reverendísimo fray Ambrós:

Me dirijo a vos porque han llegado al conocimiento de esta santa abadía vuestros experimentos con animales y la elaboración de pócimas según antiguos tratados de alquimia.

Como sabéis bien, estas prácticas son contrarias a la fe cristiana y a los edictos de Su Santidad el obispo de Roma. Debería llevarle ante el Excelentísimo Tribunal de la Santa Inquisición para que emita su veredicto y dicte el castigo que le corresponda.

Sois vos, sin embargo, un monje muy estimado en nuestra comunidad y realizáis la importante labor de elaborar el vino que ofrecemos como sangre de Nuestro Señor Jesucristo en la celebración de la Eucaristía. Por ello, en mi humilde condición de prior, os permitiré seguir en Scala Dei si abandonáis, a partir de hoy, cualquier actividad herética o relacionada con la alquimia.

Asimismo, requisaré de inmediato de vuestros aposentos todos aquellos tomos que no figuren en la relación de libros autorizados por la Santa Iglesia Católica y Apostólica.

El señor os perdone y proteja,

BENEDICTO, prior de Scala Dei

Víctor estaba completamente fuera de sí. Tenía en sus manos la prueba documental que tanta gente había buscado en vano durante años y que certificaba las actividades prohibidas de fray Ambrós en su función de maestro vinatero.

La fecha era posterior a la vendimia y crianza de la cosecha de 1808, por lo que, con toda seguridad, el alambique y demás objetos ya estaban ocultos en la cámara subterránea cuando recibió aquella advertencia.

Copió la carta en su libreta y tomó en sus manos el segundo legajo, también una carta dirigida a fray Ambrós. El sobre no contenía nada destacable excepto el nombre del monje, pero el sumiller abrió enormemente los ojos cuando sacó la arrugada cuartilla de su interior.

La firmaba Abu Al-Rabi, el derviche que había conocido a fray Ambrós en la Grande Chartreuse. Aunque estaba escrita en ladino y con una extravagante caligrafía, el texto se entendía sorprendentemente bien.

En el margen superior derecho, el sufí había dibujado una abeja simétricamente rodeada de cuatro triángulos: el símbolo de la Hermandad Sarmoung.

37

Turquestán, 21 de marzo de 1810

Reverendísimo fray Theophrastus:

Os escribo ya desde mi monasterio, tras el largo viaje por Occidente que me ha permitido profundizar en el conocimiento de vuestra cultura y de los fundamentos de la fe cristiana. He podido certificar una gran similitud con las enseñanzas de mi venerado maestro Zoroastro: la inmortalidad del alma, el juicio final y, muy especialmente, el concepto del bien y el mal como máxima expresión de la dualidad del universo.

Como ya os comenté, este mismo principio también rige en el taoísmo. Lao Tse dijo en China hace siglos que no hay yin sin yang, no hay día sin noche, no hay vida sin muerte...

Agradezco profundamente a Ahura Mazda, nuestro Creador, por haber permitido que nuestros pasos se hayan cruzado y espero que nuestra amistad perdure por muchos años. Quizá, algún día, consigáis honrarme con una visita a nuestro monasterio y podáis asistir a las antiquísimas danzas de nuestras sacerdotisas.

Me complacería también mostraros el santuario que hemos dedicado al vino de la verdad con el que tan generosamente me obsequiasteis durante mi estancia en Scala Dei. Custodiamos este preciado elixir en un relicario de ébano, con delicadas incrustaciones de marfil y nácar, y es objeto de veneración por todos los *sarmouni* como testimonio de la transición entre la vida y la muerte. Os gustará saber que he hecho grabar en el mismo la acertada máxima de Plinio el Joven: *In vino veritas*.

La humanidad os debe la revelación de este gran misterio, perseguido desde hace milenios por filósofos y buscadores de la verdad en todos los continentes.

Desearía seguir manteniendo contacto con vos por vía epistolar y que prontamente pueda recibir vuestra respuesta a esta misiva.

Dios le guarde, humildemente,

ABU AL-RABI

Víctor no salía de su asombro. El contenido de aquella vieja y oxidada caja de hierro estaba ofreciendo las claves que durante tantos años habían perseguido Ismael y Siegfried Von Elfenheim. Abu Al-Rabi había llevado el vino del alquimista a un monasterio de la Hermandad Sarmoung, en un remoto lugar del Asia Central.

Recordando los libros de viajes de Ibn Battuta y Gurdjieff, su imaginación le hizo trasladarse a aquella exótica región sin sospechar que un taxi salía en ese mismo momento del aeropuerto de El Prat con destino a Poboleda.

Víctor transcribió el escrito del derviche en su libreta, traduciendo arcaicas expresiones del ladino al castellano, y siguió leyendo y copiando la última carta.

Se trataba de la misiva que dom Antonio, prior de la Grande Chartreuse, había dirigido en francés a fray Ambrós expulsándolo del lugar por herejía. Reconoció rápidamente aquella caligrafía. La había leído ya anteriormente en la biblioteca del antiguo monasterio.

Consciente del valor de aquellos documentos, para evitar que cayeran en manos ajenas, Víctor decidió bajar al sótano para guardarlos de nuevo en el escondrijo secreto.

Al ir a depositarlos, mientras apartaba a un lado los arcanos tomos de Paracelso, su mano notó el inconfundible y cálido tacto de la madera. Tomó una linterna del armario para iluminar la pequeña cavidad. Una alargada caja rectangular se hallaba en un rincón trasero y las telas de araña la habían hecho imperceptible a la vista. Probablemente no se había movido de allí en varias generaciones de la familia Morell. Al agitarla pudo escuchar el inconfundible ruido de monedas en su interior.

La excitación del sumiller iba *in crescendo* a medida que hacía más y más descubrimientos. Estaba dando rienda suelta a su vocación de arqueólogo, tantos años aparcada por su dedicación a La Puñalada.

Los pasos de su hermano bajando precipitadamente las escaleras evitaron que abriera aquel pequeño baúl del tesoro. Un horrendo presentimiento se apoderó de él.

—Víctor, tienes una visita muy peculiar. —dijo Ramón en voz baja—. Es un individuo que se parece a Robert de Niro en *El corazón del ángel*.

Un sudor frío recorrió el cuerpo del sumiller antes de responder:

—Interpretando a Lou Cypher, lo recuerdo bien.

Su hermano había hecho diana. No se le había pasado hasta hoy por la cabeza, pero el parecido con aquel sombrío personaje era asombroso, y no solo por su aspecto físico.

—Guarda todo esto rápidamente en el escondrijo —le susurró antes de encaminarse a las escaleras.

Subió los peldaños con gran lentitud, como si llevara zapatos con suela de plomo. Tenía la misma sensación que un reo dirigiéndose a su verdugo, pero intentó aparentar normalidad al saludarlo.

—¡Qué sorpresa verle aquí, Ismael! Bienvenido a Cal Concordi.

—Déjese de falsos cumplidos, amigo Morell, sabe perfectamente por qué he venido —respondió este furioso—. ¿Con quién se cree que está tratando?

—No entiendo lo que quiere decir…

—No se haga el tonto. Sabe perfectamente que me ha dado gato por liebre.

Víctor intentó responder con serenidad a la ira de su interlocutor y lo invitó a sentarse en una de las butacas del tresillo.

—Siento su desilusión, pero le he entregado la botella que me pidió, la 314. Utilicé desde el primer momento el número pi como regla mnemotécnica.

Ismael jugueteaba con el mango de su bastón, a punto de perder los estribos.

—¡Déjese ya de fingir! Me ha colado la 319, no soy estúpido. Muy hábil el maquillaje del número, pero sepa que nadie engaña a Ismael Ouspensky.

Ramón escuchaba desde el sótano el aumento de tono de la conversación y estaba preparado para subir a auxiliar a su hermano en cualquier momento.

—Esa botella es la que me entregó el marqués de Lungobaldi y…

—¡Basta ya! —interrumpió a gritos Ismael, que ya había perdido la paciencia—. Me da igual quién haya modificado su marcado, pero le aseguro que el vino que he probado no tiene nada que ver con lo que estoy buscando.

Víctor se mantuvo en un silencio expectante, esperando que el diabólico visitante se calmase un poco.

—Sé que tiene la botella 314 en sus manos, Víctor. Entréguemela, ahora que aún está a tiempo.

—Le juro por mi familia que no la tengo. ¿Por qué no habría de dársela con el dinero que me ha ofrecido por ella?

—Desconozco los tratos a los que pueda haber llegado con el barón Von Elfenheim, pero ni se le ocurra entregársela si en algo aprecia su vida.

El sumiller intentó negar sin éxito estas aseveraciones.

—¡Cállese de una vez! —interrumpió con rudeza y levantando amenazadoramente su bastón—. Viniendo a verle aquí ha podido comprobar que sé mucho más sobre usted de lo que pueda imaginar. Se lo dije el día que le conocí.

Víctor no tuvo más remedio que asentir en silencio bajando la cabeza.

—Regreso ahora mismo a Barcelona y me hospedaré donde siempre. Si no quiere seguir los pasos de su jefe, preséntese mañana a las siete de la tarde en el *lobby* del Majestic para entregarme la botella. Sigo convencido de que la esconde aquí, entre estas paredes, pero, en caso de que no fuera así, dispone de unas magníficas veinticuatro horas para encontrarla.

Ismael se levantó bruscamente, dejando a Víctor con la palabra en la boca. Con un gesto descortés, sin despedirse y apoyado en su sempiterno bastón, se dirigió al taxi que lo esperaba delante del portal de la masía.

El sumiller se quedó unos instantes meditabundo, en la puerta, y observó cómo el vehículo negro y amarillo enfilaba la avenida de salida, alejándose de la finca a toda prisa.

Ramón apoyó la mano derecha sobre su hombro en señal de apoyo, pero él sabía que esta vez el amor fraternal no podría servir de mucho. Aunque intuía hallarse en el tramo final de la investigación, le resultaría imposible viajar al Turquestán y encontrar la botella en ese corto plazo de tiempo. Siguió con la mirada a su hermano mientras se encaminaba en silencio hacia la cocina y suspiró para que nada más le sucediera a su familia.

Si algo positivo había sacado de la imprevista reunión con Ouspensky fue que los esbirros de Abbey aún no habían dado con él y desconocían el ingenioso trueque de botellas. Esa amenaza seguiría desactivada durante unos días.

Víctor quería comentar cuanto antes lo sucedido con Sofía y emprender de inmediato el viaje hacia el Turquestán, pero esta vez no saldría de Poboleda sin antes averiguar a fondo el contenido de su último hallazgo.

De nuevo en el sótano, extrajo la caja de madera del escondrijo y la abrió. Contenía varias monedas de dos reales acuñadas en plata durante los reinados de Carlos IV y Fernando VII. Probablemente fueron escondidas para protegerlas del saqueo de las tropas napoleónicas. Acompañaba al tesoro un pergamino dirigido a Bruno Morell, un antepasado de Víctor nacido en la segunda mitad del siglo XVIII. Estaba sellado en lacre con el escudo de Scala Dei.

Víctor rompió el sello con las manos temblorosas. Desenrolló con mucho cuidado la antigua carta y vio que estaba firmada por fray Ambrós. Estupefacto por descubrir la secreta conexión del monje alquimista con su antepasado, procedió a leer el escrito con avidez.

Si los documentos descubiertos en Scala Dei eran valiosos, este los superaba con creces a todos. Con gran rigor científico y un extremo detalle, fray Ambrós describía en el pergamino la compleja fórmula y proceso de elaboración del vino del alquimista. Le sorprendió leer que las plantas añadidas, acónito y pétalos de adelfa, tenían que ser recogidas en noche de luna llena o que uno de los ingredientes fuera una minúscula cantidad de *Amanita muscaria,* la tóxica seta roja con topos blancos de los cuentos infantiles.

Un miedo irracional se apoderó de él mientras iba asimilando pausadamente cada una de las palabras del arcano texto como si se tratara de una revelación divina. Era demasiado arriesgado copiarlo en su libreta, por lo que decidió memorizarlo tal y como en su día tuvo que hacer con la lista de los reyes godos. La memoria del sumiller siempre había sido portentosa y era una de las claves de su talento para reconocer aromas y sabores en un vino.

Volvió a enrollar el pergamino y lo depositó en la caja de madera junto a las monedas y las cartas encontradas bajo la losa de Scala Dei. Empujó el valioso estuche en el escondido rincón, al lado del tomo de Paracelso y el casco vacío numerado con el 313, y tapió la pequeña cavidad con el ladrillo que la camuflaba.

El sumiller no había tenido tiempo ni de deshacer su maleta, pero las pocas horas de estancia en el Priorat habían sido más que intensas y tremendamente fructíferas.

Comió con su familia antes de volver a Barcelona. Observando a María recordó aquella noche cuando le explicó que el tesoro de Rackham el Rojo se encontraba allí mismo. ¡Cuánta razón llevaba su querida sobrina! Víctor no les comentó nada sobre los vetustos documentos, pero sí anunció que, emulando a Marco Polo, debería efectuar un largo e impredecible viaje por la Ruta de la Seda.

38

Tras un viaje sin sobresaltos y acompañado por Pau Casals con sus hipnóticas *Suites para violoncelo* de Bach, Víctor llegó a Barcelona a media tarde y aparcó el Peugeot delante del Hospital Clínic para reunirse con su compañera de fatigas. Decidido, se dirigió al mostrador de información para preguntar por ella.

—Buenas tardes, quisiera ver a Sofía...

Sin poder acabar la frase, se dio cuenta de lo poco que se había esforzado en conocerla. ¡No le había preguntado nunca su apellido!

—Tenemos aquí a muchas personas con este nombre, caballero. ¿Busca a una paciente, una doctora, una enfermera...?

—Ella es neuropsiquiatra y sé que dirige algunas líneas de investigación.

—Déjeme ver...

La recepcionista abrió el listado de especialidades por la letra N y buscó si encontraba alguna médica que se ajustase a la descripción.

—Neurocirugía, neurología, neuropsiquiatría... Aquí la tenemos: Sofía Rostami. Déjeme que la localice.

Mientras la recepcionista marcaba el teléfono, Víctor arqueó las cejas, extrañado por aquel exótico apellido.

—Doctora Rostami, la llamo de Recepción. Una persona quiere hablar con usted, ¿quiere que se la pase?

La funcionaria colgó y le dijo a Víctor que se esperase un momento.

Sofía estaba reunida con unos colegas discutiendo sobre el tratamiento más idóneo para un paciente con un complejo trastorno de personalidad. En estos casos solían consensuar la opinión entre varios facultativos. Pese a su corta experiencia, se había ganado el respeto y gozaba de una buena credibilidad en el hospital, tanto por su labor investigadora como por el tratamiento de enfermedades mentales poco comunes. Pasaba muchas horas allí cuando no tenía que asistir o presentar estudios en algún congreso internacional.

Le gustaba su trabajo y no ocultaba la prioridad que este tenía en su vida. Probablemente ese fuera el motivo por el que acabó rompiendo su relación con Iván, algunos años atrás. Después de especializarse en cardiología, Iván había recibido una beca para hacer el doctorado con Valentí Fuster, un brillante médico barcelonés que se acababa de trasladar al hospital Mount Sinai de Nueva York. Sofía no estuvo dispuesta en aquel momento a alejarse de sus padres ni a sacrificar su carrera profesional para seguirlo.

Aún no había superado del todo aquella traumática ruptura.

Pasada media hora la neuropsiquiatra apareció en la recepción con una bata blanca y lo saludó formalmente con un apretón de manos. Volvía a tener el pelo rubio natural, pero aún tardaría un buen tiempo en poder recogérselo en su inconfundible coleta de caballo.

Tras una breve conversación, acordaron cenar juntos en el Xix Kebab, un excelente restaurante sirio que lindaba con el hospital.

Víctor paseó un rato por los alrededores para hacer tiempo. A la hora convenida se dirigió al restaurante para esperarla allí.

Ella no tardó en llegar y esta vez sí le dio dos besos en las mejillas antes de sentarse. Iba vestida con la misma ropa tejana que llevaba en Madrid cuando la conoció.

Pidieron un surtido de *mezzeh* para compartir y unos *xix kebab*, los exquisitos pinchos de cordero que daban nombre al local. Víctor escogió un Château Musar, un bondadoso tinto libanés, para regar la cena. Aquella noche tenía mucho de qué hablar con la neuropsiquiatra.

Pasó la primera hora explicándole con todo detalle los descubrimientos que había hecho en la cámara secreta de la celda de fray Ambrós, desde el libro de Paracelso y el alambique hasta la desvencijada caja con los documentos que el monje guardaba como oro en paño.

—Abu Al-Rabi visitó a fray Ambrós en Scala Dei y este le regaló el *vino de la verdad*. ¡Por fin lo tenemos!

Sofía atendía deslumbrada y con muchísima atención la inverosímil narración del sumiller.

—Y ahora escucha esto: el derviche escribió la carta desde un monasterio de la Hermandad Sarmoung que está en el Turquestán.

La científica tomó un trago de aquel vino antes de replicar con cierta solemnidad.

—*El monasterio*, querrás decir.

—La carta no lo especifica…

—Pues ya te lo especifico yo.

Víctor se quedó asombrado por la tajante respuesta de su compañera de mesa, pero decidió no indagar.

—Sea como sea, hemos de salir de inmediato hacía allí para localizar este santuario y encontrar la dichosa botella.

—Viajaremos al Turquestán, sí, pero no será ahora ni para traernos la botella. Iremos cuando la hayamos encontrado y la depositaremos de nuevo en su preciado relicario.

Víctor hizo una pausa para asimilar estas palabras y tomó asimismo un sorbo del Château Musar antes de proseguir:

—No te he mencionado nada sobre un relicario. ¿Cómo diablos conoces su existencia?

Sofía mojó un trozo de apio en el hummus y se lo llevó a la boca antes de responder a su intrigado interlocutor. Sus ojos dicromáticos lo miraban fijamente.

—¿Recuerdas el día que cenamos la fondue en la Saboya?

—Claro que lo recuerdo.

—Te dije que sabía más de lo que podías imaginar sobre la Hermandad Sarmoung.

—Cierto —respondió él de forma sucinta.

—Lo que no te dije es que… ¡pertenezco a ella!

—¿Cómo dices?

La copa que Víctor sostenía en la mano cayó sobre la mesa derramando el poco vino que, por suerte, contenía en ese momento. La mancha purpúrea empezó a extenderse lentamente sobre el mantel como un charco de sangre.

—Sofía Rostami… ¿De dónde has salido? Creo que ha llegado la hora de que me cuentes quién eres y qué relación tienes con el vino del alquimista.

La científica desdobló su servilleta y la puso sobre el vino derramado para absorberlo y hacer tiempo. Quería preparar bien su larga respuesta.

—Rostami es un apellido persa. Nací y me crie en Teherán, en una familia de gran diversidad cultural que profesa el zoroastrismo como religión. Mi padre es un abogado iraní, mi madre nació en Ankara y es turca-sefardí. Conoció a mi padre estudiando Medicina en la Universidad de Teherán, la misma donde hice yo el primer curso de la carrera.

Víctor seguía la narración con gran atención.

—El *shah* Pahlevi era un dictador y amasó una gran fortuna personal durante su reinado. Sin embargo, el país gozaba en esos años de un elevado nivel social, económico y cultural. Estaba abierto al mundo occidental y había derechos casi equiparables a los hombres para las mujeres. La Revolución de 1979 fue un espejismo. Trajo una dictadura aún más estricta e Irán es ahora hostil a cualquier persona que no profese el islamismo chiita. Fue por ello por lo que nos mudamos a Barcelona ese mismo año.

—Y tú proseguiste la carrera en España... ¿Cómo te las apañaste con el idioma? No tienes nada de acento.

—Hablaba farsi con mi padre y ladino con mi madre. En esencia, el ladino es castellano antiguo con influencia hebrea y turca. Me costó al principio, pero no tardé mucho en defenderme. Más me costó integrarme aquí. Aunque aparentemente la gente sea abierta, los círculos de amigos son bastante herméticos. Sobre todo, cuando eres un «bicho raro».

—¿Y de dónde vienen esos ojos claros y el pelo rubio?

—La gente piensa que todos los iraníes somos morenos, como los turcos o los árabes. Nada más lejos de la realidad. La antigua Persia fue poblada por arios durante la época de las migraciones indoeuropeas.

Víctor evocó en su imaginación de historiador a Darío el Grande y su palacio en Persépolis.

—Supongo que ahora ya no te sorprenderá tanto mi relación con la Hermandad Sarmoung. Es uno de los puntales del zoroastrismo y ha recibido también influencias del islam por la vía del misticismo sufí. Mi familia pertenece a ella desde hace muchas generaciones y mi padre es ahora su máximo responsable junto con Boga Yidzin, el gran derviche del monasterio.

—Ya veo que esta secta es la clave de todo el embrollo en el que estoy metido.

—¡No prejuzgues lo que no conoces! —respondió Sofía, irritada por su despectivo comentario—. La sabiduría y la espiritualidad ancestral de los *sarmouni* no tienen nada que ver con una secta.

—Disculpa, no quería ofenderte… Ahora bien, ¿por qué opinas que no encontraremos la botella en el Turquestán? La carta de Abu Al-Rabi era más que explícita.

Le dejó leer la transcripción que había hecho en su libreta para convencerla.

—He estado en ese lugar, Víctor. Los miembros de la Hermandad debemos realizar allí nuestra ceremonia de iniciación. Durante mi visita, conocí a Boga Yidzin y establecí con él una excelente relación. Conversamos durante horas sobre la relación entre la neuropsiquiatría y diversos fenómenos, inexplicables para la ciencia occidental pero conocidos desde hace siglos por los *sarmouni*.

—¿El vino del alquimista entre ellos…?

—Correcto. El derviche accedió a enseñarme algo que ni mi padre conocía: el santuario que Al-Rabi hizo construir en ébano, marfil y nácar para albergar las botellas que le entregó fray Ambrós en Scala Dei.

—¿Las botellas? ¿Cómo sabes que eran más de una?

—Léete bien lo que tú mismo has transcrito. Habla genéricamente del *vino de la verdad*.

—Cierto. Deduje inmediatamente que se trataba de *una* botella, la 314.

—Es arriesgado hacer conjeturas sin datos objetivos de apoyo. Te has vuelto a dejar llevar por la ilusión.

Víctor recibía estoico la segunda colleja del día, pero estaba encantado con la sagacidad e inteligencia de Sofía.

—Abu Al-Rabi talló en el relicario dos cavidades cilíndricas. La primera estaba desocupada y de la otra extraje una botella vacía, idéntica a la que nos dio el marqués de Lungobaldi, marcada en blanco con el número 315. El hueco está esperando su contenido original desde hace mucho, mucho tiempo. Desde que el derviche lo trajera al monasterio, el vino de fray Ambrós siempre ha sido venerado por la Hermandad como símbolo de la dualidad entre vida y muerte. Hace muchos años que intentamos localizar esa reliquia para devolverla a su lugar y es el objetivo que guía mis pasos en esta descabellada aventura. Aunque reconozco que cada vez me interesa más conocer el efecto que produce este vino y poder reproducirlo en bien de la ciencia.

39

Tres botellas de Scala Dei de la cosecha de 1808 habían hecho su aparición en menos de una semana. La 313 en la cámara secreta de fray Ambrós, la 319 en la colección de Guido Lungobaldi y ahora la 315 en el relicario del monasterio de la Hermandad Sarmoung. La 314 había acompañado a esta última con total seguridad hasta que alguien se la llevó del santuario, años atrás.

Pero ¿quién y adónde? Eso se preguntaba Víctor, desorientado, tras la conversación con Sofía. Estaba convencido de que tendría que emprender un largo viaje hacia el Turquestán para cumplir su misión, pero Sofía se le había anticipado en aquella exótica aventura y lo había dejado sin ninguna pista que seguir.

Lo peor del asunto era que al día siguiente debería rendir cuentas ante Ismael y no podía presentarse en el Majestic con las manos vacías.

—¿Sabe la Hermandad quién vació la botella 315?

—Tenemos bastante certeza sobre ello. Según antiguos testimonios, el príncipe ruso Esperovich Ukhtomsky llegó a nuestro santuario durante la Primera Guerra Mundial. Era inmensamente rico y culto, pero había enviudado y parecía un alma en pena. Sin su mujer ya no tenía ganas de vivir. Estableció una estrecha relación con el gran derviche *sarmouni*. Pocas semanas después de su llegada salió de su depresión y compartió una confidencia con él: se estaba viendo y hablaba cada noche con su difunta esposa.

Víctor no salía de su asombro a medida que Sofía iba desgranando los secretos de aquel misterioso lugar como los granos de maíz en una mazorca.

—Dado el estado en el que llegó, al principio lo tomaron por un desequilibrado. No obstante, su profunda espiritualidad y vasta cultura hacían de él un excelente conversador y era apreciado por todos los miembros de la Hermandad.

Sofía tomó un sorbo de vino antes de proseguir.

—Pasado un tiempo, el príncipe enfermó gravemente y un día desapareció, de repente y sin dejar rastro. Ukhtomsky estuvo alojado en la misma habitación donde Abu Al-Rabi había ubicado el *santuario de la verdad* para albergar el vino de fray Ambrós. Tras desaparecer su inquilino, el gran derviche descubrió que faltaba una botella del relicario y la que estaba en su sitio, y que yo he podido ver con mis propios ojos, ya no contenía más que el poso de lo que en su día debió de ser un excelente vino del Priorat. No hay duda de quién se relamió con él.

—Si se fue del monasterio, ¿no pudo haberse llevado él la segunda botella?

—El príncipe estaba moribundo y apenas podía levantarse de su cama. Es un enigma cómo pudo volatilizarse de aquel modo, pero aparentemente sucedió tras vaciar el contenido de la botella 315. Registraron todos los rincones de su habitación, y no encontraron ni rastro de la otra.

El sumiller se quedó pensativo, intentando encontrar algún indicio que le permitiera avanzar en su búsqueda. Recordó que también fray Ambrós desapareció de Scala Dei como por arte de magia tras apurar el vino de la botella 313.

—¿Crees que hablaba en serio cuando mencionaba las conversaciones con su mujer?

—Estoy convencida de que sí. Y también de que guarda relación con el elixir que seguramente fue tomando sorbo a sorbo. Lo que no sé es si realmente consiguió contactar con su espíritu o si el vino poseía propiedades alucinógenas que le alteraron la consciencia provocándole delirios. Es lo que sueño con averiguar.

—Todo esto está estrechamente vinculado con tus líneas de investigación.

—Podrás imaginar que no me metí en este campo por casualidad...

La cabeza de Víctor no paraba de dar vueltas mientras apuraba el último trago del Château Musar.

—Volviendo al monasterio, ¿no tenéis ni idea de dónde puede estar la botella desaparecida?

—La Hermandad tiene una sospecha, y creo que más que fundada... El príncipe recibió la visita de un amigo durante los meses en los que se alojó en el monasterio. Tuvo que ser él, pero no tenemos ni idea de quién fue ni a dónde se dirigió.

—¿Ningún nombre, ninguna descripción para identificarlo?

—Algún testimonio mencionó a una persona de tez morena y bigote, pero en aquella época la mayoría de los hombres del Turquestán se identificarían con esos rasgos.

La memoria de Víctor se activó como un resorte. Recordó, absorto, la noche que pasó en el Palacio del Silencio. Aquella descripción encajaba al dedillo con el misterioso personaje que se le apareció en su celda.

—Creo que tengo un presentimiento, Sofía.

Tras finalizar la cena con un surtido de *bakhlavas* y café turco, Víctor la acompañó andando hasta su casa y arrancó el pequeño 205 para volver a la suya.

Una vez en su habitación, y siguiendo su corazonada, abrió excitado el libro de George Gurdjieff. Recordaba haber leído el nombre de un príncipe ruso en el índice. Efectivamente, el capítulo VII se titulaba «El príncipe Yuri Liubovedsky».

Desilusionado, tiró el libro sobre la cama y se quedó sentado, cabizbajo, al pie de la misma. Habiendo leído allí referencias a la Hermandad Sarmoung guardaba la secreta esperanza de que el nombre que iba a aparecer sería el de Esperovich Ukhtomsky.

El día había sido de nuevo más que intenso, pero Víctor estaba desvelado y tenía los ojos como platos. «No debería haber bebido café para acabar la cena», se dijo. Tumbado sobre la cama, y sin nada más que hacer en aquel momento, tomó de nuevo el libro de Gurdjieff y lo abrió por aquel capítulo. Hacía días que había interrumpido su lectura y aún no había llegado hasta allí.

Víctor averiguó que Yuri Liubovedsky era uno de los amigos más íntimos de George Gurdjieff y miembro asimismo de la cofradía de los Buscadores de la Verdad. Profundamente enamorado de su mujer, que murió de forma prematura al dar a luz a su hijo, se obsesionó desde entonces en intentar establecer contacto con ella en el más allá. El príncipe participó en sesiones de espiritismo y se aficionó cada vez más al ocultismo. La visita de un anciano desconocido en su palacio de San Petersburgo lo llevó a viajar por África, la India y Asia Menor durante el resto de su vida, gastando su fortuna para buscar respuesta a sus interrogantes. Solo volvió a Rusia puntualmente para algún asunto indispensable.

Gurdjieff relataba que conoció a Liubovedsky en Egipto y viajaron juntos durante un tiempo. Años más tarde, un anciano derviche le pidió que visitase un monasterio escondido en un recóndito lugar de Asia Central. Era el santuario principal de una desconocida sociedad, la Hermandad Sarmoung, a la que pertenecía aquel religioso.

Víctor estaba totalmente absorto en la lectura de aquellos pasajes iniciáticos. Podría haber estallado un mísil en la plaza de la Virreina y no se habría enterado.

Tras varias semanas de viaje a lomos de un caballo, Gurdjieff llegó al monasterio. Pese a haber jurado no revelar jamás a nadie su ubicación, fue obligado a llevar los ojos vendados durante todo el camino, excepto cuando tuvieron que franquear un peligroso puente colgante.

No solo quedó maravillado por el lugar y las extraordinarias danzas que pudo presenciar, sino que encontró allí de nuevo a su amigo Yuri, que había hallado en ese recóndito santuario las respuestas que siempre anduvo buscando.

Víctor no podía creer lo que acababa de leer. Sin lugar a duda, el príncipe Ukhtomsky y Yuri Liubovedsky eran una y la misma persona. Por un increíble capricho del destino, el libro de viajes que había comprado en la Librería Francesa le ofrecía ahora la clave definitiva para resolver el enigma.

Ochenta años atrás, por lo tanto, George Ivanovich Gurdjieff visitó a su amigo Yuri en el Turquestán y se llevó la botella 314 a su regreso a Europa. Pero aún quedaba una pregunta nada trivial por responder: ¿qué hizo con ella?

40

Víctor pasó otra noche casi en blanco y excitado, pero esta vez no debido a la ansiedad, sino embargado por una inenarrable sensación de alegría. Aprovechó el desvelo devorando los capítulos de *Encuentros con hombres notables* que aún tenía pendientes.

Convencido de que George Gurdjieff era el nexo de unión en la compleja trama del vino del alquimista, a la mañana siguiente decidió ir a ver a su psicóloga sin pedir cita. En su última visita le había demostrado conocer bien al enigmático maestro espiritual y precisaba hablar urgentemente con ella.

—Discúlpame que haya venido sin pedir hora —dijo juntando las palmas de las manos—. Necesito preguntarte sobre un par de temas. Será apenas un momento.

Miriam miró de reojo su reloj de pulsera y lo hizo pasar a una pequeña sala.

—Acabo enseguida la consulta y tengo casi media hora hasta que empiece la siguiente. Ponte cómodo, ahora te aviso.

Aprovechó el tiempo para chafardear en la pequeña biblioteca de libros de psicología que la terapeuta había atesorado en la sala de espera. Al lado de *El hombre en busca de sentido* de Viktor Frankl descubrió varios tomos de Freud, de Jung y otros autores que no conocía.

Sus ojos se clavaron como dos chinchetas en un libro medio escondido a la izquierda de la estantería. Su título era *Fragmentos de una enseñanza desconocida*, su autor: Peter Demianovich Ouspensky.

La biografía del autor se hallaba resumida en la solapa: discípulo de George I. Gurdjieff y divulgador junto con este de la doctrina del Cuarto Camino.

Su corazón le dio un vuelco al descubrir la más que probable identidad del progenitor de Ismael, que, cómo no, también estaba conectada con el enigmático maestro armenio. Una pieza más encajaba en el intrincado rompecabezas que le había tocado resolver.

Comenzó a hojearlo y no tardó en encontrar la figura de nueve aristas que la psicóloga tenía colgada en su consulta. La página con el gráfico llevaba el encabezado «Eneagrama del Cuarto Camino».

Estaba completamente absorto en la lectura cuando Miriam entró en la sala y lo interrumpió.

—He acabado ya la consulta, Víctor, puedes venir. Veo que te interesa este libro, quédatelo si quieres. Ya me lo devolverás otro día.

—Gracias, sí que me lo llevaré.

Una vez dentro, la psicóloga llenó dos tazas de té de bergamota y lo invitó a sentarse.

—No quiero robarte mucho tiempo, iré al grano.

Víctor asintió con un leve cabeceo.

—Adelante…

—Hace un par de semanas me explicaste el eneagrama y su origen. Aún no puedo contarte el motivo, pero necesito información urgente sobre George Gurdjieff.

Miriam se llevó la taza a la boca y tomó un largo sorbo del *earl grey*. Esbozó una leve sonrisa antes de comentar:

—Veo que hice bien aconsejándote ir al Palacio del Silencio. Te has abierto a una espiritualidad diferente.

—Eso no tiene nada que ver —murmuró contrariado y recordando el fiasco de su visita al monasterio—. Bueno, quizá sí… indirectamente.

—Te noto algo nervioso, ¿estás bien?

—Estaré mucho mejor cuando halle la salida al laberinto en el que estoy metido. Algún día te lo contaré todo, pero ahora ni yo puedo ni tú tienes el tiempo necesario para escucharme.

Miriam interpretó la furtiva mirada del sumiller al gráfico colgado en la pared como un recordatorio del motivo de su visita.

—¡Qué enigmático te veo, Víctor! En fin, no me iré con rodeos. El mejor sitio para informarte sobre Gurdjieff en Barcelona es la Sociedad Teosófica.

—¿Y eso qué diablos es? —preguntó él, previendo una nueva incursión en alguna secta esotérica.

—Se trata de una organización internacional fundada en 1875 por Helena Blavatsky para buscar la sabiduría divina, oculta o espiritual. Krishnamurti y Rudolf Steiner fueron miembros destacados de ella.

El sumiller no tenía ni idea de quiénes eran. Algo avergonzado, asintió con cara de disimulo.

—Inicialmente, los teósofos querían estudiar y explicar fenómenos relacionados con el espiritismo, pero su objetivo evolucionó hacia la consecución de la fraternidad universal. Encontrarás su sede barcelonesa cerca de la plaza de Lesseps.

La terapeuta buscó la dirección exacta y la copió para él en un pósit.

—No me dirás ahora que perteneces a esta sociedad…

—¡Qué va! —respondió ella, riendo—, pero una paciente mía sí lo es y me ha contado todo esto. Se llama Olivia Schreiner. Te permitirán entrar si les mencionas su nombre. Tienen la biblioteca más amplia de Barcelona sobre temas de ocultismo, misticismo y también sobre las doctrinas de Gurdjieff.

—No sabes cómo te lo agradezco, Miriam. Cuando acabe lo que llevo entre manos, prometo contártelo todo.

—Estoy intrigada, Víctor. Sea lo que sea en lo que andas metido, te está sentando bien. Proyectas una energía muy diferente, como si dentro de ti se hubiera encendido una luz.

Tras despedirse de ella, Víctor tomó la línea verde de metro y se plantó en un santiamén en la puerta de la Sociedad Teosófica. La referencia a Olivia le abrió efectivamente las puertas, permitiéndole entrar en un universo ignoto para él hasta la fecha.

Diversos símbolos esotéricos y un extraño escudo con la estrella de David rodeada por una serpiente colgaban de la pared. Más que una secta, tenía la sensación de haber penetrado en una logia masónica.

Víctor se sentó frente a un amplio escritorio de madera con luminarias centrales a media altura que recordaba poderosamente a las mesas clásicas de billar. Puso delante de él la libreta y los tomos que pudo encontrar relacionados con George Gurdjieff, desde *Relatos de Belcebú a su nieto* hasta alguna biografía del enigmático maestro, y se pasó el resto de la mañana anotando y copiando fragmentos que le parecían interesantes.

El maestro armenio afirmaba que la inmensa mayoría de los seres humanos «viven en un modo automático, sin plantearse su esencia ni el porqué de sus acciones. Y así desperdician su vida dejándose llevar maquinalmente por una cinta transportadora hasta que esta los conduce al horno».

Sostenía que la esencia es algo con lo que nacemos, mientras que la personalidad es impuesta por nuestro entorno y educación; al intentar complacer a los demás, nos convertimos en una marioneta con la que acabamos identificándonos.

Su objetivo principal fue ayudar y ofrecer guía espiritual a las personas para conseguir salir de ese estado. Con este fin, desarrolló la doctrina del Cuarto Camino a partir de la teosofía y de tradiciones de diferente origen.

Víctor anotaba con voracidad todo lo que leía, ya no por lo que pudiera contribuir al éxito de su misión, sino por lo hondo que estaban calando en él aquellos mensajes. Ahora sentía que, hasta el providencial encuentro con Ismael, había pasado una vida entera en la oscuridad.

Gurdjieff definió tres caminos para la búsqueda de la espiritualidad y el conocimiento interior: el del yogui, que corresponde a la mente; el del monje, al corazón; y el del faquir, centrado en el cuerpo. Todas las vías son válidas, pero fuerzan a la persona a retirarse del mundo.

El Cuarto Camino, en cambio, no obligaba a la renuncia y permitía al ser humano *despertar* mediante la atención plena y el autoconocimiento, logrando la unión espiritual entre personalidad y esencia. Esta vía era más compleja porque requería de un arduo e individualizado trabajo en el intelecto, las emociones y el cuerpo físico.

Los consejos que Víctor había recibido aquella noche en el monasterio del Garraf coincidían plenamente con estas doctrinas, pese a que nunca había oído hablar de ellas. Un sudor frío le bajó por la nuca recordando aquellos penetrantes y espectrales ojos negros.

Para lograr que sus alumnos siguieran el Cuarto Camino, el guía espiritual decidió fundar su propio instituto. Empezó a impartir sus enseñanzas en Constantinopla, pero tras la Primera Guerra Mundial buscó un sitio apropiado en Europa. Lo halló en un bello y antiguo priorato en Fontainebleau-Avon, a setenta kilómetros de París, y lo bautizó como Château du Prieuré o Le Prieuré a secas. Dieciséis hectáreas de frondosos bosques y jardines rodeaban la mansión de tres pisos y proporcionaban a sus alumnos el entorno necesario para su aprendizaje.

—Priorato… de nuevo, una increíble sincronía —se dijo el sumiller.

Gurdjieff se afincó en Le Prieuré en 1922, poco después de volver del Turquestán. Víctor concluyó que la botella que le entregó Liubovedsky debía encontrarse por fuerza en ese lugar.

También leyó que, por aquel entonces, el maestro armenio se había distanciado de su discípulo más destacado, Peter D. Ouspensky, lo que explicaría que quizá hubiera tenido conocimiento, pero no acceso, a la mítica reliquia de la Hermandad Sarmoung.

Preso de una singular urgencia, redactó una carta a su intimidante emisor y la ensobró. Tras devolver los libros a su estantería, se despidió y salió a paso ligero del edificio. La línea verde de metro lo llevó en pocos minutos al paseo de Gracia, donde entregó la misiva al uniformado conserje del hotel Majestic:

Barcelona, 16 de noviembre de 1997

Apreciado Ismael:

No hace falta que me espere a las siete de la tarde en el vestíbulo del hotel. No acudiré. Tampoco me busque en mi piso ni en Poboleda.

He aprovechado esta mañana para indagar a fondo en la biografía de su padre y creo haber descubierto el origen de su obsesivo interés por el vino de Scala Dei. El discípulo nunca consiguió superar a su maestro ni averiguó lo que se esconde detrás del umbral de la muerte.

Presiento que muy pronto tendré en mis manos la botella 314 y podré ponerme en contacto con usted para negociar su entrega y cobrar por fin mi recompensa.

Atentamente,

VÍCTOR MORELL

41

El sumiller salió por la puerta del Majestic con la inquietante sensación de haber dejado una bomba de relojería haciendo tictac en la recepción. Se alejó rápidamente de allí y, al llegar a los Jardinets de Gracia, se sentó en un banco para llamar a Sofía desde su móvil.

—Hola, Víctor. ¿Alguna novedad?

—Diría que más de una... Ahora sí que sé dónde se encuentra el vino del alquimista.

La neuropsiquiatra se quedó un momento en silencio al otro lado de la línea.

—No seas tan misterioso, canta...

—Está escondida en las afueras de París, no puedo darte más datos por ahora. Saldré pitando hacia allí, esta misma tarde.

—No pensarás ir solo, ¿verdad? —preguntó contrariada.

—Me dijiste que tenías mucho trabajo acumulado en el hospital.

—Lo que lleva esperando dos semanas podrá hacerlo un par de días más. Pásame a buscar cuando salgas de casa, ¿de acuerdo?

Pese a la alegría de saber que iba a viajar acompañado, la voz de Víctor se tornó grave.

—Te aviso de que correremos peligro, y mucho.

—Razón de más para acompañarte —dijo decidida—. Llámame cuando estés a cinco minutos de mi casa.

Le encantaba el valor y el carácter decidido de Sofía. Tras cerrar la tapa del móvil, se dirigió presuroso hacia la plaza de la Virreina. No tardó ni media hora en hacer su equipaje con ropa de abrigo para unos días, además de su inseparable cámara réflex. Con su Barbour y paraguas en mano, bajó con la maleta al garaje y abandonó las callejuelas de Gracia para irla a buscar.

Muy cerca de allí, en la terraza del bar Samoa, Graciela Hess estaba conversando con Ismael. Sentado a su izquierda se hallaba el mismo matón que la acompañaba en la Toscana. El cañón recortado de una Beretta calibre 22 apuntaba al aristocrático personaje por debajo de la mesa. Un choque fortuito al salir del Majestic había derivado en un interrogatorio en toda regla, disimulado tras unas tazas de café en pleno paseo de Gracia.

La red de Abbey seguía a Ouspensky desde aquella subasta en Sotheby's y no les costó mucho dar con él de nuevo en Barcelona, sobre todo por su fidelidad a ciertos hoteles y restaurantes. Semanas atrás, y coincidiendo con el incendio de La Puñalada, supieron de este modo que había contratado a Víctor para hacerle el trabajo sucio y conducirlo al vino del alquimista. El sumiller entró desde ese día también en el radar de Von Elfenheim.

—Espero no tener que repetirlo una tercera vez, señor Ouspensky, ¿dónde ha escondido esa maldita botella?

—Lo siento mucho, señorita, pero le repito que no sé de qué vino me habla ni tengo la menor intención de encontrarla. Si me hablase de un Château Laffite del 89, ya sería otra historia.

Ismael hacía gala de su ironía y capacidad dialéctica, esquivando elegantemente el acoso al que era sometido por la psicoanalista.

—Y ahora, si me perdonan, voy a tener que dejarlos. Ya he pasado más tiempo con ustedes del que hubiese deseado.

Viendo que no podría retenerlo, la argentina cambió repentinamente de estrategia y de registro.

—¡Espere un minuto, por favor! Antes de que se vaya, quiero pedirle perdón por la confusión. Habíamos recibido una información confidencial que al parecer era errónea.

Aparentando estar avergonzada, sacó de su bolso la estilográfica Montblanc, garabateó su número en una página en blanco de su agenda y la arrancó para dejarla sobre la mesa, justo encima de la pluma.

—No puedo darle detalles, pero es imprescindible encontrar esa botella antes de que vaya a parar a las manos equivocadas. Me llamo Graciela y aquí tiene mi teléfono para avisarme si la localiza. Acepte de nuevo mis disculpas.

Los esbirros de Von Elfenheim se levantaron *ipso facto* y se alejaron rápidamente del lugar.

Descolocado, Ismael los siguió un rato con la mirada hasta que desaparecieron, camuflados entre un grupo de turistas que iba a La Pedrera. Al levantar la nota para leer el número de teléfono, descubrió que la argentina había olvidado la estilográfica. Estaba ya demasiado lejos para intentar devolvérsela.

Sofía esperaba a Víctor en la calle Mallorca vestida con tejanos, un anorak azul y las mismas deportivas Nike que llevaba el día que se reencontraron en el Louvre. Cargó la maleta en el portaequipajes del Peugeot y salieron a toda prisa hacia el aeropuerto.

—Cuéntame lo que has descubierto, me tienes intrigada…

—Es largo de contar, pero me pusiste sobre la pista al hablarme del príncipe ruso que pasó un tiempo en el monasterio de la Hermandad Sarmoung.

—¿Esperovich Ukhtomsky?

—El mismo. Parece ser que el príncipe Ukhtomsky utilizó diferentes nombres cuando viajaba por Asia y África buscando respuestas a sus inquietudes existenciales.

La neuropsiquiatra lo observaba fijamente sin saber a dónde conduciría esa conversación.

—Se presentó con el nombre de Yuri Liubovedsky ante un importante maestro espiritual de aquella época y trabaron una gran amistad. Este gurú es quien lo visitó en el Turquestán poco antes de su desaparición y quien, con toda seguridad, se llevó la botella 314 de su relicario.

—¿Y quién es este personaje, si puede saberse?

—George Ivanovich Gurdjieff.

Sofía se quedó estupefacta al oír aquel nombre en boca de Víctor.

—¿Gurdjieff? ¿Cómo diablos lo has averiguado?

El sumiller tomó el libro del maestro armenio de la banqueta trasera y se lo acercó a ella.

—Hace unas semanas cayó en mis manos por una increíble casualidad. Solo te diré que uno de los capítulos de este libro autobiográfico se titula «El príncipe Liubovedsky».

—Gurdjieff —iba diciéndose ella, hojeándolo y visiblemente decepcionada consigo misma—, ¡cómo no se me había ocurrido!

Aparcaron el coche y entraron a la moderna terminal del aeropuerto de El Prat. Esta vez, el sumiller no estaba al borde de la taquicardia, pero seguía aterrorizándole la visión de los aviones cruzándose en el aire al despegar o aterrizar.

Consiguieron comprar los dos últimos billetes a París en el vuelo de Air France de las cinco de la tarde. Tenían aún hora y media para facturar y dirigirse a la puerta de embarque, por lo que esta vez Víctor sí pudo admirar el caballo de Fernando Botero, así como la estilizada y mediterránea arquitectura de Ricardo Bofill.

Antes de embarcar, se sentaron en una cafetería para tomar algo. Víctor aprovechó para ponerse su Trankimazin bajo la lengua e hizo una serie de respiraciones guiado por su rubia compañera. Pese a ello, mostraba aún un elevado nivel de ansiedad ante el inminente embarque y sentía unas terribles ganas de salir corriendo de allí.

—Me ha sorprendido mucho que conozcas a Gurdjieff. Jamás lo habría imaginado. Después de ser considerado un guía espiritual en todo el mundo, en los años sesenta empezó a caer en el ostracismo, relegado por Osho u otros gurús de menor enjundia. Hoy en día mucha gente no sabe ni quién es.

—O sea, que tu sumiller ha ganado algunos puntos —comentó él, esbozando una tímida sonrisa.

Sofía se acercó la taza a los labios, tomó un sorbo de té y preparó con calma lo que iba a decirle.

—Tengo que reconocer que he encontrado en ti por fin una persona que está a mi altura —dijo ella, mirándolo con picardía.

Víctor no supo reaccionar ni interpretar la insinuación que acababan de lanzarle cuando el altavoz del aeropuerto anunciaba ya la salida del vuelo de Air France y tuvieron que dirigirse a la puerta de embarque.

Al facturar tan tarde, no habían conseguido asiento juntos, pero el evidente nerviosismo de Víctor ayudó a que un pasajero les intercambiase el suyo. Agotado tras una noche en blanco y la tensión acumulada, el ansiolítico hizo efecto rápidamente y sumió al sumiller en un sueño corto pero profundo.

Mientras tanto, en la habitación 666 del hotel Majestic, Ismael iba y venía de un lado a otro como una pantera enjaulada.

Con los ojos enrojecidos y fuera de sus órbitas, sujetaba en la mano la carta que le había hecho llegar el sumiller y observaba una foto que siempre llevaba en su cartera. Era el retrato del hombre al que su padre más había llegado a querer y luego también a aborrecer. Contempló su calvicie, los largos mostachos y su brillante y penetrante mirada, que parecía atravesar el tiempo para desafiarlo.

42

El avión de Air France aterrizó en Orly pasadas las ocho de la tarde, con una hora de retraso. A mitad de semana y en noviembre, eso equivalía a noche cerrada en las afueras de París.

Alquilaron un coche para dos días y buscaron alojamiento cerca del aeropuerto. Un Ibis sin grandes pretensiones cumpliría su función para aquella noche.

Tras instalarse en sus habitaciones, bajaron a cenar al restaurante del hotel. El ambiente del comedor era tan frío y desangelado como el del resto del establecimiento.

No llevaban ni media hora cenando cuando un tono insistente los interrumpió. El teléfono móvil de Víctor sonaba y zumbaba sin tregua, vaticinando un terremoto de elevada magnitud en la escala Richter.

Víctor miró a Sofía con gesto preocupado y sujetando nervioso el Nokia con la mano derecha hasta que saltó el contestador automático.

—¿No respondes?

—Ya te imaginas quién es. Tengo que pensar bien lo que quiero decirle. Le devolveré la llamada después.

—Entiendo… —respondió ella, pensativa—. ¿Y qué pasa si no lo llamas?

—No es una opción, Sofía. Sabe dónde vive mi hermano y no me gustaría que volviera a aparecer por allí.

Acabada la cena, ya en su habitación, Víctor se puso cómodo para contactar con Ismael. Con dedos temblorosos, tecleó su número de teléfono. Tres tonos de llamada bastaron para que este descolgara.

—Buenas noches, Víctor. No ha aparecido usted esta tarde en el hotel Majestic. ¿Tiene usted idea de lo que eso significa?

—Lo siento, pero ayer ya le dije que no tenía la botella. Y era literalmente imposible localizarla en veinticuatro horas. —El sumiller hizo una pequeña pausa antes de proseguir en un tono artificiosamente optimista—: La buena noticia es que estoy muy cerca de conseguirlo. Se lo he escrito en la nota, espero que se la hayan hecho llegar.

—La he leído, sí. Pero ya no le creo. Sospecho que tiene usted una agenda oculta.

—Me ofende usted, Ouspensky.

—¿Ofendido? —respondió Ismael con una risa sarcástica y elevando el tono de voz—. ¿No cree que debería ser yo el ofendido? Ha intentado engañarme con una botella falsificada y me consta que no fue usted quien usó mi bono para viajar a San Petersburgo. ¿Tengo que seguir confiando en un mentiroso?

Se produjo un tenso y angustioso silencio al otro lado de la línea.

—Olvídese de los diez millones de pesetas que le ofrecí en su día. El plazo ya ha concluido. Su mayor recompensa, si me entrega inmediatamente la botella, será conservar la vida.

Víctor se acordó de su inminente cita con Robert Parker, que podía brindarle un brillante y próspero futuro.

—Me importa un pimiento su dinero y sepa que estoy grabando la conversación —prosiguió Víctor, intentando sonar convincente—. Si me sucede algo, esta grabación llegará a manos de la policía.

—Usted sabe mejor que yo que no hará nada de eso —respondió Ismael, obviando el comentario—. Y, por cierto, su carta me ha sido de gran utilidad para orientarme. Es cierto que mi padre no consiguió nunca superar al gran maestro Gurdjieff, pero en breve voy a subsanar y vengar este injusto error histórico. Le recomiendo que rece todas las oraciones que conozca. —Dicho esto, colgó bruscamente sin siquiera despedirse.

Aquella noche el sumiller tuvo agobiantes pesadillas. La sombra de Ouspensky aparecía por una grieta en las ruinas de Scala Dei y lo perseguía levantando su bastón contra él. Víctor intentaba escaparse, pero no lograba moverse de su sitio, como suele suceder en esta clase de sueños.

Ismael se iba acercando más y más hasta que, al llegar a su lado, la cabeza de galgo se transformaba en una monstruosa criatura que parecía extraída del universo de Lovecraft. Sin poder protegerse, se abalanzó encima de él profiriendo un escalofriante aullido, justo cuando sonaba el despertador de su mesita de noche.

Se despertó empapado de sudor y con la cama completamente deshecha. La pesadilla le había parecido más que real.

—He cometido un grave error con Ismael —comentó, preocupado, durante el desayuno—. Presiento que no tardaremos mucho en volver a verlo.

—Vuelvo a repetirte que estás obsesionado con él, Víctor. No es más que un ser humano, como tú y yo.

—Sé de qué me hablo. Hice una referencia a Gurdjieff en la carta que le escribí y esto lo ha puesto sobre su pista. Estoy seguro de que conoce el lugar donde vivía y en el que fundó su escuela.

Sofía se quedó pensativa unos instantes. Su rostro mostraba inquietud por primera vez.

—Mal hecho, pero ya es tarde para rectificar. De momento, llevamos la delantera. Salgamos de inmediato a Fontainebleau y empecemos a investigar.

Tras el *check-out* en el Ibis Orly, subieron al coche de alquiler y tomaron a toda velocidad la autopista A-6 en dirección sur.

El Château du Prieuré estaba en Avon, una pequeña población perteneciente al distrito de Fontainebleau. Fundado siglos atrás, el antiguo complejo monástico de las carmelitas databa del siglo XVII.

Gurdjieff había comprado esta mansión en 1922 para instalar el Instituto para el Desarrollo Armónico del Hombre y la acondicionó con un gimnasio y un teatro para realizar sus prácticas.

Ahora era una residencia para la tercera edad. Un moderno y espacioso edificio se había construido años atrás allí donde se ubicaba el bosque de la propiedad. A su derecha, la mansión histórica seguía el estilo clásico de muchos *châteaux* franceses: de planta rectangular y alargada, tenía tres pisos con tejado de pizarra.

Al atravesar la alameda, Víctor tuvo la impresión de que estaba entrando en Moulinsart, la famosa morada del capitán Haddock.

No fue, sin embargo, el mayordomo Néstor quien los recibió en la entrada, sino Dominique, el portero del enorme complejo geriátrico.

Tras explicarle los motivos de su visita, los acompañó hasta el despacho de Jacques Duchamp, el director del centro, un hombre relativamente joven con barba de pocos días y las sienes plateadas. Iba vestido con una americana de lana color cámel, una camisa azul y una corbata chillona que combinaba menos que el agua y el aceite.

—Buenos días, ¿en qué puedo ayudarlos? —los saludó, invitándolos a sentarse en las butacas que tenía frente a su escritorio.

—Estamos escribiendo una biografía sobre George Gurdjieff —mintió Sofía en perfecto francés—, que vivió y enseñó aquí a sus discípulos en los años veinte. Nos gustaría poder visitar las dependencias de este edificio y consultar los documentos históricos que puedan encontrarse aún aquí.

—Gurdjieff vendió y abandonó esta finca en 1933, hace más de sesenta años —explicó, algo sorprendido—. Desde entonces ha sufrido varios cambios y remodelaciones, sobre todo cuando instalamos aquí la residencia geriátrica. No sé si encontrarán mucha información que pueda serles útil, pero no hay problema por mi parte para que inspeccionen lo que deseen. Dominique los guiará.

Tras esta breve entrevista, el director los acompañó hasta la recepción y los dejó con el conserje. Con él bajaron unas escaleras hasta el sótano del edificio, un espacioso gimnasio que cayó en desuso cuando se construyó el edificio moderno. Las paredes estaban llenas de espalderas de madera y máquinas con poleas y cuerdas para ejercitar los músculos. En una sala adjunta se acumulaban plintos de salto y balones medicinales llenos de polvo.

Pasaron media hora revisando todos los rincones del enorme espacio, pero no vieron nada que les llamara la atención. Dominique les informó de que, en ese mismo lugar, y según los rumores, un extraño maestro enseñaba a sus discípulos danzas esotéricas y practicaba la magia negra. Era evidente que nunca había oído hablar con propiedad del maestro armenio.

Siguieron por un espacio contiguo, que servía de trastero y almacén de cajas y archivadores. Víctor quitó el polvo a uno de ellos y leyó en el tomo: FEBRERO DE 1995: RESIDENTES.

—¿Todos los archivos son recientes? —preguntó.

—Por imperativo legal, guardamos todos los documentos administrativos durante cinco años. Los expedientes de las personas que se han alojado aquí suelen entregarse a sus familiares cuando fallecen. Si no, los mantenemos aún unos diez o doce años.

—¿Y no hay ningún documento más antiguo, del periodo de entreguerras, por ejemplo?

—En este lugar seguro que no. Puede ser que encuentre algo en la pequeña biblioteca de la segunda planta —señaló el conserje—, pero creo que se tiró casi todo cuando se reconvirtió en residencia.

—Luego nos acercaremos allí, con su permiso —intervino Sofía—. ¿Tienen algún rincón en el sótano que se utilice como bodega?

—La única botella que encontrará en todo este edificio es la de *armagnac* que monsieur Duchamp tiene en su despacho —respondió con una amplia carcajada.

El portero los guio por las diferentes estancias del edificio hasta llegar a la biblioteca y los dejó allí para que pudieran fisgonear con calma.

Pasaron más de una hora extrayendo e inspeccionando centenares de libros acumulados en las estanterías, pero tampoco aquí encontraron documentos antiguos de Le Prieuré ni nada que pudiera proporcionarles alguna pista. Como no fuera su espíritu, cualquier rastro de la presencia de Gurdjieff entre esas cuatro paredes había desaparecido por completo.

Descendieron las escaleras hasta la planta baja para despedirse de Dominique y abandonar el lugar. Víctor estaba cabizbajo y su rostro mostraba un creciente desasosiego. Estaba seguro de hallar en este lugar la solución al enigma de fray Ambrós. Ahora, sin ningún rastro más a seguir, temía más que nunca el próximo encuentro con Ismael.

—¿Quieren que los lleve también al edificio nuevo?

—No hará falta, gracias —respondió Sofía—, ha sido usted muy amable. Daremos una vuelta por los alrededores antes de irnos.

Estrecharon su mano con la del conserje y salieron a pasear un rato por el espacioso y cuidado jardín. Amplios parterres y rosaledas se sucedían en formas geométricas a lo largo de una red de caminos que confluían en una rotonda central, rematada con un plúmbeo monumento neoclásico.

Arrastrando los pies y con Sofía a su lado, Víctor se iba acercando al mismo. De repente, oyeron la voz del conserje que reclamaba su atención.

—Antes de que se vayan, he olvidado mencionarles la buhardilla de la mansión. Es un refugio para ratones y lechuzas, pero guardamos allí muebles y trastos viejos antes de deshacernos definitivamente de ellos. Aunque sea un nido de polvo, igual encuentran alguna antigualla interesante. Acompáñenme y los llevaré.

Un halo de esperanza devolvió el brillo a la mirada de Víctor mientras se cruzaba espontáneamente con la de Sofía.

—Gracias, Dominique. Será estupendo poder echar una ojeada.

El conserje abrió una pequeña trampilla en el techo de la tercera planta e hizo bajar una escalera telescópica plegada en el interior del desván. Dio media vuelta a un viejo interruptor de porcelana en forma de lazo para iluminar aquel enorme espacio y, tras observar cómo los visitantes trepaban hacia la buhardilla, regresó a la recepción.

—Ciérrenlo todo bien cuando acaben y me bajan las llaves luego, por favor.

Cada paso que daban levantaba una polvareda que hacía difícil respirar allí dentro. Afortunadamente, ninguno de los dos tenía problemas de alergia.

El techo inclinado solo permitía andar sin agacharse en la zona central de la buhardilla. Fueron recorriéndola sistemáticamente, apartando telarañas, vetustas sillas de ruedas y enseres varios del geriátrico que dificultaban abrirse paso. Una pequeña estantería al fondo del desván captó poderosamente su atención. ¿Encontrarían allí algún escrito antiguo de Gurdjieff?

Unos pocos manuales y libros de texto de los años ochenta compartían los estantes con anuarios y viejos listines de teléfonos. En el renglón más bajo, una gruesa y desvencijada carpeta sobresalía del resto de los tomos.

Sofía se agachó para agarrarla y sopló con fuerza para eliminar la capa de polvo acumulada. Deshizo los lazos que la cerraban por ambos lados y revisó los documentos que contenía.

Se trataba de los planos utilizados para la construcción del nuevo edificio. Decenas y decenas de láminas y cuartillas de gran formato con croquis arquitectónicos, esquemas topográficos y cálculos de estructura. Todo su gozo en un pozo; tampoco aquí encontrarían nada que les permitiera avanzar.

Abatido y taciturno, Víctor tomó la carpeta y se sentó en el suelo para hojear distraídamente los diferentes planos del archivador. El último documento estaba doblado. Lo desplegó con parsimonia hasta que un mapa de enormes dimensiones apareció ante sus ojos.

Se trataba de una detallada cartografía de la extensa propiedad de Le Prieuré. En la zona marcada como bosque se apreciaban con claridad las líneas trazadas para la futura ubicación de la residencia de ancianos. En el centro, la inconfundible silueta rectangular del *château* y la amplia alameda que conducía al mismo. A su derecha, un entramado de triángulos y líneas geométricas representaban el clásico y armónico jardín por el que acababan de pasear.

Los ojos del sumiller se fijaron en ese legajo de papeles como los de un astrónomo en un cuerpo celeste recién descubierto. Su respiración se fue acelerando al ver que el diseño del jardín y la división de los parterres eran idénticos al gráfico que colgaba en la consulta de su psicóloga.

Un polígono regular de nueve puntas con una plazoleta circular en el centro: ¡el eneagrama de Gurdjieff!

43

Tras mostrarle a Sofía lo que acababa de descubrir, dobló el mapa y lo guardó en el bolsillo de su Barbour. Cerraron la trampilla del desván, se sacudieron el polvo de la ropa y devolvieron la llave al portero antes de despedirse.

Se apresuraron a volver al jardín. No tardaron en localizar la zona que, en el plano, formaba el eneagrama de Gurdjieff. El monumento situado en la rotonda central era un obelisco truncado, parecido a los panteones que antaño se hicieran erigir las familias ilustres para acoger a sus difuntos. Remataba el mismo una pequeña estatua apenas visible si uno no se fijaba. El escultor había tallado en mármol una escalera con un ángel a cada lado y coronada con la cruz cristiana: ¡el escudo de Scala Dei!

Abandonaron la residencia y se fueron a unos grandes almacenes de bricolaje para comprar una linterna y un kit de herramientas básicas antes de instalarse en un pequeño hostal de la misma localidad de Avon.

Al anochecer salieron del alojamiento para cenar en un acogedor bistró del centro del pueblo, sin sospechar que en ese mismo instante un avión de Air France tomaba tierra en Orly. Se trataba del mismo vuelo que el día anterior los había llevado a París, solo que entonces traía de Barcelona a otro pasajero, elegantemente ataviado bajo su sotabarba.

Era ya noche cerrada en el Château du Prieuré y un fuerte mistral soplaba del norte, agitando con insistencia las copas de los árboles y ululando al pasar a través de grietas y resquicios de la vieja mansión. La luna en avanzada fase creciente proporcionaba suficiente iluminación a Víctor y Sofía mientras atravesaban sigilosamente los jardines en dirección a la rotonda central.

Dejaron las herramientas en el suelo del parterre y dieron una vuelta para inspeccionar el obelisco. Sus cuatro lados estaban perfectamente orientados a los puntos cardinales. Constaban de paneles rectangulares de un metro y medio de alto y ochenta centímetros de ancho rodeados por una cenefa en relieve rectilínea.

En el centro de cada panel estaba cincelada una palabra en latín: CONCORDIA al norte, LABOR al este, SAPIENTIA al sur y VERITAS al oeste. Iluminándolos de cerca con la linterna, pudieron observar en este último una fina ranura disimulada por la cenefa que recorría todo el borde exterior del panel.

Con un destornillador fueron resiguiéndolo, eliminando el musgo y la tierra acumulados en la hendidura durante decenios.

—Estoy segura de que es una puerta, Víctor... —susurró Sofía, emocionada—. Creo que hemos encontrado el escondrijo.

—*VERITAS*... Puede ser un homenaje a los Buscadores de la Verdad que citaba en su libro.

Llenos de excitación, empezaron a palpar alrededor del monolito para intentar encontrar algún resorte o mecanismo que permitiera abrir la supuesta puerta. Tras la infructuosa búsqueda, Sofía trepó ágilmente hasta la escultura apoyándose en los brazos del sumiller. El crepitar de las hojas a merced del viento y su inquietante silbido acompañaban pavorosamente la escena.

Víctor sostenía la linterna e iba iluminando alternativamente la estatua de Scala Dei y su alrededor temiendo a cada momento ser sorprendidos.

Tras un rato tanteando y observando todos y cada uno de los elementos de la estatua, Sofía descubrió un pequeño eje circular en la base de uno de los ángeles. Tomó la figura con ambas manos y, tras un par de intentos, consiguió girarla con dificultad hasta que oyó el leve clic de un mecanismo encajando dentro de otro.

Víctor se quedó sin aliento al ver cómo el lateral del obelisco se iba abriendo lentamente, mostrando delante de él un oscuro y secreto hueco. Sofía saltó desde la cima del monolito y se acercó a la misteriosa puerta.

La linterna les descubrió unas mohosas escaleras que conducían al fondo de una cámara subterránea.

—Esperemos un poco antes de bajar, Víctor. El aire debe de estar viciado y muy empobrecido de oxígeno. Podría ser peligroso.

Sofía encendió un cigarrillo para intentar relajarse. A Víctor, la espera se le hizo eterna. La tentación de penetrar en aquel misterioso espacio era demasiado grande. Además, las aterradoras sombras que proyectaba la tenue luz de la linterna en el bosque circundante parecían cobrar vida propia.

El monumento se había abierto por el lado oeste, donde se pone el sol, asociado desde los antiguos egipcios con la muerte.

Una vez que bajaron todos los peldaños, la científica encendió una cerilla y vio que la llama se mantenía estable. Ya fuera de riesgo, comprobaron maravillados que se hallaban en una cripta redonda, con nueve estatuas equidistantes situadas en la pared. Unas líneas grabadas en el enlosado del suelo las enlazaban entre ellas, formando inequívocamente el eneagrama de Gurdjieff y llenando de sentido las nueve figuras circundantes.

Su memoria fotográfica permitió a Víctor recordar de manera fiel las palabras de Miriam: «Muchos autores actuales utilizan el eneagrama para clasificar al ser humano en nueve tipos de personalidad. Por orden numérico serían el perfeccionista, el servicial, el triunfador, el sensible, el pensador, el leal, el entusiasta, el líder y el conciliador».

Cada una de aquellas figuras era una alegoría de los distintos perfiles y estaban situados en el mismo orden que le había dado la psicóloga.

Fueron revisándolas una a una, procurando encontrar una asociación con la personalidad del maestro espiritual y la búsqueda de la verdad. Gurdjieff podía definirse claramente como un líder, pero su faceta académica también encajaba con una vocación de servicio o ayuda. Por último, su enorme curiosidad lo había llevado a viajar, pensar e investigar durante toda su existencia.

Decidieron focalizarse inicialmente en las estatuas correspondientes a los números dos, cinco y ocho.

La primera de ellas correspondía a la personalidad servicial y representaba la figura de una mujer acompañando a un anciano desvalido. Intentaron mover la escultura y la iluminaron por todos los lados sin detectar ningún botón o resorte que permitiese moverla y ver su interior.

Anduvieron a la izquierda hasta llegar a la octava escultura, que representaba al líder, un guerrero con la espada alzada y comandando a tres soldados agazapados detrás de él. Tampoco ahí pudieron encontrar mecanismo o modo alguno de mover la figura.

El tiempo iba corriendo y la ansiedad comenzaba a apoderarse de Víctor. El sudor le resbalaba por la frente a medida que recorrían la cripta sin lograr ningún avance.

Finalmente, se detuvieron en la quinta escultura que representaba al investigador. Una figura de corte helenístico, inspirada en *El pensador* de Rodin, estaba sentada con el mentón apoyado en la mano derecha. Contemplaba un globo terráqueo rodeado de libros, unos matraces y un compás, símbolos de la ciencia y el conocimiento. Marcada en la tapa del libro superior, una abeja rodeada de cuatro triángulos despejó las pocas dudas que pudieran quedarles.

Tras tantear la figura sin éxito durante unos minutos, Víctor descubrió que la voluminosa esfera mostraba una separación coincidiendo con el trópico de Cáncer. Ayudado por Sofía, consiguió dar la fuerza necesaria para que el cierre cediese. Cuando finalmente logró desenroscar la cúpula superior del globo terráqueo, ambos tuvieron que contener un grito.

Víctor extrajo maravillado de su interior una antiquísima botella de vidrio oscuro esmerilado con el número 314 rotulado en blanco. Un líquido oscuro y algo denso se agitaba en su interior como el oleaje del mar en aguas profundas.

Sofía, tan fascinada o más que él por el descubrimiento, le pidió la botella para verla de cerca. Víctor se la acercó con un gesto reverencial, como si le estuviera ofertando una antigua y valiosa reliquia.

Una vez que se la entregó, la neuropsiquiatra le dirigió una corta e intensa mirada con sus perturbadores ojos dicromáticos.

—Lo siento mucho, Víctor, pero no puedo permitir que caiga en manos equivocadas. Sé que lo entenderás y que podrás perdonarme.

Dicho esto, subió corriendo por las enmohecidas escaleras, botella y linterna en mano, dejándolo petrificado y a oscuras en aquella lúgubre cripta.

44

Cuando se encontraba ya en el último peldaño, a punto de salir corriendo al jardín, una imponente figura cerró el paso a Sofía. Con el bastón de cabeza de galgo en una mano y una pistola en la otra, la obligó a dar media vuelta y volver a descender al corazón de las tinieblas.

Ismael dejó su bastón apoyado en el obelisco y la siguió lentamente bajando las escaleras con cuidado y sin dejar de apuntar con el arma. La linterna iluminó el rostro de Víctor, que justo iniciaba el ascenso para tratar de alcanzar a la neuropsiquiatra y recuperar la botella.

—Vaya, vaya… ¡A quién tenemos aquí! Veo que se ha procurado una buena compañía para cumplir la misión.

Ouspensky se mesó la sotabarba y continuó en un tono marcadamente cínico.

—¿O quizá no haya sido tan buena? A punto ha estado esta rubia de robarle el tesoro delante de sus narices, amigo. Y mire que le advertí que no compartiera el secreto con nadie.

El sumiller miraba al suelo avergonzado. Estaba enamorado y había llegado a confiar plenamente en ella. La sensación de haber sido traicionado lo corroía por dentro y le producía sentimientos encontrados.

—Ya puede darme la botella, señorita —extendió la mano hacia ella—. Esto se ha acabado.

Sofía sujetaba con fuerza la botella y se negaba a entregarla. Iracunda, se enfrentó a él.

—¿Para que la quiere, Ouspensky? ¿Para demostrar a su difunto padre que ha conseguido lo que él no pudo hacer? ¿Para satisfacer su enorme ego?

Poco después de que Víctor le hubiera revelado para quién trabajaba, recordó y asoció claramente aquel nombre tan peculiar con Peter D. Ouspensky, el impulsor, con Gurdjieff, del Cuarto Camino. Por lo que había leído sobre él, ser su hijo no debía resultar nada fácil.

—La guadaña segó antes de hora la vida de papá, privándonos de muchas conversaciones que quedaron pendientes. Ahora, por fin, me reuniré de nuevo con él.

Ismael dirigió una mirada enajenada hacia el cielo.

—George Gurdjieff mantuvo siempre en secreto la historia de fray Ambrós, pero papá logró descubrirla en unas cartas que el maestro había dejado por descuido sobre la mesa. En ellas averiguó que el monje no descubrió la piedra filosofal ni el elixir de la vida, sino más bien el «elixir de la muerte». También averiguó que este se encontraba dentro de una botella marcada con el número 314. Lo que nunca llegó a imaginar, y tampoco yo, es que él mismo la poseyera.

—¿Y ha puesto en riesgo la vida de Víctor por este capricho narcisista? ¿Cree que esto es un teléfono para llamar al más allá? —respondió ella, visiblemente airada mientras le señalaba la botella.

Ismael estaba a punto de perder la paciencia.

Dio un paso al frente y apuntó con la pistola a la cara de Sofía.

—Una insolencia más y le vuelo la tapa de los sesos.

Ella reculó un poco ante el cañón que tenía frente a sus ojos bicolores, sujetando con fuerza la botella en sus manos.

—¡No intente ningún truco y démela de una maldita vez! —gritó, ya totalmente fuera de sí.

Finalmente, se vio obligada a ceder y tuvo que entregarle a regañadientes la preciada reliquia. Los ojos de él casi se salieron de sus órbitas al observar con codicia el objeto de su larga búsqueda. Con la botella en la mano, comenzó a retroceder sin dejar de apuntarlos con la pistola. Subió la escalera de espaldas y muy lentamente para no resbalar con el musgo de los húmedos peldaños.

Cuando estaba a media altura se dirigió al sumiller.

—Buen trabajo, Víctor. Acerté de pleno encomendándole esta misión. Es una pena que no vaya a recibir su premio, pero ya le dije que no lo merece. Y, bien mirado, tampoco va a necesitarlo.

Una sarcástica risa acompañó sus últimas palabras.

—Además, resultaría incómodo tener testigos de lo que ha acontecido aquí. Esta cripta será su tumba. Nadie va a encontrarlos jamás cuando cierre la puerta. Ni Poe podría haber imaginado mejor desenlace para uno de sus relatos.

Sus enrojecidos ojos dieron a su rostro una expresión diabólica al imaginar el terrorífico final que los esperaba a aquellos dos.

—Pero no se crean que no tengo corazón. Tendré un detalle y les dejaré la linterna para que puedan disfrutar de este maravilloso eneagrama en relieve. Pueden jugar a adivinar sus perfiles de personalidad. Un placer exclusivo. A papá le habría encantado.

Víctor observó aterrado su delirante mirada, idéntica a la del capitán Ahab en su último duelo con Moby Dick. Definitivamente, la obsesión de Ismael por aquella botella lo había vuelto completamente loco.

Sin nada ya que perder, el sumiller hizo un último intento para disuadir a su desquiciado emisario.

—No se saldrá con la suya, Ouspensky. He puesto sobre su pista al barón Von Elfenheim. Le aseguro que dispone de más recursos de los que pueda imaginar y no tendrá ni el más mínimo escrúpulo en deshacerse de usted. Tardará muy poco en encontrarle.

—Ya lo ha hecho…, pero me lo he quitado de encima —respondió triunfal y arrogante—. ¡Sé cuidarme solito, *mon ami*!

Ismael siguió subiendo la escalera de espaldas hasta llegar a la superficie. Entonces bajó la botella al suelo, al lado de su bastón. Sin dejar de apuntarlos con su arma, comenzó a mover el pesado panel de granito para cerrar la abertura hasta que el rítmico ruido de unos pasos lo hizo detenerse.

45

A pocos metros de distancia, una siniestra figura de gran estatura y poblado cabello blanco lo observaba fijamente. Llevaba un chaquetón de cuero hasta los pies que recordaba a los que usaban los altos mandos de las SS.

A su lado, un hombre más bajo y rechoncho empuñaba una Beretta calibre 22. Un rostro bien conocido para Víctor y Sofía, que habían subido sigilosamente la escalera y contemplaban lo que ocurría desde la estrecha rendija que había quedado abierta entre el panel y el quicio de la puerta.

—*Gute Nacht*, herr Ouspensky. Como buen alemán, me gustan los formalismos. Empezaré presentándome. Soy el barón Siegfried Von Elfenheim, propietario de los laboratorios Abbey. Y este es mi hijo Wolfgang.

El pelirrojo hizo un leve gesto de saludo al verse señalado por su padre. Un escalofrío recorrió los cuerpos de Víctor y Sofía al oír el nombre del aristócrata germano.

—El día que nos vimos en Barcelona aseguró que no tenía la botella y, por lo que veo, no nos mintió. Sin embargo, habría sido muy inocente de nuestra parte perderle la pista, ¿no cree?

—¿Cómo diablos han dado conmigo? —respondió Ismael, desencajado ante aquel imprevisto encuentro. Bastón en mano, apuntaba con su arma al barón.

—Yo lo definiría como... ¡una obra maestra!

Ante el rostro estupefacto de su rival, Von Elfenheim sacó una estilográfica Montblanc del bolsillo y se la mostró teatralmente y con gesto de superioridad.

—En alemán, *ein Meisterstück*. Por cierto, agradecería que me la devuelva. He gastado una fortuna en esta maravilla tecnológica y en conseguir, por fin, el vino del alquimista.

El enloquecido rostro de Ismael expresaba toda la rabia de quien descubre que ha sido engañado. Enfurecido, iba haciendo pequeños giros como una bestia acorralada y apuntaba sucesivamente a padre e hijo con la pistola.

—Rudolf Von Sebottendorf estuvo buscando con mi padre este elixir, viajando durante años por el Tíbet, Asia Central y la India. Sus contactos con la Sociedad Teosófica le permitieron conocer su existencia y el poder que otorgaba a quien lo bebía. —El barón hizo una pequeña pausa y miró a su hijo de reojo antes de continuar—: Si es cierto que facilita el contacto con el más allá, esta sustancia vale millones. Voy a desvelar secretos extraordinarios sepultados por la muerte y me convertiré en el hombre más rico y poderoso del mundo.

Los ojos del alemán centelleaban, llenos de ambición. Exultante y deseoso de hacerse cuanto antes con aquel codiciado objeto, cambió el tono de voz al dirigirse de nuevo a Ismael.

—Y, ahora, dejémonos de preámbulos y cortesías. ¡Baje la pistola y coloque inmediatamente la botella en el suelo, aquí en medio, entre usted y yo!

Wolfgang dio un paso al frente y apuntó directamente a la cabeza de Ismael para forzar la situación.

Contrariado y de mala gana, este no tuvo más remedio que depositar la reliquia de fray Ambrós suavemente sobre la hierba, a metro y medio del barón.

Los ojos del aristócrata se iluminaron como ascuas al ver a tan corta distancia el objeto de sus desvelos. También su hijo estaba como hipnotizado, hecho que no pasó desapercibido al sagaz Ouspensky.

En el momento justo en el que Von Elfenheim se agachó a recoger la botella, Ismael se tiró al suelo con la rapidez de un galgo y pudo evitar la bala que iba dirigida a su sien. Ágil como un felino se revolvió, pistola en mano, y disparó tres veces al obeso cuerpo de Wolfgang, que, en pocos segundos, y sin tiempo para apretar de nuevo el gatillo de su Beretta, cayó desplomado sobre el césped del parterre.

El barón no dudó ni un instante y se abalanzó sobre el otro, que aún estaba tumbado en el suelo. Hubo a continuación un largo forcejeo entre ambos hasta que el alemán logró arrebatarle el arma.

La resistencia de Ouspensky duró poco ante la fornida complexión de su oponente y, finalmente, una bala atravesó su diafragma hiriéndolo mortalmente. Después de proferir un grito que helaba la sangre se quedó inmóvil en los brazos del otro. Con los ojos abiertos como platos y expulsando espumarajos por la boca, su sotabarba dejó de tener el impecable aspecto habitual.

Agotado por la lucha, el alemán se deshizo del cuerpo de Ismael y llegó a cuatro manos hasta la botella, sin darse cuenta de que este, respirando agónicamente, sujetaba el bastón y sacaba de su interior un estilete. Un último esfuerzo le bastó para reptar hasta Siegfried Von Elfenheim y atravesarle el corazón con la afilada arma.

Los dos cuerpos yacían ahora inmóviles sobre el césped de Le Prieuré, rodeando la botella del alquimista y unidos hasta la eternidad por la estilizada cabeza de galgo.

El blanco mango de marfil presidía dramáticamente la macabra escena y destacaba en el charco de sangre como la inmaculada piel de Moby Dick sobrenadando el mar teñido de rojo tras la lucha final con Ahab.

46

Viendo los cuerpos inánimes de sus enemigos, Víctor y Sofía empujaron el panel lateral del monumento que franqueaba el acceso a la cripta y salieron con precaución de ella. El ruido de los disparos había alarmado a los inquilinos de la residencia, y las lámparas se iban encendiendo en muchas de las habitaciones como las luces intermitentes de un árbol de Navidad.

Después de asegurarse de que los tres personajes estaban muertos, y sin pensarlo dos veces, Víctor se agachó entre los cuerpos del barón e Ismael, agarró la botella del suelo y abandonó con Sofía el tétrico escenario corriendo a la mayor velocidad que sus piernas les permitían. Aprovechando la oscuridad, abandonaron el recinto por el portalón de acceso. Aún les dio tiempo a observar los haces de luz de unas linternas que emergían del interior de la mansión de Gurdjieff.

Arrancar el coche habría alertado a la vigilancia del geriátrico y podía poner en aviso a la policía, así que decidieron recorrer las calles adyacentes, a grandes zancadas, hasta encontrarse a una distancia prudente de aquel lugar.

Pocos minutos más tarde llegaron a los jardines del cercano Château de Fontainebleau, el mayor y más espectacular palacio en Francia después de Versalles. A aquellas horas de la noche, el palacio estaba cerrado y una alta y puntiaguda verja de hierro bloqueaba el paso hacia su interior.

Los tres metros de altura parecían una barrera infranqueable para ellos, por lo que decidieron girar a la derecha y buscar otra alternativa para esconderse hasta que hubiese amainado el peligro. Eran inocentes de lo acontecido y los forenses y peritos de la policía seguro que reconstruirían los hechos de modo correcto. Sin embargo, ser localizados en el lugar del crimen los podía situar en una situación muy embarazosa, además de hacer peligrar el valioso vino de fray Ambrós.

Medio kilómetro hacia el este, un macizo roble emergía de un alcorque. De gran envergadura, una parte del árbol penetraba varios metros en el interior de la verja. Con felina decisión, Sofía trepó al tronco ayudándose de huecos y salientes. Una vez arriba, y después de asegurar la botella que le acercó el sumiller, lo agarró con su mano derecha y lo aupó asimismo a la parte superior del árbol. Desde allí les resultó relativamente fácil desplazarse por una gruesa rama hasta que pudieron saltar sobre la mullida hierba del gigantesco jardín.

Un riachuelo con pequeños puentes de estilo japonés atravesaba el parque y los condujo a la Orangerie, un hermoso invernadero de cristal modernista.

Confiado de que nadie los había seguido y empujando con fuerza, Víctor pudo abrir la puerta para entrar en aquel impresionante habitáculo seguido de la neuropsiquiatra.

La temperatura era mucho más suave que en el exterior, lo cual permitía que prosperaran plantas tropicales y decenas de naranjos, simétricamente distribuidos en varias filas paralelas.

Ya fuera de peligro y repuestos de la frenética carrera, Víctor invitó a la científica a sentarse a su lado en un banco de madera. Con un semblante y tono tremendamente serios, inició la conversación con ella.

—Estoy muy decepcionado, Sofía. Después de todo lo que hemos vivido y compartido juntos durante estas semanas, ¿cómo has podido hacerme esto?

Incapaz de sostener la mirada, ella bajó la cabeza avergonzada y se mantuvo en silencio.

—Había confiado plenamente en ti —añadió él.

Decepción, rabia, tristeza y el amor que sentía por ella se entremezclaban en su interior como un cóctel molotov a punto de estallar, hasta que finalmente no pudo contener sus sentimientos. Una lágrima brotó de sus ojos y recorrió lentamente su cara hasta llegar a la prominente barbilla del sumiller.

Apercibiéndose de ello, Sofía se le acercó y le secó la mejilla con el dorso de su mano. Pese a la tensión emocional del momento, ella decidió romper el silencio:

—El vino del alquimista habría acabado en manos de Ouspensky. Estabas obsesionado con él, como si fuera un ser sobrenatural y omnipotente, el mismísimo Lucifer. Yo también confío en ti, Víctor, pero sé que no te habrías arriesgado a privarle de su trofeo y vivir permanentemente amenazado. Tú y tu familia. Además, te esperaba una suculenta recompensa. ¿Tengo razón o no?

Ahora era el sumiller el que se quedó en silencio y bajó la mirada aceptando la evidencia.

—Salvar esta reliquia y entregarla de nuevo a la Hermandad Sarmoung ha sido para mi familia la máxima prioridad desde hace mucho tiempo. No puedes ni imaginar lo difícil que me ha resultado huir de la cripta y dejarte solo, sin botella y con un palmo de narices. Espero que algún día sepas disculparme.

Sus ojos dicromáticos lo miraron fijamente implorando perdón.

—Supongo que tienes razón, Sofía. Pero hay un punto en el que te equivocas. Hace tiempo que el dinero de Ismael dejó de atraerme. Sobre todo, desde nuestro encuentro con Guido

Lungobaldi y las perspectivas que se me pueden abrir en breve como sumiller.

—Puedes estar orgulloso, Víctor. Yo ya lo estoy por ti…

La tenue luz de la luna atravesando los cristales del invernadero evitaron que mostrase el rubor habitual de sus mejillas.

—Hay algo que aún no te he contado, Sofía.

Ella hizo un gesto de extrañeza. ¿Qué más podría revelarse a estas alturas?

—Hemos buscado esta reliquia como locos por medio mundo y en realidad no la necesitamos para nada.

Ahora sí que había descolocado totalmente a su rubia compañera de fatigas, que no sabía por dónde iba él a salir.

Con una seguridad pasmosa, el sumiller repitió, palabra por palabra, la alquímica fórmula y el modo de elaboración que fray Ambrós había compartido doscientos años atrás con su antepasado Bruno Morell. Las palabras «acónito», «pétalos de adelfa» y *Amanita muscaria* retumbaron en los oídos de Sofía y la hicieron estremecer, sabedora de su elevada toxicidad.

—Los Morell guardaron celosamente este arcano conocimiento en un recóndito escondrijo de mi casa natal, Cal Concordi. Ahora que sé cómo replicar el vino del alquimista, muero de ganas por ver si es cierto lo que se dice…

La neurocientífica no le dejó acabar la frase. Lo rodeó con los brazos y acercó sus labios a los del sumiller hasta que se fundieron en un largo y apasionado beso. Víctor nunca había catado semejante dulzura.

—Esto es de lo que yo me muero de ganas—dijo ella, tras apartar un poco su boca de la del sumiller. Víctor no podía creer lo que estaba sucediendo y se atrevió, por fin, a desvelar sus sentimientos.

—Sofía, yo también estoy loco por ti. Desde el día en que te conocí —respondió él, acariciando con las yemas de sus dedos el rostro de la científica.

—Pues ya iba siendo hora de que me lo dijeras. No eres precisamente Jimmy el Rápido —respondió ella, besándolo de nuevo y comenzando a abrir los botones de su camisa. Víctor hizo lo propio con la blusa de ella, que en aquel momento de excitación se desbrochó el sujetador para ofrecerle sus turgentes senos.

Las caricias, besos y abrazos se iban sucediendo con creciente y desatada pasión. Sofía se separó ligeramente de Víctor al sentir la mano de él abriendo la cremallera de su pantalón y se agachó para tomar la botella, guiñándole su ojo verde.

—No te precipites, *mon ami*. ¡Un traguito de esto y verás qué bien nos lo pasamos! Nadie echará de menos estas pocas gotas cuando devolvamos la botella a su relicario.

Sacó una navaja suiza de su bolso mochila y eliminó la cubierta de lacre antes de descorcharla con inesperada facilidad. El tapón se había conservado sorprendentemente bien pese a los dos siglos transcurridos.

Rodeados de naranjos y plantas tropicales, tomaron un pequeño trago de aquel mágico elixir. Tras ocultar la botella entre los troncos de unas yucas, juntaron boca y lengua para sellar el pacto sensorial y espiritual con el monje alquimista.

Los besos y gestos amorosos comenzaron a extenderse al resto del cuerpo a medida que retiraban las últimas prendas que los separaban. Cada vez más excitados, Víctor y Sofía se fundieron sudorosos en un solo cuerpo palpitante mientras gemían de deseo y placer.

El éxtasis del orgasmo y la embriaguez producida por aquel enigmático vino dieron paso a una extraordinaria sensación de paz y sosiego interior. La intensa actividad de los amantes en la fría noche parisina había empañado los cristales del invernadero, otorgándoles una confortable intimidad. Tendidos uno junto al otro y observando cómo desaparecía el débil halo de la luna, comenzaron a percibir la esencia de su ser emergiendo a través de los poros de su piel mientras la oscuridad exterior se iba disipando.

Tomados de la mano, se levantaron y salieron desnudos del invernadero, donde brillaba un insólito sol de medianoche.

Caminaron lentamente hasta el puente japonés. Ella miró fijamente con sus ojos dicromáticos a Víctor y le preguntó:

—¿Y si cruzamos el río?

Al otro lado, un brillo cegador revelaba al sumiller inequívocamente lo que eso significaba. No dudó al responder:

—Sí, crucemos.

Ella le pasó la mano por la cintura, animándolo a recorrer unidos los últimos metros que tenían por delante. Con pasos silenciosos, casi levitando, fueron atravesando la pasarela hasta que la orilla opuesta los acogió con el resplandor eterno de la trascendencia.

Agradecimientos

Quiero agradecer en primer lugar a mis padres y abuelos que hayan plantado dentro de mí la semilla de la curiosidad y la pasión por los viajes y el conocimiento.

Destacaré especialmente a mi querido avi Josep María Sanfeliu, hijo de Cal Concordi en Sidamunt y agricultor ilustrado como el padre de Víctor en la ficción. En los muchos años que tuve la suerte de convivir con él, me transmitió su inmensa bondad y un profundo amor a los libros y la cultura.

Agradezco también enormemente a todas las personas que me han guiado para emprender mi particular Cuarto Camino, en especial a mi «hermano» colombiano Walter Gilchrist y a mi terapeuta y amiga Leonor Fernández. Sus sabios consejos han contribuido a mi «despertar» y a que mi esencia empiece a aflorar e imponerse por encima de la personalidad adquirida.

Seguiré con un emotivo recordatorio para mi amigo Joan Morell, propietario de las Viñas del Terrer en Vilaseca, y una de las personas que más han influido en mi afición al vino y la viticultura. Por un inexplicable caso de serendipia, Joan nos dejó la misma noche, quizás en el mismo momento, en la que yo redactaba este párrafo en su honor. A él le dedico de modo póstumo el apellido del protagonista.

No puedo olvidarme de mi agente literaria, Sandra Bruna, que creyó en mi novela cuando aún estaba en pañales y ha conseguido que sea publicada por un sello tan prestigioso como Plaza & Janés. Agradezco asimismo a Alberto Marcos, a Aurora Mena y a todo el equipo editorial de Penguin Random House, por su excelente trabajo y por la confianza que han depositado en mí.

Finalmente, quiero acabar con un agradecimiento muy especial para Silvia Adela Kohan y Francesc Miralles, mis maestros en el arte de escribir. Sin el constante apoyo y las excelentes recomendaciones de edición de mi querido Francesc no tendrías este libro en tus manos, querido lector.

«Para viajar lejos no hay mejor nave que un libro».

EMILY DICKINSON

Gracias por tu lectura de este libro.

En **penguinlibros.club** encontrarás las mejores
recomendaciones de lectura.

Únete a nuestra comunidad y viaja con nosotros.

penguinlibros.club

Penguin
Random House
Grupo Editorial

 penguinlibros